講談社文庫

空貝（うつせがい）

村上水軍の神姫（しんき）

赤神 諒

講談社

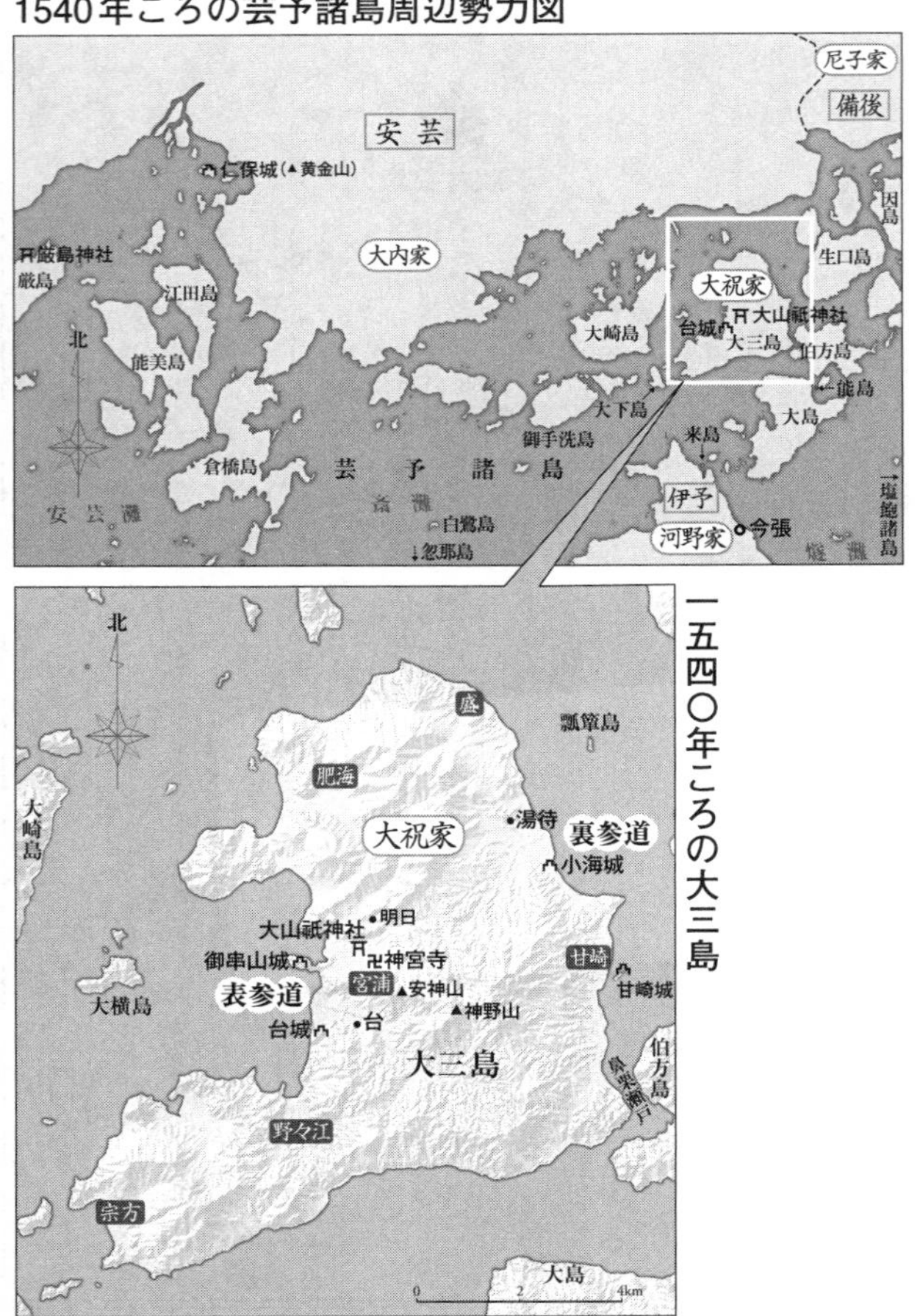
1540年ころの芸予諸島周辺勢力図
尼子家
備後
安芸
仁保城
黄金山
因島
厳島神社
厳島
大内家
生口島
大祝家
江田島
大山祇神社
台城
大崎島
大三島
伯方島
北
能美島
能島
大下島
大島
御手洗島
来島
倉橋島
芸予諸島
安芸灘
伊予
白鷺島
河野家
今張
怒那島
塩飽諸島
一五四〇年ころの大三島
北
盛
瓢箪島
大崎島
肥海
湯待
大祝家
裏参道
小海城
明日
大山祇神社
御串山城
神宮寺
甘崎
宮浦
安神山
甘崎城
表参道
大横島
神野山
台城
台
伯方島
大三島
鼻栗瀬戸
野々江
宗方
大島
0
2
4km
（制作）ジェイ・マップ

空貝(うつせがい) 村上水軍の神姫(しんき)／目次

■主な登場人物

《伊予水軍》

大祝鶴姫　大祝家絶世の美姫。陣代で台城主。十六歳。
越智安成　大祝家直属の大三島水軍の軍師。二十歳。
ウツボ　安成の腹心。
村上通康　来島村上水軍の頭領。二十三歳。
村上尚吉　因島村上水軍の頭領。
鮫之介　大祝家に仕える水将。鶴姫の武芸の師。
松　鶴姫の乳母にして、侍女。
大祝安舎　第三十二代大祝。大祝家当主。鶴姫の長兄。
大祝安房　陣代。鶴姫の次兄。
越智通重　大祝家臣。安成の舅。小海城主。
磯　安成の妻。通重の養女。
シャチ　来島村上水軍に身を寄せる少年。

《大内水軍》

小原中務丞　剛勇無双の猛将。別名、鬼鯱。
白井縫殿助　大内水軍きっての謀将。

空貝
登場人物・関係図

河野家（伊予国守護）
河野十八将
崇敬
連携
因島村上水軍・頭領　村上尚吉
来島村上水軍・頭領　村上通康
師事
シャチ
三島村上水軍
崇敬
敵対
ウツボ
黒鷹
腹心
大祝家（大三島・大山祇神社）
（越智氏）玉澄
初代大祝　安元
（大祝家）
益男（河野家）
北家　安定―恵妙―安次―第30代　安雄―（断絶）
南家　安親（祝彦三郎）
第28代　安英―第29代　安守
東家・西家（略・断絶）
第31代　安用
第32代大祝　大祝安舎
安忠
安高
次兄　安房
松
侍女
陣代
大祝鶴姫（赤き巫女）
師事
鮫之介
軍師
筆頭家老　越智通重
養女
越智安成（黒鷹の頭領）
磯
大三島水軍
侵攻
大内義隆
嫡子　晴持
宿将　陶隆房
剛勇無双の猛将　小原中務丞（鬼鯱）
大内水軍きっての謀将　白井縫殿助
大内家（中国・九州7ヵ国守護）

空貝（うつせがい）

村上水軍の神姫（しんき）

序　赤き巫女

――天文十年（一五四一年）一月

芸予の島々を渡る払暁の潮風は、あくまでもおだやかだった。

だが時代は乱世、瀬戸内では「黒鷹」を名乗る海賊どもの悪逆無道が猖獗を極めていた。

「それにしても、とんでもねえクソ餓鬼だ。黒鷹様、あいつを生かしておくのはどんな料簡ですかい？」

童の歯形が残った腕の傷を舌で舐めながら、ひょろ長い手下が問うてきた。十歳ばかりの小柄な童は、得物もないのに次々と海賊たちをのした。十人がかりでようやく取り押さえたときには、五人ほどが悶絶していた。

「あいつは金塊に変わる。さもなくば、とっくに殺しておるわ」

「黒鷹様ァ。やけに速え小早が一艘、追ってきやしたが」

下腹の出た舌足らずの手下が報告してきた。

昨夕強奪したばかりの廻船の艫に立つ「黒鷹様」と呼ばれた海賊の頭領は、冬瓜を思わせる面長な白髪混じりの男である。

波間に見える船はただ一艘。まっしぐらに冬瓜の船を目指していた。

――息を呑んだ。

帆桁を捻って右舷前方から風を入れ、斜めに風上へ進んでくる。相当に熟達した帆走技術だ。

「なんて、すさまじい間切り（風上に向かう航法）だ……。進路を変えろ！」

大内家の警固衆（大名に属する正式な水軍）や村上水軍の物見なら、ふつう二艘一組で動く。一艘が状況報告のために引き返すからだ。つまり、あの小早はいずれでもない。

小型軍船である小早船は、防御よりも快速を尊ぶ。積載量を重んじる商人の廻船より断然速い。追いつかれるのは時間の問題だった。陸へ逃げたいところだが、辺りには島がない。

進路を変えて、追い風に乗る。

冬瓜は団子鼻をひくつかせた。嗅ぎ馴れた潮や血の匂いではない。風に混じって、蜜柑の香りがかすかに鼻をくすぐった気がした。

夜明け前のほのあかりに目を凝らすと、小早船の舳先に人がひとり、立っている。

「あの生意気な餓鬼以外は全員、水葬してやったはずじゃな？」

船を襲う手順は、ここ二十年ほど変えていなかった。米と金は役に立つが、とかく人は厄介だ。売り買いしやすい女子供以外は、身ぐるみ剝いで容赦なく命を奪う。相棒が昔、うっかり情けをかけた若者に逆に殺されて以来、冬瓜が決めた問答無用のやり方だった。

「船倉に隠れてやがった奴らはぶち殺して、そのまま島に置いてきやしたが」

昨夜は、略奪後すぐにねぐらへ戻るはずが、時化のため、無人島に難を逃れたのだった。

冬瓜は舌打ちをした。そういえば、若者をひとり、取り逃がしもした。

件の小早船は、冬瓜たちがいた島の方角から来ていた。散乱する遺骸を発見して追ってきたのなら、この船が海賊の奪取した廻船だと目星を付けているはずだ。船内のあちこちに飛び散ったままの血痕は洗い落としていない。蛮行の動かざる証だった。

（話の通じる相手なら、助かるんじゃが……）

同じ無法の海賊なら、条件次第で交渉が成りたちもするが、例外がひとつだけあった。

（まさか、本物の黒鷹ではあるまいな……）

冬瓜は内心、強い怯えを感じて身震いした。「黒鷹」を騙る海賊は瀬戸内で五指に余る。むろん冬瓜も偽者で、ただのしがない二流海賊だった。

「すぐに旗を下ろせ！　海へ捨てろ！」

神出鬼没の「黒鷹」は、神速の小早船一艘で現れると聞く。

首領は意外にも、小柄な歯抜けの老人だとの噂がもっぱらだった。スマルという投げ鉤を自在に操るそうだ。筋骨たくましい禿げ頭の倭寇くずれだとの風説が流れた時もある。他方で、長い黒烏帽子をかぶった若い美男だと断言する者もいた。実際は、瀬戸内最大を誇る大内水軍麾下の精鋭だとの見方も捨てがたい。要するに、正体は不明だった。

本物の黒鷹が獲物とする船には、共通点がひとつあった。村上水軍の氏神、大山祇神社の「三島神紋流旗」を掲げる船が標的とされるのだ。

（いや、黒鷹は二年ほど前に姿を消した……）

今なお瀬戸内を震撼させている黒鷹たちは皆、偽者のはずだった。

小早は百間（約百八十メートル）近く後ろまで迫っている。

「皆の者、出合え！　めいめい得物を持って、主屋形の前に集え！」

黒鷹以外に、海賊がもうひとつ恐れねばならぬ小早船があった。

近ごろ瀬戸内の仕事熱心な無法者たちを、恐怖のどん底に陥（おとしい）れている「赤き巫女（みこ）」だ。

能の小面（こおもて）をつけ、聖なる巫女装束をまとった少女は、何の前触れもなく無道の海賊たちの前に姿を現わす。巫女が仕事を終えて去った後には、無法な悦楽を貪（むさぼ）っていた海賊たちが骸（むくろ）となって残るわけだ。赤き巫女の登場と活躍に、安寧（あんねい）を乞（こ）い願う瀬戸内の民は喝采（かっさい）を送った。

「弓の用意じゃ！　よいか！　綱梯子（つなばしご）を投げてきおったら、藻（も）外（はず）しを使（つこ）うて、すぐに切れ！」

追ってくる小早が黒鷹、赤き巫女のいずれであっても、冬瓜たちを待ち受ける末路は変わらない。追跡者が、同業ながら瀬戸内で最も凶悪な海賊でも、人間のくせに正義の裁きを下す神の代人（だいにん）でもありませぬようにと、冬瓜は柄にもなく神に祈るしかなかった。

瀬戸内の波が洗う小島の貧農に生まれた冬瓜は、無法な海賊に無辜（むこ）の身内を殺された。だから己も海賊になってやった。だが、事情はどうあれ、冬瓜の積み重ねてきた数々の悪事に思いを馳（は）せれば、そろそろ報いを受けてもおかしくない頃合いだった。

小早船がいよいよ迫ってくる。

舳先に立つ者が巨漢であったなら、まだ救いがあった。

だが、追ってくる人間はどう見ても、小柄な老人か、少女くらいの背丈しかない。

冬瓜はぞっとした。全身から厭な冷や汗が噴き出してくる。


大祝鶴姫は大好物の蜜柑を食べ終えると、燧灘の沖つ波に残り皮を放り捨てた。

かわたれ時の濃紺の海原を高速で進む。亀甲に波三文字（隅切折敷縮三文字）の「三島神紋流旗」が心地よいはためきの音を立てている。

鶴姫は巫女装束で小早船の舳先に立ち、長い髪をなびくに任せていた。

爽快な潮風もほどなく、救いがたいくらい血を吸って、生臭くなるだろう。

見れば、逃げてゆく小さめの廻船は、旗を掲げていない。

「神罰が下るべきは、あの廻船に乗っておる賊どもに相違あるまいな、鮫之介？」

肩ごしに振り返ると、頭頂まで抜かりなく禿げ上がった中年の巨漢がうなずいた。

鶴姫の武芸の師でもある鮫之介は、四角い顔に筋骨隆々の水将である。肌脱ぎになると顔を出す、胸の三つ並びの傷穴が特徴だった。

「このたびの見境なき殺戮、あるいは黒鷹やも知れませぬ。気をつけられよ、姫」

野太い声にうなずき返す。黒鷹の討滅こそ、鶴姫の悲願だった。

来島（くるしま）村上水軍でも最速を誇る小早船は、急流を滑り降りるように、廻船へ接近してゆく。

廻船からは思いついたように、バラバラと矢を射かけてきた。が、当たらない。たがいに波で揺れ動く船だ。瀬戸内広しといえど、高速で動く標的に当てられる弓の腕を持つ者など、鶴姫を入れてせいぜい数人だろう。

能の小面をつけると、鶴姫は二本の小太刀（こだち）を続けて抜き放った。たいていの武器は扱える。巫女装束はいわゆる馬乗袴（うまのりばかま）で、両脚を仕切るマチがあるから、敏捷（びんしょう）な動きもできた。

鮫之介が水手（かこ）たちに指図すると、小早は矢を避けて蛇行しながら、廻船の艫（とも）近くまで迫った。

水手のひとりが、二丈（約六メートル）の艪（ろ）を廻船の垣立（かきたつ）の隙間（すきま）に立てかける。

鶴姫は跳んだ。綱渡りのように、細い艪が作った橋を駆ける。

「幽世（かくりよ）の大神（おおかみ）、憐（あわ）れみたまえ、恵みたまえ――」

低い声で弔いの言葉を唱えながら、小天狗（こてんぐ）のごとく軽やかに廻船へ乗り移った。

五、六人の海賊どもが返り討ちにせんと待ち構えている。

その中へ、飛び込んだ。

死すべき者どもの間を、舞いながら一気に駆け抜ける。

鶴姫が死の剣舞を終えると、背後から屍が重なって倒れる鈍い音が遅れて聞こえてきた。

女は膂力で男に敵わない。ゆえに鶴姫は二刀流を選んだ。小回りの利く小太刀を振るう。倍増させた攻撃力と小身を活かした俊敏さは、狭い船舶内の近接戦闘で絶大な力を発揮した。

続いて後ろから、甲板が砕けそうな足音とざわめきが聞こえた。倒した帆柱を橋にして、鮫之介たちも乗り込んできたのだろう。

電光石火の乱入劇に、海賊の頭目と思しき初老の男は、腰でも抜かしたらしい。尻餅を突いたまま、艫屋形のほうへ両の手で後ずさった。確かな恐怖とためらいがちな追従がないまぜになり、下卑た笑いに変わって、冬瓜を思わせる長い顔に浮かんでは消えていた。

「幸み魂、奇しみ魂――」

鶴姫が慰霊の祝詞を舌先に乗せながら踏み出すと、冬瓜は後ろ手に鳶口の柄を握った。

海神は希望乏しき世を憐れんだのか、女ながら無類の天才剣士を世に送り出した。信心深い氏子たちは、大山祇神社の姫を「三島大明神の申し子」と讃えた。鶴姫が海の兇漢どもに下してゆく容赦なき制裁を耳にすると、神罰覿面だと涙を流さんばかりに喜んだ。

「守りたまえ、幸わえたまえ」

即死した賊どもには、念仏を唱える暇などなかったろう。ゆえに命を奪うとき、鶴姫は忘れずに幽冥神語を唱えてやる。慈悲深き大明神は、乱世ゆえに道を踏み外した海の民たちをも、憐れんでくださるはずだ。

やにわに立ち上がった冬瓜が鳶口を突き出してきた。

即座に、左の小太刀で柄の中ほどを切り落とす。

さらに一歩前へ出ると、鶴姫は右の小太刀の切っ先を冬瓜の鼻先に突きつけた。

賊はみじめにがたがた震えながら、中腰になって怯え声で問うた。

「……いったいお前は、何者なんじゃ？」

無辜の民の命をさんざん弄んでおきながら、まだ死ぬ覚悟ができていなかったらしい。冬瓜は棒切れになった柄を、必死の形相で握り締めていた。

鶴姫は小太刀を持ったままの左手で小面を取り去りながら、甲高い声で問い返してやった。

「わらわを知らぬのか？　海賊のくせに、よほど世事に疎いと見える」

正体を知った冬瓜は、残りの生をあきらめた様子でへたり込んだ。

いかな極悪人でも、同じ人間だ。できるだけ相手を苦しませずにあの世へ送ってやる。それが鶴姫の流儀だった。

ちょうど水平線上に姿を見せた曙光が、鶴姫の全身を照らし出してゆく。

鶴姫の白小袖は、この日も返り血ですっかり彩られていた。緋色の切り袴のせいもあって、戦闘後の鶴姫は、たいてい真っ赤に見えた。

「赤き巫女……三島大明神の現身か……」

「さようにわらわを呼ぶ者もおる。貴様は黒鷹の一味か？」

冬瓜は怯えているらしく、口をわなわな震わせている。

「早う答えよ。わらわは気が短い」

「……ち、違う。く、黒鷹を騙っておっただけじゃ。黒鷹とは何の関わりもない」

「さようか。黒鷹について、貴様が知っておることをすべて話せ」

鶴姫は瀬戸内を守る神官の家系に生を享けた。巫女として神殿に参籠し祈りを捧げるだけで、乱世に安寧は訪れぬ。暴虐の限りを尽くす悪には、力で鉄槌を下すのだ。

「舵取りが沼島水軍の水法に似ておると聞いた。それ以上は知らぬ。信じてくれ」

人の売り買いで儲ける海賊も多いが、黒鷹は違う。襲われた船の生存者が絶無であるために、手掛かりはまったく摑めなかった。

「信じてやろう。が、黒鷹にあらずとも、たかが米や金なんぞのために、無辜の命を奪う非道を、大明神はお赦しにならぬ」

「待て、とにかく待て。話せばわかる。皆殺しになどしてはおらん。餓鬼をひとり生かしてあるぞ。大切な売り物じゃからな。逃げた奴もいた。他の奴らは抵抗したゆえ――」

「申し開きなら、黄泉の国でゆっくりと聞いてもらえ」

「わしもいい齢になった。こたびを最後と決めておったんじゃ。見逃してくれ」

悪いのは乱世だ。略奪を強いる貧困が、あるいは濁世が生んだ復讐の連鎖が、海の民を無法の海賊に仕立て上げていた。だが、この者を生かせば、命を奪われた者たちが浮かばれぬ。

鶴姫は小太刀の切っ先を、冬瓜の団子鼻から左胸へゆっくりと移動させた。

「待て、何が望みなんじゃ？」

「見てわからぬか。わらわは貴様の命を所望しておる」

「取引せぬか。わしは倭寇が使うておる例の毒を――」

「問答無用！」

無法者の命乞いを最後まで聞かず、鶴姫は右手に力を込めた――。


鶴姫は小太刀を手に、鮮血を浴びながら立っていた。

血は嫌いだが、人が人の命を奪う罪業を感じるためだ。いつの日か、鶴姫も神罰を免れまい。が、それでもいい。そういう時代に、鶴姫は生まれたのだ。

昨夕、海賊の襲撃に遭（あ）って片脚を奪われた若者が来島（くるしま）衆の船に拾われた。

海賊の蛮行を耳にした鶴姫は、若者が語った廻船の特徴を頼りに、ただちに捜索を開始した。おりからの時化（しけ）で、冬瓜たちは塩飽（しわく）諸島西端の島で難を逃れていたが、出島後間もなく鶴姫に見つかって、運が尽きた。塩飽水軍は金毘羅宮（こんぴらぐう）を信仰するが、別の神を戴（いただ）く水軍の航行もむろん許される。相互に安全を保証するから、瀬戸内を自在に航行できるわけだ。

「姫、お済みでござるな」

鮫之介の念押しに、鶴姫は短くうなずいた。即死した冬瓜のために神語を唱え、弔（とむら）いも済ませてある。後は水葬だ。鮫之介が丸太のような腕で遺骸を持ち上げた。

どぼんと鈍い音を立てて、冬瓜が波間に消えてゆく。

「あやつは子どもを生かしてあると言うておった」

「まだ船倉を検めておりませぬ」

冬瓜の一味は兵糧米を載せた廻船を乗っ取った。

中国地方を二分する覇者、大内家と尼子家の激突を受け、近年、米価が高騰していた。戦は商機だ。商人たちは兵糧米を売って儲けた。安全な通商には水軍の助力が要る。この廻船には能島衆が上乗りして水先案内をしていた。だが今、能島村上家は後継者を巡って分裂し、大きく力を落としていた。冬瓜たちはそこに付け入ったわけだ。

鶴姫が艫のほうへ向かうと、水手たちの人だかりができていた。

船倉には海賊が潜んでいる場合がある。注意が必要だった。

「開けよ」

鶴姫が両の手に小太刀を構えたまま命ずると、鮫之介が勢いよく戸を開けた。

暗くてよく見えぬが、中には米俵が積んであるだけで、人の気配はないようだった。血塗れになった縁起のよくない船だが、積み荷とともに持ち主へ返してやらねばなるまい。

鶴姫が両の小太刀を鞘に戻して踵を返したとき、後ろで突然、殺気がした。

勢いよく振り下ろされた角棒を、紙一重で躱す。

ただちに反応した鮫之介が首根っこをつまみ上げたのは、十歳ほどの半裸の童だった。全身血で汚れ、痣だらけだった。

童はらんらんと光る眼を血走らせ、狂った獣のような雄叫びを上げた。

突然、鮫之介が鼻を押さえてうずくまった。童は短い棒を隠し持っていたらしい。

童が唸り声を上げ、狂犬のごとく鶴姫に襲いかかってきた。

が、すでに鶴姫は童に向かって踏み込んでいる。握り締めた右の拳を童のあごから上へ突き上げた。童は呻き声を上げ、そのまま仰向けに船上に倒れ込んだ。

鶴姫は気を失った童の痩せ細った体を抱き起こしてやった。

「この手を見よ」

鼻をさすりながら鶴姫の近くへ来た鮫之介が息を呑んだ。

童の手は爪が全部剥がれていた。閉じ込められた童は、小さな手で船倉内部の建材をはぎ取って武器としたのだ。次に戸が開けられる時に打って出て、戦うつもりだったに違いない。

「かわいそうに……。もうだいじょうぶじゃ。わらわが、守ってやる」

鶴姫は哀れな童の小さな身体をしっかりと抱き締めた。

来島（くるしま）海峡から吹き寄せる春風がどこか郷愁を帯びるのは、来島村上水軍の海賊たちといると、鶴姫が自分らしくいられるせいだろうか。

「この通康（みちやす）、姫のご命令とあらば、火の中、水の中。鶴姫の見込まれた童なら、弟も同然じゃ。しかと頼まれてござるぞ」

ガラガラ声の主である来島衆の頭領、村上通康は、鶴姫に向かって恭（うやうや）しく両手を突いた。ひげ面（づら）の勇敢な海の男で荒々しいが、鶴姫にだけは頭が上がらない。

「シャチ。通康は若いが、三島（さんとう）村上水軍で第一の頭領。おそらくは日本（ひのもと）一の海賊であろう。そなたは、来島で船と海を学ぶがよい」

塩飽水域で拾った童は当初、まさしく狂犬だった。鶴姫たちを、いや、人間なる生き物を信じなかった。童が名乗りもせぬため、鶴姫はシャチと名付けた。そばにいた鮫之介を見て思いついただけのあだ名だが、今では本人も気に入っているらしい。

二ヵ月ほど今張（いまばり）（現今治市）で暮らすうち、鶴姫はようやくシャチの心を開き、信を得たはずだが、童は素性を明かさなかった。辛い過去をほじくり返す必要はない。鶴姫も問わなかった。

シャチは生意気に腕を組み、村上通康に堂々と対した。大海賊を前に性根の座った童だ。

「いや、俺は姫をぶちのめす日まで、姫と暮らす」

鶴姫はこの間、シャチに剣の稽古を付けてやっていた。筋は相当よい。まだ幼いくせに鶴姫以外の者には負けなくなった。だが――

「無理じゃ。そなたが一生修練を積んでも、わらわにだけは勝てぬ。それに、海賊を目指すなら、剣よりも海を知れ。のう、通康？」

「いかにも。海賊の最大の敵は人ではない。海じゃ。海を味方につけた者が勝つ」

瀬戸内には、三千とも言われる大小の島々が散在し、瀬戸や浅瀬、暗礁も無数にあって、刻一刻と変わる潮の干満と複雑な潮流が、渡る船を悩ませた。船を自在に乗りこなせてこその海賊である。

「いやじゃ。俺はまず剣の腕を磨く。俺より強い者がおらねば、鍛錬ができぬ」

鶴姫はシャチを通康に引き合わせてやれば喜ぶと思っていたが、どうも様子が変だった。

通康はしばしシャチと睨み合っていたが、やがて大笑いした。

「お前、童のくせに、姫に惚れたな？」

シャチはみるみる顔を真っ赤にしながら、通康に激しく嚙(か)みついた。

「悪いか！　俺は必ず日本(ひのもと)一の海賊になって、鶴姫を嫁にしてみせる。本当じゃぞ！」

「あきらめよ。何となれば、姫はこの秋にも、わが来島村上家に輿入(こしい)れされる。さようですな、姫？」

通康がはち切れそうな笑顔で問うと、シャチは半泣きの顔で鶴姫を見つめている。

「このまま何も起こらねば、な。大祝(おおほうり)様の命令ゆえ、気は進まぬが、やむをえん」

鶴姫は立ち上がると、しょぼくれた顔のシャチの頭を撫(な)でてやった。

「されど、うれしいぞ。そなたがいま少し早う生まれておればのう。よいか、シャチ。立派な海の男になるまでは、わらわの前に姿を見せるでないぞ」

鶴姫はいさぎよく踵(きびす)を返した。

肩で風を切り、黒髪をなびかせて闊歩(かっぽ)する。最強の巫女は、後ろを振り返らない。

一番貝　美姫

——天文十年（一五四一年）六月

一、神楽鈴

夕間暮れの斎灘にそよぐ心地よい風が、ひとり小早船の舳先に立つ巫女の長髪をやわらかく撫でていた。

海はいい。面倒な神事に煩わされもしない。海こそが鶴姫の居場所だ。

だがこの日、鶴姫がいくら紺色の海に目を凝らしても、獲物はいなかった。

瀬戸内の海賊は、鶴姫が生まれる七百年も昔から群居して、掠奪をほしいままにしてきた。時の政権から追捕の命令が出されても、賊勢に衰えはなく、蛮行が繰り返されてきた。

冬瓜の海賊を退治したのは半年近くも前だ。その後、鶴姫は天から授かった破邪の力を満足に発揮できていなかった。遺憾な話である。

「姫、後ろをご覧あれ。霞が晴れてござる。これより追い風となりましょう」

「じゃが、鮫之介。これではまるで、ただの船旅ではないか」

「当たり前です。姫がさように仰ったから、私までお供しておるのです」

違う方向から聞こえてきた年増の声は、乳母の松だ。苛立ちを含んでいる。

「意気地なしの黒鷹め。いずこへ隠れおった？」

この時代、安芸と伊予の間に広がる芸予の海には、大別して三種類の海賊たちが犇めいていた。

第一に、来島、能島、因島の同族三衆からなる三島村上水軍である。「海の大名」と呼ばれた独立勢力であり、瀬戸内の秩序を維持し、航行の安全を守って礼銭を得ていた。

この三水軍が崇拝する氏神こそ、大三島に在します三島大明神こと、大山積神である。同神を祀る伊予一宮、大山祇神社は別格の神殿であった。同社は神威のほか武力として、鶴姫の次兄大祝安房が率いる直属の大三島水軍を持っていた。

第二に、海賊のなかには大名家に従属する道を選んだ「警固衆」もいた。中国、九州にまたがる七ヵ国の覇者にして、今や西国一、いや日本一の大大名となった大内家は、多くの海賊たちを警固衆として傘下に収めた。結果、大内水軍は瀬戸内どころか、日本最大となった。

三島村上水軍のうち、今張(いまばり)に至近の来島衆は、伊予守護職である河野(こうの)家の重臣として取り込まれつつあり、警固衆ともいえる。

第三に、これらとは別に、行き交う船や沿岸を襲って掠奪の限りを尽くす海賊どもがいた。海上を漂遊し定住しない海賊は、追えば散り、追わねば集まる厄介(やっかい)な連中だった。黒鷹や冬瓜のごとき昔ながらの海賊、さらには倭寇(わこう)がなお幅をきかせ、海の安寧を脅(おびや)かしている。

「黒鷹を騙(かた)る海賊は、姫があらかた成敗なさいましたし、残った連中も割に合わぬと思い直して、堅気(かたぎ)の商いに戻ったのでしょう」

松の言うとおりなのか。鶴姫は、馴染(なじ)みの深い来島衆を引き連れて、瀬戸内の荒海へ乗り出してきた。虱潰(しらみつぶ)しに島を探した結果、黒鷹の本拠地は芸予諸島にないと結論づけた。松の心配をよそに、東の塩飽(しわく)諸島まで出張りもした。だが、見つからぬ。

――黒鷹はやはり、忽然(こつぜん)と消えたのだ。

噂どおり、神罰が下って難破し、海の藻屑(もくず)と消えたのか。それとも、大内水軍に組み込まれたのか。海上を取り締まるべき大名お抱えの警固衆が、海を荒らす海賊たちと裏で秘かに手を結ぶ話は、昔からめずらしくなかった。

鶴姫はこの日、大内水軍が支配する西の安芸灘まで遠出したが、収穫はなかった。

長い日が傾き、しかたなく大三島へ船を返していた。

島嶼（とうしょ）の少ない斎灘（いつきなだ）の紺は黒みを帯びつつある。

漁から戻る数隻の船が前方に見えた。

「明日、また出直すか、鮫之介？」

「なりませぬ！　大祝（おおほうり）家の姫君が、お輿入れを控えた御身で、海賊狩りだなどと」

松が泣きそうな顔をして口を挟んでくると、鶴姫は舳先からさらに身を乗り出した。

「皆の者、精が出るのう！」

ゆくてには数隻の漁船が停船し、鶴姫の小早が行き過ぎるまで待っていた。

定位置の舳先に立つ小柄な巫女装束を見れば、大山祇（おおやまづみ）神社の勇ましい姫とすぐにわかる。三島（さんとう）村上水軍の海賊たちも、無愛想な漁師たちも、等しく一斉にぬかずいた。

「鮫之介！　たった今、右手の島で何かが光った。船をやれ。今ならまだ、潮に乗れる」

鶴姫は遠く、斎灘に浮かぶ無人島を指さした。

遠目がきく鶴姫は、誰よりも早く船や島の影を見つけられる。

鮫之介が水手（かこ）たちに指図すると、小早船は方角を変えて一気に滑り出した。

心配のあまり、松は小袖に裳袴（もばかま）姿で同行まで申し出たが、海に出てしまえば鶴姫のものだ。

「松よ。ただ大明神に祈るだけで、瀬戸内にはびこる悪はなくならぬぞ」

鶴姫が「舟遊び」と称する海賊退治に乗り出してから、足かけ二年になる。

長兄の大祝安舎（おおほうりやすおく）は、鶴姫の勝手を許さず、直属の大三島水軍への出入りを禁じた。

そのため、鶴姫は幼少から親交の深い村上通康（みちやす）に頼み込んで海へ出た。戦の経験こそないが、すでにひとかどの水将のつもりだった。それが船を下りて嫁に行かねばならぬとは……。

暮れ空の先に、中型の人船（ひとぶね）（客船）があった。島に漂着したばかりに見える。この辺りは島も少なく、さして潮流も速くない海域だ。遭難ではなかろう。

船溜（ふなだまり）のない無人島には着岸しにくい。小早が島に近づくや、鶴姫は舳先から海へ飛び降りた。水しぶきを上げながら浅瀬を駆ける。鮫之介が続いた。

ほしいままに掠奪（りゃくだつ）され、海辺にうち捨てられた難破船が無惨に横たわっている。

波打ちぎわでは、老若男女の遺骸が十数体、波に洗われていた。殺戮（さつりく）後さして時間は経っていないようだ。

「姫！　神紋に釘が……」

艫(とも)には、目立つように三島神紋流旗(みしましんもんりゅうき)が五寸釘で打ち付けてあった。神威を貶(おとし)めるごとく、わざわざ紋の中央に、である。襲われたのは、また能島衆が上乗りした船だった。航行の安全を守るはずの村上水軍が力を落とすと、その間隙(かんげき)を衝(つ)いて無法がはびこる。いつの時代も変わらぬ、罪業深き人の世の摂理だ。鶴姫は唇を噛んだ。

「おのれ、黒鷹の仕業(しわざ)か」

氏神として大山祇神社を崇敬(すうけい)する水軍は「三島神紋流旗」の使用を許される。黒鷹は用済みになった船のどこかに、必ず戦利品の軍旗を侮辱する細工をこれ見よがしに施した。

「やはり息のある者は見当たりませぬな」

鮫之介の沈んだ声に、鶴姫は両腰の刀の柄を握り締めた。

殺された人間と、守れなかった人間――。

無力な人間たちを慰めるように、優しげなさざ波が寄せては返し、浜辺に立ち尽くす鶴姫の足元をやさしく洗ってゆく。

と、絶えぬ波音に混じって、殺戮(さつりく)の色に染まった浜辺で、短くはかなげな鈴の音が響いた気がした。

空耳か――。

驚いて音の出所を目で探した。倒れていた小さな人影がひとつ、かすかに動く様子が見えた。

鶴姫はわれを忘れてみぎわを駆けた。

胸元を血に染めた童女が、仰向けで呻（うめ）いている。

ちいさな身体を夢中で抱き起こした。

「しっかりせよ！」

「鈴……鈴、は？」

童女は己の血で汚れたもみじ手を浜砂に這（は）わせていた。手の先には、真鍮（しんちゅう）のちいさな鈴が所在なげに転がっている。神楽鈴（かぐらすず）のひとつのようだった。信心深い氏子なのであろう。

「この鈴じゃな？」

鶴姫が鈴を見せ、手に持たせてやると、童女はうれしそうに微笑（ほほえ）んだ。

「誰がかような真似をしでかした？　何か覚えておらぬか？」

「……鈴……きれいな音の鈴」

「鈴？　鈴なら、そなたの手に戻ったぞ」

鶴姫は童女の掌上に置いてやった小さな鈴の緒をつまむと、童女の耳元で軽く揺すってみた。神事で聞き慣れた清音がした。

血と泥で汚れた童女の口もとに力ない笑みが浮かんだ。

鈴を小さな手に握らせてやる。

「鮫之介、舟へ運ぶぞ」

小柄な鶴姫でも、軽々と抱き上げられた。幼い身体だ。

「天女、さま？　……ここは浄土、なのね？」

鶴姫の白小袖が童女の血でぐっしょりと濡れた。唇を嚙んだ。

いまわの際だとわかった。大山積神の本地仏たる大通智勝仏が浄土へ招いている。

この娘はもう、現世の苦悩から解き放たれた地へと足を踏み入れているのだ。そう、信じたかった。

「……そのとおりじゃ、よう参った。ここで、いつまでも健やかに暮らしなされ」

「じゃあまた、母さまに会えるのね……」

童女の頭がが、く、りとなった。

鶴姫は再び童女を浜辺に横たえると、くずおれた。

「すまぬ。また、守ってやれなんだ……」

死ぬには早すぎる骸（むくろ）をかき抱いた。まこと鶴姫が天女であったなら、救ってやれたろうか。

誰が三島大明神の申し子だ、化身だ、現身（うつしみ）だ。剣の腕に磨きをかけ、「赤き巫女」なぞともて囃（はや）されてみたとて、幼子ひとり守れぬ、力なき女子（おなご）ではないか。

「鮫之介よ。この幼き娘は何のために、この世に生まれてきた？　たった五年か、六年だけを生きて、鼠賊（そぞく）に殺（あや）められるために生を享（う）けたのか？」

鶴姫は巫女装束の白衣（しらぎぬ）を無辜の血で染めながら、澄（す）みわたる暮天に向かって泣き喚（わめ）いた。なぜ天は、かように酷い運命を人に与えるのだ。

「この容赦なき悪行。黒鷹の仕業に相違ござらぬ」

背後の鮫之介の声も震えている。

どれほど多くの無辜の民が地獄を味わってきたろうか。

子どもは天から授かった宝物だ。誰も守らぬのなら、沈黙する三島大明神に代わりて、わらわが守らねばならぬ。

「絶対に赦（ゆる）さぬ……。大明神は必ず、黒鷹とその一味をことごとく討ち果たされるであろう。誰も討たぬなら、わらわが大明神の刃（やいば）となる」

鶴姫の放った呪詛と決意の言葉は、名もなき島の波音に紛れ、消えていった。

「紛い物の天女は無力じゃな。別宮の回廊にぶら下がって揺れる吊り灯籠と、何も変わらぬ」

鶴姫は童女のまだやわらかい指を開き、握り締めていた鈴を取った。

「宝物をわらわにくれぬか、お鈴。今日の無念と、そなたを忘れぬために……」

鶴姫は名も知れぬ童女を「お鈴」と名づけた。慰霊のつもりで鈴を振ってみたが、濡れ砂を含んだせいか、今度はくぐもった音しか鳴らなかった。

「……姫、じきに日が暮れまする」

帰船を促す鮫之介に、鶴姫は小さくうなずいた。

沖でささやかな水葬を済ませると、鶴姫は涙を拭って鮫之介を振り返った。

「こんな夜は、祝様にお会いしたい」

大山祇神社の神事を司る最高位の神職は「大祝様」、大三島水軍を指揮する陣代(水軍総司令官)は「祝様」と呼ばれる。当代の祝様は、次兄の大祝安房だ。

お鈴と違って、鶴姫は大切に守られて育った。

神領十八万石とされる巨大神社の姫は、全伊予水軍に尊崇される不可侵の聖域にあって、飢えも渇きも知らなかった。早くに父母を亡くしたが、安房は殊に妹を可愛がった。松や鮫之介も、幼少から鶴姫に変わらぬ誠を尽くしてくれる。

「次の戦がいつ起こるか知れませぬ。祝様とは、まだしばらくお会いになれぬかと」

三島群島は伊予と中国の「飛び石」であり、そも「三島」とは伊予と安芸の間に散在する無数の島すべてを指した。そのうち最大の島が、大山祇神社の在します「大三島」である。

約二十年前、大内水軍が大挙侵攻してきた大永二年（一五二二年）の大三島合戦では、現大祝である安舎が陣代となり、見事に勝利を収めた。

だが近年、大内水軍との間でふたたび大小の戦が起こっていた。陣代の大祝安房は大三島の台城に常在し、会える機会がめっきり減った。

「姫、お召し替えは？」

松の問いに、鶴姫は短く首を横に振った。あと少しお鈴の血に染まった白衣を着ていたかった。ふだんは嫌いな血の匂いも、厭だと思わなかった。

「わらわも、安房の兄上とともに、戦の海へ出たい」

安房も黒鷹の悪行に心を痛めていた。民と妹を思いやる安房なら、真心のこもった言葉を紡ぎ、鶴姫と痛みを分かち合ってくれるはずだった。

「祝様の戦ぶりは、今や瀬戸内でも大評判。ご自慢の軍師殿もおられますゆえ、姫は必要ありませぬ。安心してお輿入れなさいませ」

安房は信望の厚い水将だったが、大軍相手に苦戦の連続だった。ところが二年前、ひとりの若者を帷幄に迎えてからは、戦に勝ち続けていた。

昨夏には、この斎灘で伊予水軍が大内水軍を撃破し、忽那島への大侵攻を食い止めた。その若者の作戦と采配が海戦の帰趨を決したとされている。今や天才軍師の名声をほしいままとする弱冠二十歳の軍師の名を、越智安成といった。

「その安成とやら、武技のほうはどうなのじゃ？　わらわには敵うまいが」

安成の武勇伝はまったく耳にしなかった。武芸は不得手なのだろう。

「姫に勝る武勇を持つ殿方がおわすとしたら、鬼鯱くらいでしょう」

伝説の水将、鬼鯱こと小原中務丞の勇名は瀬戸内じゅうに轟いていた。鮫之介よりも大きな化け物らしい。大内義隆に仕え、一水軍の頭領ながら大抜擢されて、偏諱まで受け「隆名」と名乗った。初陣である二十年前の大三島合戦では、名のある伊予の水将たちを幾人も討ち取ったと聞く。

「いずれ鬼鯱とは決着を付ける。されど安成とやら、男のくせに頼りない輩じゃな」

やけに刺々しく、強がって饒舌なのは、お鈴の死をまだ受け容れられないせいだ。

昔から鶴姫は、何でも安房に相談した。安房はいつも鶴姫の味方だった。

聞き上手の安房が戦勝報告のため今張へ戻ったとき、お鈴の話をしよう。

ああ、安房に会いたい。

瀬戸内の落陽が、この日も赤き巫女となった鶴姫の背を、慰めるように照らしていた。

二、黒鷹

翌日、芸予の海に吹くかわたれ時の海風は、血の匂いを濃厚に含んでいた。

「まさか、大祝（おおほうり）家を裏切ったのか……安成？」

大祝安房（やすふさ）の小早船に乗り移った越智安成は、歯を見せて笑顔を作った。

「裏切りとはまた、心外な物言いをなさるものよ」

安成は、座所に横たわる主のかたわらに片膝を突いて、顔を覗（のぞ）き込んだ。

「身どもは、大祝家に忠誠を誓うた憶えなど、ありませぬが」

安房の身体には、矢が十本近く突き刺さったままだ。助かるまい。

大三島水軍による奇襲作戦は完全な失敗に終わった。敵の返り討ちに遭った陣代、大祝安房は致命傷を負い、大山祇神社直属の船団も三分の一が沈んだ。

陣代は通常、大型軍船の関船（せきぶね）に乗る。だが今日に限っては、奇襲攻撃のために、小早船に乗った。ゆえに待ち構えていた敵伏兵の矢嵐を防ぎようもなく、将兵や水手（かこ）たちは死に絶えていた。

別働隊を指揮する安成は、物見に出る口実で船団を離れたから、無傷のままだ。

「新手の白井縫殿助（しらいぬいのすけ）はなかなかの謀将にて、油断は禁物でしたな」

沓屋（くつや）、小野山（おのやま）を筆頭に、桑原（くわはら）、守友（もりとも）、櫛辺（くしべ）、浅海（あさみ）、粟田（あわた）ら屋代島（やしろじま）衆の水軍を中心とする大内水軍は、隻数で圧倒的な優位にあった。だが忽那（くつな）島沖では、越智安成を軍師とする伊予水軍の前に惨敗を喫した。

大内家は埒（らち）の明かぬ戦況を打開するため、水軍を新たに投入した。名高い謀将、白井縫殿助を頭領に仰ぐ白井水軍である。諜報によりいちはやく白井水軍の初動を摑んだ大三島水軍は、潮待ちする敵の隙を衝こうとした。が、完敗だった。

「お前はわが方の奇襲を縫殿助が見抜いておると知りながら、われらを行かせたわけか……」

安房は驚愕のせいで、怒りさえ忘れている様子だった。

「海は死体も怨念も消し去ってくれ申す。而（しこう）して古来、謀殺には持ってこいの場所にて、大祝家の歴史では茶飯事（さはんじ）。政敵を討ち滅ぼすために、先人たちが何度も使うた手でござる」

人とは、いつまでも進歩せぬ生き物らしい。

大山祇神社の信者たちは、陣代を「半明神」と、大祝を「生き神」として無邪気に敬っている。だが、闇深く葬られた歴史の恥部を知らぬだけだ。清廉（せいれん）にして神聖なはずの大祝家では、生き神の座を巡り、二百年ほど前から裏舞台で醜く血を流し合ってきた。

「わしほどお前の才を買(こ)うておった者はいまい。ともに大三島を守ると誓うたはず」

「幼少より、舌先三寸で人を騙(だま)すのは得意芸でござってな。敵の力を使うてもよい、身どもは必ず、大祝の一族をこの世から根絶やしにしてみせる。今日はその手始め」

「わからんぞ、安成。わしはお前を友と思い、弟のごとく可愛がっておった」

感謝と詫(わ)びのつもりで軽く会釈(えしゃく)をしてから、安成はおだやかに種明かしをした。

「乱世では空貝(うつせがい)のごとく、どこにでも転がっておる話。ただの復讐でござるよ」

「……お前は何者なんじゃ？　大内の回し者か？」

「さように気の利(き)いた素性ではござらん。大内のごとき大身に仕えられれば、身どももかように危ない橋を渡らず、のんびり鎧(よろい)細工の道楽にでもいそしんでおったはず」

「わしはお前が好きじゃった。黒鷹の素性を隠して大三島水軍に迎えたのも――」

「あいや、勘違い召さるな。身どもとて、お人好しの祝(ほうり)様をかような目に遭わせるは不本意の極み。されど、わが祖父、父、兄しかり、乱世とは善人が雁首(がんくび)揃えて馬鹿を見る世の中。悪いのはすべて、亡きご尊父の第三十一代大祝(おおほうり)、安用(やすもち)殿でござるよ。身どもの空(から)念仏でよければ、祝様が成仏(じょうぶつ)なさるよう、唱えもいたそうほどに」

大祝安房は最も人望厚き大三島水軍の要だった。

ゆえに最初に討たねばならなかった。

「父上が？　大祝家に復讐とは、いったいお前は何者なんじゃ？」

安成が小袖の襟をずらして右肩を露わにすると、安房は幽鬼でも見たように色を失った。

「まさか、その槍傷は……生きて、おったのか……」

「あの時、その手で確実に殺しておくべきでしたな。乱世では無用の情けが命取りになり申す」

仇が驚きうろたえる姿を見るのは心地よかった。天にある父母も兄も、皆が復仇の成功を寿いでいるに違いない。地獄に落ちた先代、大祝安用の歯軋りが聞こえてきそうだった。

「得心されたご様子で何より。さて、憎き安用の血を引く者は、あと四人」

安成はていねいに数え上げるように、安房に向かって四本指を立てた。

「……若い甥たちの命まで、奪うつもりか」

「おや、申し上げそびれましたかな。身どもが大三島水軍の軍師となりしは、大祝家を根絶やしにせんがため」

仇はことごとく討ち滅ぼさねば、いずれまた、安成のごとき復讐鬼が現れる。永遠に復讐の連鎖を断てぬのだ。

「わしの推挙で、兄上はお前をすっかり信じておられる。家中の誰も、お前の知略には敵うまい。大祝家は呪われておる。またもや彦三郎が現れるとは……」

突如、殺気が走った。が、安成はすでに脇差の鯉口を切ってある。

最後の力で起き上がろうとした安房の胸を、抜く手も見せず左手の脇差で刺し貫いた。

「無駄な足掻きを」

安房は鈍い呻き声を上げて、再び仰向けに倒れた。夥しい血を吐いてから、絶望したように明け方の空を見上げた。満身に矢傷を負いながら、大祝家に降りかかる災厄を取り除こうとしたのだろう。気丈な男だ。

「左手か。剣技まで、隠しておったとは……」

「遠からず大祝様と、その嫡男お二人も、同じ目に遭っていただこう」

安房の兄にして、第三十二代大祝の安舎は、ふだんは今張の別名、塔本にあった。祭事のために大三島へ渡る道中を襲ってもよい。いずれ必ず引きずり出して、討ち果たしてやる。安房が死んだ後、計画どおり大三島水軍を乗っ取れば、しごく容易な話だった。

「安用の穢らわしき血を引く者は、他にあと一人。先代が大祝の身にありながら、年甲斐もなく巫女を孕ませて生まれ出た姫君は、男勝りの風変りな巫女となられた。近ごろは、海賊狩りの真似事に精を出されておるとか」

「鶴は女子じゃ。来島村上への嫁入りも決まっておる身。命だけは――」

「そういえば、十年ほど前に殺された身どもの母も、姉も、妹も、叔母たちも、たしか女子でしたな。鶴姫にも、目の前で身内が皆殺しにされる姿をとくとご覧いただきましょうぞ」

安成がおだやかに冷笑すると、安房は立ち上がろうとした安成の袴の裾に取りすがった。

「後生じゃ、安成。鶴ほどまっすぐな女子はおらぬ」

「身どもとて、幼きころは無垢な善人でございましたぞ。今はご覧のとおり、すっかり冷酷非情な邪鬼となり果てましたがな」

「わしは何と恐ろしい男を、大祝家に入れてしもうたんじゃ。すまぬ、兄上、鶴……」

安房は己の血で胴丸を真っ赤に染め、暁天を仰ぎ見たまま、事切れた。

二年仕えた主の絶命を確認すると、安成は立ち上がった。

「まずは、一人」

生き神を滅ぼさんとする男に並外れた知略を与えるとは、大明神にも抜かりがあったようだ。いや、神なぞおらぬ。いるなら、安成の数知れぬ悪行を捨て置かぬはずだ。

安成は懐から取り出した銀色の鈴を軽く振った。

葬(ほうむ)る代わりに鳴らす涼やかな鈴の音が、せめてもの弔(とむら)いの鐘のつもりだった。

「お見事にございましたぞ、若」

自船の小早に戻った安成は、ウツボの嗄(しやが)れ声に無言でうなずき返した。

安成は腕に浴びたばかりの生温かい返り血を海水で洗い落とす。この左腕はこれまでどれだけの命を奪ってきたろうか。

「何じゃ、まさか昨日の人船(ひとぶね)の件を気にかけておわすのか？　若らしくござらんぞ」

長い付き合いのせいもあるが、忍び上がりのウツボは人の心を読むのがうまい。

昨日も安成は物見の名目で別行動を取った。戦場から離れた斎灘に出て、一隻の人船を襲った。死者たちを載せた人船がどこぞへ漂流し、誰かが見つけ、黒鷹の脅威に震え上がれば、目的は達せられる。対大内戦で作戦行動中の安成が、無法を働けるはずもあるまい。一時流れた、黒鷹の正体は安成だとの噂を封じるために、ウツボが提案してきた偽装工作だった。

「女童をひと思いに殺してやれなんだかと思うてな」

安成が年端もゆかぬ女子を手に掛けようとしたとき、訴えるような視線に遭った。潤みを帯びた煙水晶のような瞳は、恐怖より憐憫を含むように見え、怨念より慈悲に近い輝きを放っていた。安成の脳裏に昔、五歳の妹が殺められた時の惨劇が蘇った。その時の瞳と同じ気がして、一瞬、戸惑った。そのせいで、ふだんは精確なはずの手元が狂った。

人生は苦難で満ちている。幼き安成もそうであったように、目の前で身内を殺された女童にしても、死んだほうが楽だったはずだ。

「乱世で情は破滅のもとじゃ。この年寄りがいつまで若にお仕えできるか知れんが、事を成し遂げる日まで、決して情にほだされてはなりませんぞ」

ウツボはさばけた小柄な痩せ老人で、抜けた前歯とごま塩の無精ひげには愛嬌さえあった。僧服を着せれば、まるで悟りを開いた旅僧のようにも見える。安成の幼時から苦楽をともにし、武芸と兵学をたたき込んでくれた師であり、同志でもあった。

「偽りの三島神紋流旗を掲げる船は、すべて黄泉の国へ向かう不吉な船」

黒鷹は、「亀甲に波三文字」の旗を掲げる民間船しか襲わない。

「偽者の大祝がなす神事など、すべていかさまじゃ」

復讐の幸先よい出だしに、ウツボは浮かれたようにひとり饒舌だった。

ウツボも、身内をひとり残らず安用に殺害されていた。

「氏子たちに、安舎の無力を思い知らせてやりませんとな」

黒鷹の跋扈により海の守り神の霊験もすっかり失われている。安用、安舎と二代続いた大祝は紛い物で、安舎が大祝の座にある限り、大山積神の力を得られぬと、氏子たちに悟らせるのだ。

安成は黒鷹の頭領として、無辜の血を多く流してきた。

黒鷹はもともと二十挺立ての小早船の名である。挺とは艣のことで、小艣の場合、一人の水手が一挺を担当する。黒鷹には二十人の水手がいるわけだが、並みの水手ではない。すべて三島村上水軍によって成敗された無法な海賊の遺児たちで、ウツボが幼時に引き取り、育ててきた精鋭だった。村上水軍とその氏神たる「大山祇神社への復讐」という目的を共有する同志でもある。ゆえに安成とウツボに絶対の忠誠を尽くすのだ。

復讐のために人を騙し、陥れ、殺め続ける安成の人生は荒みきっていた。だがようやく、道の半ばまで来た。

安成はちらりと安房の小早船を見やった。

「……悪い男では、なかった」

この二年、戦勝の後に戦友として酒を酌み交わした夜に思いを馳せても、大祝安房はまれに見る快男児だった。仇の息子でさえなくば、親しき友となりえたろう。

ウツボは魚に餌でもやるように、安房の小早船へ焙烙玉を放り込んだ。

水手たちに指図を終えると、安成の脇に腰掛けた。

「若、復讐の炎を滾らされよ。大山祇の神威と大三島水軍の武力は本来、若が一手に握られるべき筋合いじゃ。若の父君を、母君を、兄君を、お身内を殺し尽くした男は、どこの誰でござる？　若の右腕が満足に使えんのは、いったい誰のせいじゃ？」

そうだ。あの夜の惨劇を想い起こせば、心の迷いなど消える。

「案ずるな。邪魔になる菅原秀連、中山通古、菅康光を並べて葬った。次は俺が陣代となろう」

古来、大祝は「弓矢を携えず、国境を出ず、連日ご神事に専念しご祈禱をするものなり」とされた。神意の伝宣者として戦には関われぬ大祝に代わり、陣代が置かれるわけだ。

安房と腹心たちが揃って討ち死にした今、水軍を動かせる人間は安成しかいない。半明神とされる陣代は、大祝家の者が務める伝統だが、血族同士が殺し合ってきた歴史は、大祝家の血をわずかしか残していなかった。

安舎の十五歳の長子安高は蒲柳の質で、戦の指揮など務まらない。十一歳の次子安忠は元服したばかりだ。勝利に沸く大内水軍を前に、年端もいかぬ少年を据える愚は犯すまい。十六歳の鶴姫は女だ。陣代にはなれない。

「仮に小僧が陣代となっても、海では事故がよう起こりますからな」

誰が陣代とされても飾りだ。実際に水軍を動かす安成が、戦場を知らぬ童を葬るのはたやすかった。戦でなく、海難でもよい。

「すでに手は幾つも打ってござる。今張に食い込める日も近うござりましょう」

ウツボが大祝家に潜ませている毒は他にもあった。すでに大樹は蝕まれつつあるのだ。

背後で鈍い爆発音が聞こえた。忍びの技を持つウツボは火術が使える。

やおら振り返ると、安房たちを乗せていた小早船がゆっくりと沈んでゆく。海はすべての真相を消してくれる。

安成は船に常置してある瓢簞を取り、中の酒を呑み干した。が、足りぬ。

「ウツボ、酒はあるか？」

「鞆の浦で手に入れた美酒がござる。——皆の者！　祝杯を挙げようぞ！」

歓声が上がった。ウツボが皺の多い手で渡してきた酒を、むさぼるように呑んだ。

最初のころ安成は、人を殺す前も後も、必ず酒を呑んだ。さもなくば正気を失いそうだった。飲酒はそのまま、黒鷹全員の儀式になった。景気づけに先に呑む場合も少なくない。

「ウツボよ、次は誰にする？　病人か、童か、小娘か」

安成とてまだ二十歳だが、安穏を貪る大祝家の者たちとは全く違う、苦難の人生を歩んできた。

「ただ命を奪うだけでは仇討ちも興醒め。女相手には、面白き復讐の手立てもござるでな」

ウツボの痩せ顔に下卑た蔑みが浮かぶと、安成は小さく嗤った。

「鶴姫を弄んで、やるか」

老練なウツボの指図する操舵が、安成の乗る小早船を心地よく滑らせてゆく。

越智安成の新たな船出を寿ぐように、海原を照らす旭日が勢いよく昇り始めた。

三、腐り蜜柑

お鈴たちを水葬した翌日、伊予国今張の空は心地よく晴れ上がっていた。これで梅雨明けか。

「退屈でたまらぬ。もうやめじゃ、やめじゃ」

鶴姫は手の貝殻を投げ出すと、両手を伸ばして大きく欠伸をした。巫女装束は面倒が嫌いな鶴姫の普段着である。長兄の安舎も文句を言えぬし、着こなしを思案せずにすむ。

「大祝家の姫がろくに貝合せもできぬでは、来島の女たちに馬鹿にされます！」

瀬戸内だけに、今張では色とりどりの貝殻が手に入った。

世の姫はひとりの例外もなく貝合せを好きなはずと、村上通康は決めてかかっていた。大した用もないのに塔本の屋敷を訪れるたび、鶴姫への贈り物に、とびきりの貝合せを置いてゆく。侍女たちは大喜びだが、鶴姫は幼少からこの辛気くさい遊びを好きでなかった。

たいそうな剣幕でがなり立てる松を尻目に、鶴姫は掌に載せた例の鈴に向かって話しかける。

「いったい貝合せの何が楽しいのじゃ。わらわにはとんとわからぬ。のう、お鈴？」

似たような絵の描かれたハマグリの貝殻が、三百六十枚も並ぶのだ。気の遠くなる話ではないか。

「何事も上手になれば、楽しめるものです」

「こたびもお前の勝ちでよい。今年はこれまでにいたそう」

負けず嫌いで有名な鶴姫が勝ちを譲るとは稀な話だが、一刻も早くこの退屈な遊びから逃れたい。庭を見やりながら、中腰になった。

「お待ちなさいまし、姫！」

「小休止じゃ。身体を動かさねば、心が保たん」

鶴姫は半弓と矢を引っ摑むと、逃げ出すように庭先へ出た。

蒼社川の絶えぬ流れが聞こえる庭には、侍女に命じていくつかの的を常に設えさせてあった。四十間ほど先に立つ楠の太枝からぶら下げた、小さな標的を狙う。

ちょうど風で的が揺れている。

矢を放つ。鈴が怒ったように短く鳴った。風鈴にぶら下がる木札を割ったからだ。

「いつもながら、お見事……」

松は声を失ったように、途中で言葉を止めた。

細い札には黒鷹が描いてある。烏に見えると松が笑う、鶴姫の下手くそな絵だ。船上では何もかもが揺れ動く。揺れる的をこそ、鶴姫は射貫かねばならぬ。鍛錬に励んだおかげで、今ではこれだけ離れても、三矢に二矢は憎き黒鷹に命中させられるようになった。

「兄上もわらわを戦に伴われれば、たやすく勝利なされようものを」

鶴姫は幼いころ、蜜柑食べたさに、樹上高く生る実を射落としてまで食べた。

「祝様は姫を大切に思われるがゆえ、今張にお残しになったのです」

「されどこたびは、あの白井水軍が動いたと聞く」

大内家の警固衆ではかねて小原、白井、弘中の三水軍が勇名を馳せていた。大内はついに大三島侵攻に本腰を入れ始めたのだ。

「女子が戦に出るなど、もってのほか。まして姫は、嫁入り間近の御身です」

いよいよ来月、鶴姫は来島衆の頭領、村上通康に輿入れする。鶴姫に惚れ込んだ通康の熱烈な求婚が実った形だが、傘下の来島村上水軍との連携を強化したい大山祇神社としては、ごく自然な政略結婚であった。

「嫁入り、のう……。おお、また当たった」

隣の的の風鈴が荒々しく鳴った。

「通康様なら、万が一にも間違いはありませぬ」

面食いの松は最初、この縁組みに乗り気でなかった。若き豪将、村上通康は逞しい海の男だが、ひげ面の顔の作りは大雑把で、世辞にも美男とはいえない。鶴姫と釣り合わないと松は嘆いていた。事あるごとに通康を褒めそやすのは、己に言い聞かせるためではないか。

「じゃが、松。わらわは通康に恋などしておらぬぞ」

松はしつこく太鼓判を押すが、鶴姫は幼時から可愛がってくれた通康を、兄貴分として慕いはしても、それ以上の思いはなかった。

武技に秀でた鶴姫とて、れっきとした女子だ。平安の世の貴族たちが競って身を焦がしたような恋をしたいと願ってきた。が、それらしき若者とは出会えぬまま、通康の度重なる求婚と贈り物の数々に、十六歳になった鶴姫もしぶしぶ折れた形である。

「世に生まれる恋の十中八九はうまくいかぬものと、相場が決まっております」

「初耳じゃな。そう申す松は、恋をしたのか？」

「もちろんですとも」

松は胸を張ったが、「むろん相場どおりでございましたが」とさりげなく付け足した。三十路を過ぎてずいぶん肥えたが、若いころの容色は目を引いただろう。おしゃべり好きの松も自身の恋については、なぜか口を閉ざした。

「恋は成らぬからこそよいのです。成ってしまった恋は、腐っていく蜜柑みたいなものです」

「腐るも何も、わらわはまだ一度も恋をしておらぬのじゃぞ。ああ、至高の恋ができる祝詞を父上に教わっておけばよかった。……お前は、知らぬか？」

次の矢を番えながら問う鶴姫に、松がわざとらしくため息をついた。

「お立場を弁えられませ。大祝家の姫君は神にも等しきお身分。中途半端な恋に身をやつされなどすれば、大明神を信ずる氏子たちに示しがつきませぬ」

「ならば正真正銘、真っ向勝負の恋なら、よいのじゃな？」

当たれば恋ができると念じて放った矢は、ずいぶん逸れて、奥の松の幹に突き刺さった。大山神神社にも恋を願って絵馬を奉納したが、まだそれらしき出会いはない。

「言葉の綾でございます。恋など忘れて、姫らしゅう潔く嫁がれませ」

「わらわは大祝様でも祝様でもない。ただの巫女じゃ。恋をして、何が悪い？」

「姫は巫女でも、生き神の妹君にあらせられまする」

松はお多福のような顔を怖くしてから、重々しく諭すようにたしなめた。鶴姫も窮屈な家系に生まれたものだ。

八年前に父の安用（やすもち）が没すると、長兄の安舎（やすおく）が後を襲って「大祝様」となった。生き神になったわけだが、会える頻度が減っただけで、別段代わり映えはしなかった。異母兄の安舎は父親に瓜二つの丸顔で、母親似らしき鶴姫には全然似ていない。いつも腹痛を我慢しているように憂鬱そうな顔をして、何を考えているか知れぬ兄だった。

氏子たちの信仰が神を作っている。安舎は演じているだけだ。人が神になど、なれぬ。

「お優しい安房の兄上が半明神というのは、まだわからんでもない。されど、安舎の兄上は――」

「めったなことを口になさいますな。罰（ばち）が当たりますぞ」

神罰をいうなら、三島大明神を蔑（ないがし）ろにする黒鷹が真っ先に罰せられねば変ではないか。

「水軍の頭領の妻など肩が凝りそうじゃ。鮫之介は独り身ゆえ、わらわを娶（めと）ってくれぬものか」

父安用は、幼少から鶴姫の刀剣に非凡の才ありと見抜き、家中で最も腕の立つ鮫之介を剣の師につけた。が、今では鶴姫の軽やかな武技を鮫之介も持て余している。

揺れる的をすべて射落とした鶴姫は、白壁に掛けた三重丸の真ん中を狙う。

――命中だ。

「姫、お身分をお考え遊ばせ」

「お前は口を開けば、身分、身分と蠅のようにうるさいが、男は中身が一番じゃぞ。ああ、安房兄と血が繋がっておらねばよいのに……」

「おお、また継ぎ矢にございますね」

鶴姫の放った矢が、的の中心を射貫いていた矢に刺さった。矢筈を壊して一本の矢になっている。偶然ではない。狙ったのだ。われながら恐るべき腕前だった。

「嫁入り前に一度でよい、わらわも戦場へ出て、兄上のお役に立ちたい」

「姫、小休止にしては長うございます。そろそろ貝合せに戻りますぞ」

鶴姫が最後の矢を放つと、矢はまるで見当違いの方向へ飛んだ。

「やっと終わった。今年はもう、貝合せなどやらぬぞ」

半刻（約一時間）後、鶴姫は両手を高く挙げて大きく伸びをした。

「今年はまだ半分も残っております。松に勝つまでは続けていただきます」

「無体を申すな。お前が呆けるまで無理じゃ」

「せいぜい長生きいたしましょう。お輿入れ後も、来島(くるしま)で末永く」

鶴姫は松に背を向けて、縁側へ出た。伊予の澄んだ青空を見上げる。今回攻めて来た敵将白井縫殿助は、歴戦の名将と聞いた。来島衆もいずれ出陣する。

「わらわが守ってやらねば、通康は死ぬやも知れんな」

「心配ご無用。若き名軍師、越智安成様がおわしますれば」

「ふん。二十歳の若さで、縫殿助との知恵比べに勝てるのか？」

「もちろんですとも。だいたい神様を従わせようなどと、大内義隆めは正気の沙汰ではありませぬ。罰当たりは必ず二十年前と同じく、完膚(かんぷ)なきまでに敗れ去るのです」

「大山祇(おおやまづみ)の社(やしろ)は日本に千万あれど、他の神を奉ずる者もおろう」

村上海賊や伊予の民草は三島大明神を熱烈に信仰しているが、越智一族の聖域が、他の者により敬譲(けいじょう)されるとは限るまい。

「安成様は大明神より遣わされし武神。あの祝(ほうり)彦三郎様の再来と噂する者までおりまする」

海の神である大山積神は、全国の武将たちの尊崇を集めてきた武の神でもある。が、鶴姫は八代前の父祖にあたる祝彦三郎安親(やすちか)をどうも好きになれなかった。

戦上手の祝彦三郎は、伊予の英雄としてつとに名高い。

彦三郎の才は勝ち馬を見極める見事な処世術によって、遺憾なく発揮された。鎌倉幕府滅亡の際、彦三郎は朝廷方で奮戦したが、南北朝の時代に入るや、逆に武家方に与して乱世の荒波を生き抜いた。戦であまりに人を殺めすぎた彦三郎は、大祝職こそ辞退したが、結局、現在の大祝家は彦三郎の子孫が継いでいた。

「戦が無理なら、わらわは恋がしたい。ああ、この広い空の下、強うて、賢うて、見目麗しく、心優しき殿方が、一人くらいはおるはず。大明神さま、あとひと月のうちに日本一の偉丈夫と出会わせてくださいませ。鶴には時がありませぬ」

鶴姫は頭を垂れた祈りの姿勢のまま振り向かず、黙っている松に言葉を投げた。

「聞いておるのか、松？」

「殿方は見栄えよりも身分。大山祇の姫は由緒ある家の、力ある殿方に――」

「そういえば、お前が贔屓する越智安成は、水もしたたる美男じゃと聞いたぞ」

安房は今張に戻るたび、安成の知略と活躍を絶賛した。戦勝の報せが届くや、人々は安成を口々に褒めそやした。安成は常に大三島防衛の任にあり、今張ではめったに姿を見ないはずだが、噂には鯨のような尾ひれが付いて、いつの間にか安成は「伊予一」から「瀬戸内一」の美男にまで格上げされていた。

「松、お前は安成に会うたのであろう？　いかほどの美男であった？」

「瀬戸内一という評判は誤りです。おそらくは……日本一の美男かと」

松は神妙な面持ちで、断言してみせた。

「ほう。面食いの松が申すなら、そうなのやも知れぬな」

「安成様が海へ漕ぎ出せば、恋をした魚たちが群れを作るとか」

「なるほど、漁をするにはたいそう便利な男じゃ」

兄安房が信頼し、重用する美男の軍師なら、好意を持っていいはずだった。が、嫉妬が先に立つせいだろう、大好きな安房を奪われた気がして、鶴姫はむしろ敵意を抱いた。女子には決して許されぬ戦が上手だと聞いたのも、負けず嫌いには癪だった。

「わらわはどうも好かぬな、その安成とやら」

「実は、安成様のお身分さえ確かなら、室を離縁いただいて、と考えた時もございました。日本一の美男と美女。さぞやお似合いの夫婦となられたでしょうに……」

安成は貧しい漁師の倅らしい。大抜擢した安房の口利きで、小海城主越智通重の入り婿となり、「越智」姓を得た若者だ。大祝家も伊予守護職の河野家も元来、越智一族の出である。安成は大祝家の一族に拝謁できる身分ではないが、たびたび大三島を訪れる鶴姫がこの二年でただの一度も安成に会わなかったのは、考えてみれば不自然だった。

「お前。わらわと安成が会わぬようにしていたな？　また身分か？」

松はもったいぶるように首を横に振った。

「美男の武神には、他にも致命的な欠点がひとつ、ございました」

少し身を乗り出す鶴姫に向かって、松は残念そうに何度もかぶりを振った。

「在五中将（在原業平）様も顔負けの女誑しなのです。妻ある身でありながら、数多くの女子を泣かせております。馴染みの遊女は数知れず。さような男は室を必ず不幸にします」

「なるほどさようか。腐り蜜柑でもよい、恋のさや当ても面白かろうに、夢のまた夢か……」

鶴姫は縁側から庭に降りて、どこまでも青い夏空を見上げた。白い龍に似たひと筋の雲がゆっくりと流れてゆく。

広い日本にはこの今も、鶴姫と似た境涯に生まれ育ち、同じような気持ちで嫁いでゆく女子たちがいるのだろう。恋の経験もなく、好きでもない男と結ばれ、子を産み、母となり、家を支えて終える一生だ。

不幸な人間はごまんといる。幼くして死んだお鈴もそうだ。若き日の恋に破れた松は幸せだろうか。きっと鶴姫も、今の境涯を是として、幸せを噛み締めながら、自分を想ってくれる男に嫁ぐべきなのだろう。
だが、ならば天はなぜ、男も羨む並外れた剣才を鶴姫に与えたのだ？　鶴姫は兵学にも自信があった。寝食を忘れて過去の海戦を学びもし、頭の中で船団を思うがままに動かせた。

いっそ通康に往生際よく嫁ぎ、来島村上水軍を乗っ取って、海賊どもを一掃してやるか。

「さあ、姫。いま一度、貝合せをいたしまするぞ」

鶴姫が覚えず悲鳴をあげたとき、廊下のほうから荒い足音が聞こえてきた。

――姫！　鮫之介にございまする！

「よいところへ参った！　苦しゅうない」

鴨居に頭をぶつけんばかりの大男は、鶴姫に向かって恭しく両手を突いた。

「御手洗島沖にて、お味方、慮外の大敗軍と相成りましてござる」

「何じゃと！　兄上はご無事であろうな？」

瞠目して詰め寄る鶴姫に対し、鮫之介は力なく首を横に振った。

「大三島水軍の主立った将が打ち揃って戦死された由。祝様も戻られなんだと……」

二番貝　戦姫

——天文十年（一五四一年）七月

四、義経の鎧

「追撃はせぬ。その場にとどまり、敵の撤退を待つよう、各水将に伝えよ」

夏の日がすっかり傾いたころ、越智安成は大三島の西岸、台ノ浜沖の関船上にあった。陣代を欠く場合は、軍師で副将の安成が指揮を執る取り決めである。

「さすがに白井縫殿助は名将じゃな。戦の駆け引きが、今までの凡将とは断然違う」

整然とした船列で撤退する采配を見るだけで、水将の力量がわかる。

「縫殿助のほうこそ、若に舌を巻いておりましょう。隻数も兵数も劣る戦力で互角以上に渡り合う将が敵におったのかと」

大祝安房の戦死から半月近く、まだ新しい陣代は決まっていない。安成はこの間、大内水軍と小競り合いを繰り返していた。

「俺がおる限り、簡単には破れぬ。そう悟った縫殿助は、しばし様子見に入る」

「山口(やまぐち)へ、さらに後詰(ごづめ)（援軍）を求めましょうな」

大内水軍は桁違いに強大だ。縫殿助ほどの将が兵力の逐次投入という愚を犯しはすまい。圧倒的な兵力差で押し寄せてくれば、安成が知略の限りを尽くそうとも、敗北は必至だった。

「俺なら、手早く決着を付けるために、伝説の鬼鯱(おにしやち)を呼ぶ」

「小原中務丞(おはらなかつかさのじよう)、瀬戸内最強の海賊でござるな。あやつが出てくれば、厄介じゃ」

二十年前に一度、ウツボは鬼鯱と戦場で遭遇しているらしい。

「ときに若。縫殿助から内応を打診する矢文が届いてござるが」

名将は戦闘だけではない、調略も駆使して敵に勝つ。侮れぬ相手と見た敵将を、縫殿助が引き抜きにかかるなりゆきは、ごく自然だった。

「大内にいつ鞍替えするかは、思案のしどころよ。焦りは禁物だ」

「いかにも。村上水軍にはまだ敗けが必要なようでござる」

安成が大内家に寝返って敵を大三島に引き入れれば、大祝家をすぐにも滅ぼせる。だがそれでは、安成はただの不届きな裏切り者に堕する。今、宿敵の後ろ盾で大祝職(おおほうりしき)

に就いたところで、村上海賊ら氏子たちの信仰も真の神威も得られない。安成は救国の英雄として、水将たちの支持と尊敬を身に受けたまま、乞われて大祝となるのだ。

「大祝の座から安舎めを引きずり下ろすには、手順を踏みませんとな」

信心深い村上海賊たちは三島大明神の加護さえあれば、村上水軍を中心とした伊予水軍が、大内の大水軍を打ち払えると本気で信じ込んでいた。だが、少し考えればわかる話だ。

日本最大の大内家と伊予では国力が違いすぎた。生き残るためには早晩、膝を屈するほかない。海賊たちの目を覚ます、見やすい敗北が必要だった。そのために安房以下、要人たちを戦死させたが、案に相違して、伊予の水将たちは復仇戦にいきり立っていた。

安成の所有となる大三島水軍をこれ以上傷つけずに、勇ましき村上海賊をいかに絶望させるか。

「片腕であった弟の戦死を聞けば、安舎も己の無力を嚙み締めると思うたが、多少は気骨のある男のようだ」

大祝が安全な今張で、愚にもつかぬ祈禱に明け暮れたところで、戦の帰趨は毫も変わりはせぬ。

ウツボの手下たちは、かねて安舎の悪評を流布してきた。遠からず不適格な現大祝を廃し、安成は第三十三代の大祝となるのだ。

「されど若、大内水軍もまた、憎き仇じゃ。お忘れあるな」

「それは大祝家を乗っ取ってからの話よ」

二十年前の第一次大三島合戦で、安成の父も、ウツボの四人の息子たちも皆、戦死した。安成を没落させた原因は大内家にもあった。

「若は伊予守護職をも得るべきお方。玉澄公の御代に戻すのでござる」

八百年余り前、越智家中興の祖玉澄によって、伊予の祭政は分離された。すなわち、元明天皇の御世、和銅元年（七〇八年）三月、勅許により玉澄の次子安元が初代大祝職に補任され、他方、家督を継いだ長子益男は伊予守護職を継ぎ、河野郷（現松山市）に居を構えて河野姓を名乗った。

乱世では、神社もまた強大な武力なしに生きてはゆけず、大祝家もやがて自らの水軍を持つに至った。安成はすでに大祝家の武力を手中に収めたに等しい。さいわい伊予守護職の河野家も内輪揉めで揺れ続けていた。政略で家中をさらに分断していがみ合わせれば、付け入る隙は十分にあろう。

「時を要しておりまするが、今ごろは通重殿が、若を次の陣代に推しておるはず」

越智通重はむろん安成の野望など露知らぬ。大祝家の純朴な忠臣で、御しやすい義父だった。

「ウツボよ。先の思案があるゆえ、今宵、白井縫殿助と会って参れ。いずれはあの男を利用する。返事は玉虫色でな。時間稼ぎにもなろうゆえ」

含みを持たせ、脈がありそうな応答をしておく。内応すると見せかけて大内を破る手もある。が、相手は名うての策謀家だ。騙(だま)し合いの乱世では、逆手に取られる懸念もあった。

敵の船影がすっかり去った後、芸予諸島の海原に夜が訪れようとしている。

船団を旋回させて台(うてな)ノ浜に向けて返すと、海辺に咲く浜防風(はまぼうふう)の白が、最後の夕照を浴びて、蜜柑色に見えた。

「姫、いったい何をなさるおつもりですか？」

次兄安房(やすふさ)戦死の報が今張に届いてから半月余り、鶴姫は夜を徹して泣きじゃくった。だが同時に、復仇戦について考え抜きもした。仇は必ず、討つ。

鶴姫は巫女装束のまま下肢に脛巾(はばき)をつけ、上下の緒を結んでゆく。

「鎧など、いったい何のために……」

「弔い合戦に決まっておろうが。早ういたせ、松」

鶴姫は脛当てと籠手を付けた。幼いころ安房に教わり、遊びでよく付けた。ひさしぶりで手こずるが、松にも手伝わせた。

ただちに戦に出たいと、長兄の安舎に直談判したが、むろん容れられなかった。

「女子は戦に出るべからず」との決まり文句に終始した。

――負ければ、男も女もないはず。戦は男だけに任せられませぬ。

鶴姫は何度も訴えたが、まるで相手にされなかった。

陣代亡き後の大三島水軍を束ねる越智安成からは、安房戦死に至る経過とその後の戦況を知らせる文が数通、届いていた。

大内方の白井水軍の動きをいち早く摑んだ安房は、大三島水軍単独で、二隊に分かれての奇襲作戦を考案した。安成は守りを固めて村上水軍の援軍を待つよう説いた。しかし、安房は聞き入れずに敢行して、返り討ちに遭い、船団の三分の一を失う大敗を喫した。安成は残存兵力で大三島を防衛しているが、至急の援軍を派遣されたし、との内容であった。

憎らしいほどの達筆で書かれた、名文と言っていい手紙を、鶴姫は覚えるくらいに読み返した。精確な状況分析を伝える文面からは、主君を失った嘆き悲しみなど一片も読み取れなかった。ただ淡々と危機に対処し、防衛に成功している旨が怖いほど冷静に記されていた。

鶴姫は、屋敷に出入りする馴染みの村上通康から、軍議の様子を聞き出した。安成を次の陣代とする方向で話が進み、今日にも結論が出されるそうだ。実際、安成は寡兵で奮闘し、敵の大三島上陸を阻み続けていた。適任と見られている。

「姫！　この菊枝文の絵韋は！　まさか……」

松が叫ぶのも無理はなかった。鶴姫が身に付けている鎧は、大山祇神社でも最高の宝物のひとつである。甲冑などに関心のない松でも気付くほどの代物を、宝物庫から借用してきた。近年の大内水軍の侵攻を受け、主だった奉納品は今張の宝物庫に避難させてあった。

「かような真似をされては、神罰が当たります！」

「従わねば申し子に殺されそうだったと、大明神には申し開きせよ」

松は悲しげな顔で、鶴姫を見つめた。

「そろそろ気付かれませ。姫にどれだけ軍才があろうと、殿方は皆、女子の指図で戦いたくなぞないのです。海賊狩りと、国の命運を賭ける戦はまったく違いまする。たくましき海の男たちが女の采配に従うなど……」

「わかっておる。されば、良策を思いついた」

女ゆえに鶴姫は戦場に出られぬのだ。ならば、女でなくなれば、よい。

「松、胸が苦しゅうて息ができぬ。何とかならぬか？」

安舎が妹の武芸好きを嫌ったせいもあって、鶴姫は海賊退治でも甲冑を着用しなかった。天誅(てんちゅう)は神事であると強弁して、巫女装束で船に乗っていた。

「姫には、胸板が小さすぎるのです」

四百年ほど昔、かの源義経が着用、奉納したと伝わる、八艘跳(はっそうと)びで有名な赤糸威(あかいとおどし)の鎧である。義経は小柄だったそうだが、それでも鶴姫の体型には合わなかった。

「皆、かように苦しい思いをしながら、鎧を身に付けておるのか」

「殿方には、姫のように大きな乳房がありませぬ」

鶴姫は小柄だが、胸だけは大ぶりだった。剣でも弓でも胸の膨らみが邪魔になるため、男とは構え方を変えている。

「よい。戦のときは胸板を外す。……草摺(くさずり)もやけに窮屈じゃな」

逆に腰回りの隙間は大きすぎて、動き回ると草摺が擦れて腰部に痛みを感じそうだった。

「殿方と違うて、女は子を産むために臀部(でんぶ)が大きいのです。仕方ありません」

ていた。

「女物の鎧はないのか？」

「当たり前です。さような物、いったいどこの女子が使うのですか？」

昔、童用(わらべ)の鎧をつけたときは全く違和感を覚えなかったが、明らかに体型が変わっていた。

「よい。戦のときは草摺も外す。これでとにかく、わが意は伝わろう」

見た目はおかしな鎧姿だろうが、軍議が終わる前に直談判する必要があった。

「何度、出陣を言上(ごんじょう)なさっても、無理だったはず」

「頼み方を変える。和議なぞ降伏に等しい。兄上の仇討ちができぬではないか」

数日前、大内水軍に大幅な戦力増強があった。すでに伊予水軍の先遣隊が各地から大三島へ向かっているが、戦況はすこぶる不利であるらしい。通康の話では、安成が和議の可否を安舎に打診しており、軍議では降伏を口にする家臣まで出始めたという。

「鎧を身につけられぬことでおわかりでしょう。姫は女子なのです」

胸の右前に栴檀板(せんだんのいた)、左前に鳩尾板(きゅうびのいた)を付けると、鶴姫は立ち上がった。

「大袖(おおそで)はいらぬ。鎧の上には打掛けを羽織るゆえ」

鶴姫は紺の打掛けに腕を通しながら、自分に言い聞かせるように宣言した。

「わらわは今日、女子をやめる。兄上の仇を討つ日まで、わらわは……神になる」

伊予に迫る危機を前に、塔本屋敷の大広間は軍議のまっ最中で、大祝家臣のほか、河野家の土居、得能、正岡、重見ら「河野十八将」と呼ばれる重臣たちまで勢揃いしていた。

透額の冠に大祝の黄装束をまとった安舎は、桑の笏を手に御簾ごしに端座している。

鶴姫が大広間に堂々と入るや、話が止み、皆が闖入者を見た。

意に介さず、重臣たちの居並ぶ中を、まっすぐ上座へ押し通った。

上段の間のすぐ手前に、努めて典雅に腰を下ろす。

隣には村上通康が呆気に取られた様子で坐していた。通康は村上水軍の筆頭であり、河野家でも警固衆として家老扱いで遇されている。鶴姫はその通康よりも上座に陣取ったわけである。もちろん軍議の場には女子など一人もいない。珍事といってよかった。

「これはこれは、姫……」

通康の向かいには、白髪の目立つ小男がいた。安成の義父に当たる越智通重だ。

たくましい海の男たちとは対照的で、一夜干しの烏賊のように、貧弱で色白の痩せ老いた文官である。今回の敗戦で大祝家の有力家臣が軒並み戦死したせいもあって、家格がずいぶん繰り上がり、今や筆頭家老となっていた。が、通重は珍奇な事態を収拾するうまい言葉が見つからなかったらしく、消え入るようにそのまま黙り込んだ。

気まずい沈黙を破ったのは、異母兄の安舎だった。

「ここは女子が来る場ではない。下がれ、鶴」

落ち着いた声には冷たさが混じっている。

安舎は三十七歳、親子ほど齢が離れていた。

鶴姫は安舎を無視して、座を睨め回した。

「よもやこの中に、大内への服従なぞを口にする腑抜けた殿方は、おわしますまいな？」

下を向く者もいるが、越智通重がわが意を得たりの顔で大きくうなずいた。

「姫、ご安堵召されませ。さような輩は一人もおりませんぞ」

二十年前の大三島合戦で自慢の息子三人を一度に失くした通重は、大内憎しで凝り固まっている。昔から戦のほうはからきしだめだが、婿の安成の大活躍を受け、家中で大いに発言力を増していた。

「かたがた、姫は女子ながら、われらの奮起を促しておられる。この期に及んで和議なぞ唱える者あらば、前に出でよ」

通重は渡りに船とばかり、主戦論をぶった。

村上水軍を中心に主戦論が優勢だと通康から聞いてはいた。安舎にも大祝としての矜持がある。己の代で、生き神が大名家に従属する屈辱を容易には受け容れまい。

座は沈黙をもって開戦に同意した様子だった。後は陣代だ。

鶴姫は安舎に向かって、御簾ごしに両手を突いた。

「弔い合戦を指揮する総大将につき、談合をしておられたものと拝察いたします」

「その儀なら、すでに決した。越智安成を新たな陣代とし、来島の村上通康がこれを補佐する」

通重が重々しくうなずいた。婿が大祝家臣の最高位である陣代にまで昇りつめたのだ。鼻高々であろう。

「お待ちくださいませ。陣代は半明神。八百年来、当家の者が務めると決まっておりまする」

「むろん承知しておる。が、安高は蒲柳の質ゆえ、戦を取り仕切れぬ。安忠は元服したばかりで、戦は無理じゃ。常に非ざるこたびの奇禍に鑑み――」

「もうひとり、大祝の血を引く者がおりましょう」

隣で通康が素っ頓狂な声を上げたが、安舎は口ひげにやっていた手を止めただけだった。

「聞けば、越智安成と申す輩、大祝家はもちろん、越智家とも本来は縁もゆかりもなき下賤の出とか。どこの馬の骨とも知れぬ者を陣代とするなど、神意に背く所業。ご翻意を」

公然と婿を貶められた通重は、色白の顔を真っ赤にして、声を震わせた。

「おそれながら姫。わが婿、安成は出自こそ卑しけれど――」

「控えよ、通重」

通重は事あるごとに、義理の孝行息子を鼻につくほど自慢していると、松から聞いていた。

「陣代は出自こそがすべて。神の血を引く者でのうては務まらぬ」

不本意だが、鶴姫が出陣するためには、大祝家の血筋を利用するしかなかった。

「お言葉なれど、今は越智家の婿となり――」

「控えよと申しておる。そなたの養女とて、しょせん薬売りの娘。越智の血を引いておらぬと申すではないか」

噂好きの松が仕入れた話では、安成の室、磯は通重の実子ではない。先の大合戦で子らを一時に失った通重は、ただひとり残った孫娘を玉のごとく可愛がって育てた。が、孫娘は嫁入り前に手当ての甲斐なく病死した。つきっきりで孫娘の看病をし、世話してくれたのが、沼島から来た薬売りの孫娘、磯だった。天涯孤独となって悲嘆に暮れていた通重は、磯の優しさに救われ、養女にしたという。

「姫、それは、あまりの言われよう……」

通重は泣きそうな顔で、救いを求めるように御簾の向こうを見やった。

「下がれ、鶴。女子が陣代を務めた例もまた、ない」

安舎の言葉に、水将たちの半分ほどがうなずいた。

「それはこれまで、大三島に危急のおり、水軍を率いるにふさわしき将が男子にあり、大祝家の女子の中に求めずともよかったから。わが祭神、大山積神は天照大御神の兄神様におわします。妹が兄をお助けするは当然しごくの話にて、女子ゆえに陣代になれぬという法なぞ、どこにもありますまい」

人に非ざる半神に、性別は無関係だ。海賊たちは信仰が厚い。女であっても、陣代となれば、命に従うはずだ。鶴姫は陣代になる気もなかったが、ほかに戦場へ出る術がなかった。

「伊予水軍の中核は、村上水軍の筆頭、来島衆。わらわは幼きころより来島に繁く出入りし、将兵、水手たちとも昵懇の間柄。されば、一致団結して大内水軍を迎え撃つには、わらわこそが適任と心得まする」

同族が三つに分かれた村上水軍を統括できる将は今、強固な一枚岩でまとまっている来島衆だった。通康の指図で三島村上水軍が動く。

鶴姫は堂々と見開いた双眸で、隣に座る勇将に同意を強要した。

「そうじゃな、通康？」

ひげ面を睨みつけると、通康は弱り顔で頭を掻き、御簾ごしに安舎を見た。

「どうなんじゃ？　違うと申すなら、嫁に行ってやらぬぞ！」

縮み上がった通康は、安舎に向かって両手を突いた。

「大祝様のご決断あらば、三島村上水軍は喜んで鶴姫の采配に従いましょう」

安舎に下駄を預けた形だが、通康は鶴姫の陣代就任に同意した。いや、させられたのだ。

「大三島の命運を、女子に委ねるわけにはゆくまい」

取り付く島もない安舎の態度は一貫していた。

「大祝様が生き神であられるごとく、陣代となった鶴は半明神にて、もはや女子にあらず」

「古来、戦は男が――」

「かたがた、わらわをとくとご覧あれ」

鶴姫は安舎の言葉を遮って立ち上がると、不遜な賭けに出た。

帯を解き、羽織っていた打掛けを脱ぎ捨てると、鎧姿になった。

「源伊予守（いよのかみ）、義経公の武功にあやからんと、鎧を勝手に拝借いたしました」

座に、大きなどよめきが広がった。

「ひとたび神に奉納されし鎧を人がつけるなど、不敬の極み。わらわはもちろん、大祝家、伊予水軍に神罰が下るでしょう」

大祝、河野の両家臣団と水将たちの大山祇神社に対する信仰は、殊（こと）のほか厚い。戦を前に、他ならぬ大祝家の姫が、大山積神に対し不敬を働くとは、不吉きわまりない話だった。越智通重などは、真っ青になって頭を抱えていた。

論理だけで、物事は動かない。感情が必要だ。恐怖もそのひとつである。

「今、われらが天罰を避ける方法はただひとつ」

嘆息で覆われた重苦しい座から、視線が一斉に鎧姿の鶴姫に注がれた。

「わらわを陣代となされませ。されば、わらわはもはや人にあらず。半明神が鎧を用いるなら、大山積神のお赦しも得られましょう」

鶴姫の言動は脅迫に等しい。が、信心深い水将たちには、効いた。

本意は知らねど神罰を恐れた家臣たちは、口々に鶴姫の陣代就任に賛意を示し始めた。

鶴姫の作戦勝ちである。後は放っておけばよかった。

諸将からの必死の奏上に、ついに大祝安舎も折れた。

大宝元年（七〇一年）とされる大山祇神社の開闢以来、初めての女陣代の誕生であった。

五、女陣代

越智安成の眼下、入り組んだ島々の間には、夏の日差しを受けた紺色の海原が輝いている。

その向こう、大三島の西に浮かぶ対岸の大崎島（現大崎上島）には、大内水軍が所狭しと犇めいていた。船溜には停泊しきれぬ船が、島の周りにまではみ出している。

「島の裏側や他島にある船も合わせれば、八百隻は集まったか」

「これほどの大船団は、二十年前の合戦以来かと。なかなかに壮観でござる」

ウツボの漏らす感慨は、他人事のようにそっけなく響いた。

安成の常在する御串山城は、台ノ浜から西の海へ突き出た小さな半島に立つ。守将を得れば、不沈の巨船と化す要害といえた。本城の台城とともに、大山祇神社の玄関を守る西岸の重要拠点として、古から大祝家に忠誠を誓う重臣が城将を務めてきた。

対岸の大崎衆が大勢に抗えず大内方に与した今、御串山城の重要性は格段に増している。

「安舎とて馬鹿ではなし、大内に膝を屈するやも知れませぬな」

白井縫殿助の推挙であろう、歴戦の豪将小原中務丞が大三島攻めの総大将に任じられた。この勇烈無双の古強者を知らぬ水将は、瀬戸内にいまい。鬼鯱は類稀なる剛勇を買われ、近年は陸での対尼子戦に転じていたが、再び本来の戦場へ呼び戻された。総大将の座を用意せねば請けぬと見た縫殿助は、己の地位を返上してまで引きずり出したわけである。

蓋世不抜の勇将を海千山千の謀将が補佐する。大内水軍はついに最強の布陣で大三島侵攻に本腰を入れ始めたのだ。

さっそく鬼鯱からは、大祝家に対し、着到の挨拶代わりに降伏勧告の書状が届いた。村上水軍を中心とする伊予水軍は本拠地防衛の船団も残しているから、実際に戦場へ出られる隻数は、最大でも四百隻に届かず、敵の半数にも及ばない。

風雲急を告げる戦況報告にあたり、安成は文末で和議に触れた。今張の安舎以下、神官たちは震え上がったはずだ。

「早めに降れば、大三島水軍もこれ以上傷まずに済みますがな」

生き神でありながら、人にすぎぬ大内義隆に膝を屈した不甲斐なき大祝に、神威などあるまい。安成はすでに大祝家に入り込んでいた。後は政争で失脚させればよい。

「安舎は神を気取っておるゆえ、誇りが許すまい。弟の陣代を討たれた怨みもある」

義父の越智通重はもちろん、向こう見ずな村上通康も主戦派だ。安舎はどうやら凡庸でもなく、まだ降伏しないと、安成は見ていた。

鬼鯱は書状で、明後日の日没までに返答せよと日限を切っていた。今張からの返事はまだ届かない。だが――

「大内水軍は今夜、動きまするな」

ウツボの言葉に、安成は軽くうなずいた。

御手洗島（現大崎下島）には、かねて大三島水軍の関があり、大山祇神社への参詣者が遊興に身を委ねる地でもあった。すでに大内水軍により制圧されているが、したたかな遊女たちは、戦の最中こそ稼ぎ時とばかり、軍船近くに小舟を漕ぎ寄せて商売をしていた。が、放ってある物見の報せでは、今宵は遊女が入っていなかった。夜襲のためと見ていい。

降伏勧告で日限を切り、それまで攻撃はすまいと相手を油断させる。縫殿助の献策であろうが、乱世で仁義なき戦いはめずらしくなかった。ここまではひとかどの将なら読める。

「だが、陽動だ。敵は裏参道から、攻め寄せる」

およそ大三島の攻略は過去、大船団を展開できる東岸か西岸のいずれかで試みられてきた。

伊予水軍は今、大崎島に停泊する敵大船団に対し、海を挟んで大三島の西岸、大山祇神社の「表参道」と呼ばれる台側(うてな)に、百五十隻ほどの軍船を配置していた。

安成の用兵用船の妙もさることながら、西岸は台城と御串山城で掎角(きかく)の勢を作り、陸海で防衛しているため、容易には落とせない。だが、聖域を攻めるに、方角は関係ない。

「なるほど。縫殿助の手の内までは、わしも読めませんでしたな」

ちょうど今、安成からの急報と援軍要請を受けて、伊予水軍が大三島の表参道に集結しつつある。

大内は大三島の迎撃態勢が整う前に叩きたいはずだ。

夜のうちに大三島を北から迂回し、東の裏参道から大挙攻め入る。背後から大山祇神社を制圧するわけだ。安成は縫殿助の策を見抜いたが、今張には報せなかった。安舎は、安成による和議の進言を蹴り、無謀な戦いを挑んで大敗する。現大祝家の権威など地に墜ちればよいのだ。

「戦のさなか、お伝えしそびれておったが、今張から報せがござった」

近ごろ大祝家の別名屋敷でうまく籠絡した者がいるらしい。

「この八月、産須奈大祭に合わせて、大祝安高が盛大に祝言を挙げまする」

例大祭に並ぶ、伊予一国をあげての大祭典では、豪壮な獅子舞も披露される。

「別宮に仕える、しがない巫女を見初めたとか」

安舎の長子安高は病がちのため、陣代として戦の指揮は執れないが、順当に次の大祝職を継ぐと目されていた。仲睦まじい夫婦になると、今から噂されているらしい。

「なぜ手を打たぬ？　またぞろ子でも生まれた日には、厄介ではないか」

「お任せあれ。祝言の後に、よう効く薬を処方いたしますれば」

愉快そうなウツボに、安成は嗤笑で返した。あえて祝言を挙げさせた後で、喜びから絶望へと突き落とす算段か。安成よりも残忍な男だ。

「おお、見なされ、若。何も知らぬ来島の大将が来たようじゃ。おや、小早ばかりですな」

ウツボが指さす先には、三島神紋流旗を掲げた七十隻ほどの船団が台ノ浜を目指していた。来島村上水軍なら、あと三十隻は楽に動員できるはずだが、大型の軍船である関船も一隻しか見えない。

「来島衆は大三島防衛に全力を尽くすと思うたが、通康まで渋りおるか。使える男ゆえ、早う安舎を見限らせたいものよ」

三島村上水軍は、水軍の守護神たる三島大明神を深く崇敬し、海の各所に設けた関所で徴収する関銭も、大山祇神社への初穂料の名目で受け取っている。長らく大祝家と河野家を守る水軍の中核を構成してきた。

「村上水軍の第一は来島。さすがに見事な操舵でござる」

少しく荒れた海を物ともせず、整然と並んで進む小早船団には、美しささえ感じられた。

もともと圧迫に屈して尼子家に助勢し、大内家と事を構えたのは、三島村上水軍のうち因島衆だった。行きがかり上、大三島防衛にも責任を負うべきだが、来島とは違い、芸備に至近の本拠地防衛の必要があり、十分な隻数は割けない。能島衆は内輪揉めで大きく力を落としているから、村上水軍では自然、来島衆が主力となっていた。

「やはり通康の頭では戦局を読めぬか。水軍の頭領はできても、伊予の守護は務まるまい」

お人好しの通康が相手なら、御しやすい。敗戦の責めを村上水軍に負わせられれば、この後の展開にも好都合だった。

「若を陣代とする報せを持って参りましょうな」

「後は鬼鯱を相手に、どのように負けるか、じゃな。出迎えてやるか」

安成は城を出て馬に跨がると、台城(うてな)を目指した。

途中、大山祇神社の前を通る。海神(わだつみ)を祀(まつ)る瀬戸内随一の大社の前で下馬した。

左手には神宝所(しんぽうしょ)、僧坊、炊屋(かしきや)、政所(まんどころ)、右手には神館舎(しんかんしゃ)、多宝塔、神宮寺、武者所など、実に七十を超える建物が並ぶ大聖域である。

大山祇神社は単に伊予国一宮(いちのみや)というだけではない。全国に万を超える分社を持つ日本総鎮守、総氏神であり、全国の武将たちの尊崇を集めた。ゆえに神宝所には古来、歴史を動かした武将たちの武具甲冑がある。かの菅原道真(すがわらのみちざね)も大宰府(だざいふ)へ配流の途中で参拝したし、源頼朝、護良(もりなが)親王などがこぞって太刀や鎧を奉納した。

海上からも見える朱塗りの大鳥居の向こうには、天をも窺う大楠(おおくす)が聳(そび)えている。その向こうにはご神体である三山、すなわち神野山(ごうやさん)（現鷲ヶ頭山(わしとうさん)）、安神山(あんじんさん)・小見山(おみやま)が聳えていた。

（いずれ、これをすべて俺の物にしてやる。それほど遠い先の話ではない）

安成の頬には笑みが勝手にこぼれてくる。

「安房(やすふさ)公の仇、必ずや討ち果たさん！　のう、安成殿」

船溜で会うなり、村上通康は絞り出すような涙声で悲憤慷慨し始めた。台城の一室に案内した後も、中背で恰幅のよい勇将は、涙に塗れた顔で洟を啜り上げていた。黒々としたひげ面は粗野に見えるが、話してみれば気優しい海の男である。手には、安房が愛用した鯨ひげの半弓を握り締めていた。先月の海戦で船ごと海の藻屑と消えた安房の遺品はせいぜい、出陣の直前に弦が切れて、置いていった弓くらいだった。

大祝家では、親族が死去すると、神宮寺で葬儀をして弔い、五十日の喪に服するだけである。神体に擬せられる大祝職に生まれ変わりはないとされ、祝職たる陣代もこれに準じた。

「われらは三島大明神に守られておる。必ずや大内水軍を木っ端みじんに打ち砕いてくれようぞ。のう、安成殿」

戦友が必死で求めてくる同意に、安成は内心嗤いながら、二、三度うなずいた。

通康は大三島を訪れるたび、めずらしい青毛の馬や太刀を大山祇神社に奉納してきた。その厚い信仰はただちに大祝家への忠義となっている。安成が次の大祝となれば、安成に忠誠を誓うはずだった。

「様子見の小競り合いが続いたが、いずれ大攻勢があり申そう」

今夜だとは教えぬが、この善良な勇将を死なせるのは惜しい。生かさず殺さずのさじ加減が難しいところだ。

通康は涙と洟を何度も袖で拭ってから、重々しくうなずいて豪語した。

「必ずや返り討ちにしてくれん」

拳を握り締めてガラガラ声で「必ずや」を連呼する通康は暑苦しいが、憎めない男だった。だが、自軍の三倍を超える眼前の大内水軍を相手に、大三島を守る知略など持ち合わせてはいない。

大祝家と河野家は同族同格であるため、家臣である安成と通康は対等に接した。軍師となって水軍を動かした二年で、安成の軍才を通康が認めた結果でもある。

「して、通康殿。新しき陣代は？」

「おお、そうじゃった」

通康は口ひげにべっとり付いた洟を二本の指先で拭いながら、居住まいを正した。

「新陣代は甘崎城へお入りになった」

安成は覚えず軽い驚きの声を上げ、通康に表情で問い返した。

陣代が安成でないとすれば、次男の安忠だ。陣代はまず主城の台城に入り、大山祇神社に参詣して就任を報告する習わしだった。のっけから長年の伝統を破るとは、幼少ゆえに戦を恐れたわけか。

「大明神も慌てておわそう。かしこくも女陣代は、八百年余の歴史で初めての話じゃからな」

「……女？　では、鶴姫が陣代に？」

「いかにも。参詣は勝ち戦の後じゃと言われてな」

鶴姫は来島衆の精鋭少数とともに甘崎城にあるという。

安成はあごに手を当てながら、内心うなった。鶴姫が陣代に就くとは予想だにしなかった。

（だがなぜ鶴姫は、甘崎城に入ったのだ？）

甘崎城は大三島の東岸、裏参道の入口すぐの沖に浮かぶ古城島に構えられた城である。甘崎を制すれば大三島の首根っこを押さえたに等しい。ゆえに第一次大三島合戦でも、激戦地となった。

鶴姫は、安成の報告だけで決戦場を看破したのか。それなら、なぜ来島衆の大半を台城へ寄越したのだ？　なぜ安成を呼ばぬ？　戦も知らぬ小娘が寡兵で何をするつもりだ？

（まさか、俺と同じ作戦を考えているのか……）

「実際には、われらが戦の指揮をするのでござろうな？」

「いや、御自らなさる。鶴姫は十四のお齢より、わしの水軍で幾多の海賊退治をして来られた。姫がもし男児であられたなら、必ずや瀬戸内一の水将となられたはず」

剣技は抜群らしいが、初陣の十六歳の少女に、戦の機微などわかるはずがない。

「鶴姫こそは伊予の危難を救うため、天より遣わされた大明神の化身におわす」

通康が安成を毘沙門天の化身だと称えたときもある。通康の信心にかかれば、浜辺に転がっている空貝まで神格化されそうな勢いだった。

「それは頼もしきかぎり」

半明神の安房もまんまと安成の手にかかって死んだ。大明神の力などしょせんは半端な代物だ。

「鶴姫のお指図に従い、われらは台側の守りをしかと固めるぞ！」

(鶴姫よ、いかにして勝つつもりだ？　まこと陣代が半明神なら、神の力で敵を破ってみせよ)

新陣代の戦死はさらに大祝の神威を傷つけるだろう。好都合だ。

鶴姫の白鉢巻きが、長い髪とともに海風になびいている。

「敵が罠にかかりおったぞ！　奇襲成功じゃ！」

夜明け前、鶴姫は関船七隻で、甘崎城を出撃していた。

うっすらと白み始めた空の下には、鶴姫の睨んだとおり、大内水軍の大船団が姿を現わしていた。

裏参道から奇襲するはずが、戦場へ向かう途中、小海の沖合に伊予水軍が展開していたのである。敵将も度を失ったに違いない。

鶴姫の下知に、伊予水軍が動き始めた。敵の小早船団に側面から痛撃を与える。

「怯まず進め！　敵は慌てふためいておるぞ！」

かたわらの越智通重が泣きそうな顔で問い返してきた。

「慌ててはおりましょうが、敵のほうが数が多いではありませぬか。いったい何隻おりますのじゃ」

「まだようは見えぬが、優に五百隻は超えておるか」

だが、虚を突かれて帆柱も倒さず、戦支度はできていない。その船団へ、鶴姫を乗せた関船が傲然と接近してゆく。ゆるりゆるりと船足の遅い関船だけの船団である。

「敵の動きを見抜いておられたなら、なぜ全軍で迎撃なさいませなんだ？」

「そなたは評判通りの戦下手じゃな。さような真似をすれば、奇襲なぞできぬ。敵を欺(あざむ)くにはまず味方からぞ。通康はまじめな男ゆえ、台(うてな)で敵を撃退せんと気を吐いておったはず。それを見た敵将は、われらが主戦場を見誤っておると信じ、奇襲作戦を敢行してきた」

通重は種明かしに「なるほど」と、うんうんうなずくが、青ざめた表情のままだ。

「されど、われらのかような布陣、見た覚えも聞いた覚えもありませぬ」

伊予水軍は、関船七隻が突出し、敵後方の生口島(いくちじま)に百隻足らずの小早を待機させていた。

「縫殿助に、兵法書に書いてある布陣なぞ通用すまい。が、この海戦、わらわの勝ちじゃ！」

鶴姫の関船は、大内水軍の小早船の群れの中へ突入してゆく。

「始めるぞ、鮫之介！」

鶴姫は巫女装束のまま、関船の垣立(かきたつ)ごしに半弓を引き絞った。

「幽世(かくりよ)の大神(おおかみ)、憐れみたまえ、恵みたまえ――」

急降下する燕(つばめ)のごとくに放たれた矢は、過(あやま)たず小早の蝉(せみ)を射貫いた。

「見よ。百発百中とは言わぬが、わらわの放つ矢は三発二中。快速を奪われた小早は、海に浮かぶ葉舟にすぎぬ」

蟬は帆柱の先端にある滑車で、船尾の縄に通じている。蟬さえ壊せば、帆はもう艪で巻き上げられない。つまり風を使えず、艪でしか航行できなくなる。帆を使えなくなった船は、脚を負傷した騎馬のようなものだ。

鮫之介は右の掌に軽々と大岩を載せた。岩の先端は、巨人が用いる大太刀の切っ先のごとく尖っている。

鮫之介は左手を高く掲げながら、巨軀をしならせた。

自慢の怪力で、高さのある関船から、敵の小早めがけ、投げ下ろす。

人型の弓から放たれた尖岩は重みで加速し、唸りを立てて落下してゆく。

小早は関船と違い、半垣作りで水手の下半身くらいしか守れない。

落雷のごとき尖岩が、二、三人の水手を弾き飛ばし、動きの鈍った小早の船底を突き破った。船が浸水してゆく。船さえ壊せば、後は海が味方してくれる。

何しろ辺りは敵の小早だらけだった。鶴姫の矢が船足を遅らせてもいる。外れるはずがなかった。尖岩が鈍い破壊音を上げながら、確実に船を破壊していく。

暁を迎えようとする海に、鬨の声が上がった。

各関船には、伊予水軍でも選りすぐりの弓手と怪力の持ち主たちが乗っている。鶴姫と鮫之介ほどの力量はないが、同様の攻撃を一斉に開始した。関船の船足が遅かったのは、大量の岩塊を積載していたためである。

古来、石つぶては戦場で多用されてきた。投石は伝統的な戦法だが、関船の高さと海の男たちの怪力を使った投岩など、兵法書に記されてはいまい。

意表を突かれた敵も、弓で反撃してきた。が、総矢倉を囲む立板で周りを固めた関船は、もともと防御力が高い。立板が弓手と投石手を守ってくれる。

関船隊による戦闘開始を受けて、生口島から出撃していた伊予水軍の小早船団が動いた。身動きが取れなくなった小早、あるいは船を壊された小早から逃げ出そうとする兵らを、船槍と矢で屠(ほふ)っていく。敵は大軍だ。少しでも減らしておかねば、後の災いとなる。

鶴姫の放った矢が、敵の船頭の喉を射貫いた。

届くはずのない血の匂いを嗅いだ気がした。

六、知恵比べ

「さすがは三島大明神の申し子じゃ！　大三島は救われたぞ！」

鼻息荒く現れた村上通康による大音声で、越智安成は仮眠から醒めた。

明け方、鶴姫による戦勝の報が陸路、早馬で台城へ届けられた。

安成の見立てどおり、大内水軍は小早の大船団で北回りに大三島を迂回し、裏参道からの奇襲を目論んだ。が、戦場に向かう途中で、待ち構えていた海上の伏兵に敗れた。名将は引き際を心得ている。策の破綻を悟った白井縫殿助は無理をせず、早々に引き上げた。

「鶴姫は戦をやるために生まれてきたようなお方じゃ」

実際は小競り合いに勝利したにすぎまいが、大三島では上を下への大騒ぎとなった。通康を先頭に、水将たちは口々に鶴姫を礼賛し、伊予水軍の「大勝利」を喧伝していた。

凱旋する新陣代を出迎えるべく、水将たちは打ち揃って台城を出た。対岸で不気味な沈黙を守る大内水軍への警戒もあり、台ノ浜沖に船団を並べ、関船で来るはずの鶴姫を待った。

安成は御串山城に戻って、ウツボと海を眺めている。

「若、ずいぶんと案配が狂いましたな」

「たとえば歌才も、男女が等しく持っておる。天が抜群の軍才を女に与えても、別におかしくはない」

大明神の申し子による勝利は、大祝(おおほうり)への尊崇となって、神威を高めている。天才軍師でさえ読めなかった敵の奇襲作戦を、新陣代は見事に見抜いた、とされた。これまで戦場は安成の独擅場(どくせんじょう)だったが、伊予水軍に登場した新星は、安成の声望と地位を脅かし始めていた。

「筋書きを相当変える必要がありそうだ。大祝の座が遠のいた」

伊予の水将たちは女陣代の登場を、諸手(もろて)を挙げて歓迎していた。大祝職を女子が継いだ例はないが、「鶴姫を大祝に」との声まで出る始末である。

「たやすく手に入るものなぞ、空貝(うつせがい)ほどの値打ちもござらん」

「苦労の末に就いた生き神の座に、気の利いた胴丸ひとつの値打ちでもあればよいのだがな」

「甲冑(かっちゅう)なぞ、しょせんは戦の小道具。いいかげんに鎧細工への未練は捨てなされ」

ウツボと諸国を流浪（るろう）するうち、安成は大和（やまと）国で老甲冑師の世話になった。手並み鮮やかに小札（こざね）に糸を威（おど）してゆく姿に見惚（みと）れた。世に甲冑ほど美しい物があろうかと心がときめいた。

「大祝になれば暇もできよう。手ずから日本一の甲冑を作り、自ら奉納してもよい」

安成は手工を好み、物心づいたころにはもう、笹舟や竹蜻蛉（たけとんぼ）を作っていた。材料さえ揃えば甲冑も作れる。

「神官が武具作りに励むとは、また滑稽な」

甲冑は刀剣と役割が異なる。身を守る武具だ。思想が根底から違うと、あの老人は胸を張ったものだ。

「今は乱世ゆえ許されぬが、いずれ人が、武具より装束に気を払う時代もくるのではないか」

鎧に限らず、さまざまな衣服についてひねもす考えを巡らせ、望むがまま手を動かしてよいのなら、それほどに幸せな人生はあるまいと、安成はたまに夢想するのだ。

「若は手先が器用じゃからな。事を成し遂げられし後は、好きになさるがよい」

誰しもいずれは死ぬ。甲冑師は生きた証として、見事な甲冑を遺した。老人は寝る間も惜しんで黙々と作り続け、ある朝、作り上げた鎧を前に亡くなっていた。面倒な地位や力を得るより、好む仕事をやり続けて死ぬ人生こそが幸せなのではないか。生き神と祀り上げられ、心のこもらぬ祝詞を唱えて終える生涯など、安成も本心では送りたくない。

だが、安成には父祖から受け継いだ使命があった。

——復讐だ。

早々に果たすつもりが、邪魔が入った。大祝鶴姫である。

「たかだか十六歳の小娘に、道を阻まれようとはな」

「鶴姫の衆望は侮れませんぞ。目下、最大の敵じゃ。かくなる上は、次はまじめに勝ち戦をなされよ」

「大軍を相手に、気安う申すわ」

鶴姫の勝利は派手だが、せいぜい数十隻の小早を沈めたにすぎない。大内水軍は兵力を温存して兵を引いただけだ。攻守で優に二倍を超える兵力差は、依然として変わりなかった。

「わしならお手上げじゃが、若ならすでに勝つ秘策を腹蔵しておられよう」

「策はある。が、勝てば、鶴姫の武名はさらに上がる」

「なに、ご案じ召さるな。死んでしもうた英雄は、誰も担げませんからな。さてと、わしらも見物に参りまするか」

　周囲でひときわ大きな歓呼の声が上がった。陣代が乗る関船の入港だ。

　鶴姫は瀬戸内で最高の美姫だともっぱらの噂だった。が、関船から下りてきた巫女装束の女は、評判とはまるで違い、小太りの大年増だった。

　呆気に取られる諸将に向かって女は深々と頭を下げ、鶴姫の侍女、松と名乗った。戦には出なかったが、鶴姫から別命を受けて大三島に渡ってきた。巫女姿も指図されたという。

　迎え出た水将たちが台城の大広間に集まると、松は末座で手を突き、頭を下げた。

「皆々様。ご無礼の段、何とぞお赦しを。鶴姫の影として罷り越しました」

「いったい鶴姫はいずこにおわす？　陣代として参詣なさらぬのか」

　不審でしかたない様子で、村上通康が口を尖らせている。

「戦に勝つことが先決と仰せでございます。夕闇に紛れ船団を動かすゆえ、方々におかれては、戦支度を怠り召さるなと」

　新陣代の横紙破りの行動に、諸将は度肝を抜かれっ放しだった。

　安成には意図がわかった。鶴姫は小さな勝利に浮かれてなどいない。巫女姿の台城入りを派手に演出しておけば、伊予水軍の本陣が西岸の台城に移ったと、敵は見る。

鶴姫はもう一度、東岸での撃退を狙っている。柳の下に二匹目のドジョウはふつういない。が、うまくおびき寄せられれば、話は別だ。

「鶴姫からは、賑々(にぎにぎ)しいお出迎えの後は、祝勝の宴をせよと指図されておりまする」

水将たちは歓声を上げたが、次の言葉に黙り込んだ。

「ただし、お酒は一滴も召されぬよう。敵の大軍は、なお対岸に健在でございます。決して警戒を緩められますな。命に背きし者は斬って捨てるとの仰せ。大祝鶴姫に二言はありませぬ」

松は硬い表情を少し緩めて、最後に付け足した。

「これより甘崎城にて軍議を催しまする。されば、各水軍の当主の方々のみ至急、甘崎へ陸路で向かわれませ。揃って動かず、三々五々に」

出迎えで肩透かしを喰らわせた上に呼びつけるとは、手前勝手も甚だしいが、大勝利の後だけに不平は出なかった。陸路を用いる指図は、敵に動きを悟られぬためだ。

諸将はいぶかりながら、馬で東岸へ向かい始めた。


甘崎城は大三島の東岸から、沖にわずか百間ほどの小島に浮かぶ海上要塞である。

水将たちは大三島側の船溜から、来島衆の用意した小早船数隻で城へ向かった。そのなかに、越智安成もいた。

大永二年（一五二二年）、安成がまだ赤子のころに父が戦死した海だ。鶴姫もこの海城が防衛の要だと熟知している。

甘崎城の船溜には、すでに伊予水軍の小早や関船が目立たぬように並んでいた。後発の援軍をすべて甘崎に入れたわけだ。

安成が通康らとともに城の大広間へ伺候すると、すでに水将たちは向かい合って二列に並んでいた。安房に重用されていた安成は、弱年ながら右列の筆頭に座を占め、その向かいに通康が坐した。軍師の安成のみは羽織なしの黒烏帽子姿だが、荒ぶる水将たちは派手な甲冑を身に付ける者、半裸の者など好き放題のかっこうをしている。

いよいよ勝利の立役者の登場とあって、祭り騒ぎのようなにぎやかさだ。

前陣代の安房は明るく温容な人柄で水将たちを上手にまとめた良将だったが、たった十六歳の小娘が、海の荒くれ者たちをいかに統率するかが見物だった。

——祝様のお成りにございまする！

陣代は大山祇神社を守る大三島水軍の総大将であり、全伊予水軍を統べる。

水将たちが一斉にぬかずくと、安成も倣った。

平伏する水将たちの間をゆっくりと進む衣擦(きぬず)れの音が聞こえてくる。

やがて「面(おもて)を上げよ」と、鈴の音のように甲高い、若い女の声がした。

安成はゆっくりと身を起こして、上座を見た。場が一斉にどよめいた。

鶴姫は巫女装束で端座していた。水将たちとの初対面の軍議である。水軍の総指揮官として、これほどふさわしくない姿もあるまい。

戦を前に、鶴姫は身に寸鉄も帯びず、白衣(しらぎぬ)と呼ばれる白小袖に緋袴を穿(は)き、千早(ちはや)を羽織っている。腰まで届きそうな長い黒髪は白い和紙でまとめられ、金と赤の丈長(たけなが)で結ばれていた。

「こたび、新しき陣代となった鶴である。わらわは女を捨てた。人もやめた。されば、そなたたちも、女と思うな。わらわは半明神である」

小柄な巫女はゆっくりと座を見渡してから、安成に目を止めた。

眼が合った瞬間、安成は息を呑んだ。一瞬、言葉を忘れた。

噂に違(たが)わぬ美姫だった。

神は本来、人に与えてはならぬ美を、誤ってこの少女に与えたらしい。

見る者に有無を言わせぬ美に、ひざまずきたくなるほど圧倒された。

絶対の美が放つ威厳が、水将たちをも等しく黙らせている。

（世に、かくも美しき女がいたとは……。俺はこの姫を、殺すのか……）

鶴姫の姿に、老甲冑師の遺作を見たときとは異なる感動を、安成は覚えた。

鎧は人が作るが、人は神が創る。やはり神の造形が勝るわけか。

「軍師の越智安成とは、そなたか？」

復仇と使命に燃えるせいか、わずかに潤んだ鶴姫の眼は確かな憂いを帯びている。

だが、そのせいでかえって、神聖とも呼ぶべき高貴さを宿していた。

白粉（おしろい）など無用なくらい色白の頬が、紅を塗らぬ桃色の唇をかえって引き立たせている。引き締まった口もとには、神宣を告げるに相応（ふさわ）しい品位が溢（あふ）れていた。

ウツボに勧められて、安成もたまに女遊びをした。見目麗しい女を好んだが、鶴姫とは比べようもない。

「初めて御意（ぎょい）を得ます。越智安成にございまする」

安成が新たに仕える女陣代に向かって丁重に両手を突くや、少女は立ち上がった。

上段の間を下りるなり、白い手を伸ばして安成の胸ぐらを掴んだ。

安成の眼前には、眦（まなじり）を吊り上げた少女がいた。

「天才軍師なぞと持ち上げられて傲（おご）ったか！　なにゆえ兄上を守れなんだ!?」

一瞬の出来事だった。

鶴姫は振り上げた右手で、安成の左頬を張り抜いた。高い音が鳴り止まぬうち、返す手の甲で右頬を打った。

鶴姫の突然の蛮行に、座が凍りついた。

居並ぶ伊予の水将たちの前で、新陣代が初めて見せた行為は、軍師の打擲（ちょうちゃく）だった。安成の頭から叩き飛ばされた長烏帽子が、所在なげに諸将の列の間に転がっている。

「祝（ほうり）様、お待ちくださりませ。戦は時の運。安房公の戦死は――」

「控えよ、通康！」

慌てて御前へにじり出てきた通康を、鶴姫はよく通る声で一喝した。

「戦は結果がすべて。負けたほうが悪い。違うか、安成？」

そのとおりだ。戦に敗れれば滅ぼされる。命を落とす。決まり切った乱世の道理だ。

鶴姫は片膝を突くと、整った顔を安成に向かって突き出してきた。

「先の敗戦の経緯（いきさつ）につき、そなたの文を読んだが、腑に落ちぬ箇所がいくつもあった。敵は瀬戸内に名高い謀将、白井縫殿助。なぜ罠（わな）じゃと疑わなかった？　兄上をお止めせなんだ？　せめて物見船を出し、敵の伏兵ありやなしやを調べるが軍師の役目ではなかったのか？」

「むろん、身どもよりお諫めいたしましたが、奇襲の成否は神速にかかっておると、先の陣代におかれてはお聞き届けがなく――」

「たわけが！」

鶴姫は口角泡を飛ばして、安成の目の前で柳眉を逆立てた。

「そなたが勝つ策を別に献ずれば、兄上とて無理はされなんだはずじゃ」

「敵は大軍なれば、力及ばず、お詫びの言葉もございませぬ」

「ふん、口先だけの詫びなぞ、小魚の餌にもならぬわ」

歯に衣着せぬ鶴姫の非難に、冷静を自任する安成の腹も、さすがに煮えてきた。

「そなたは敵の大軍に怯えあがり、和議なぞ口走ったと聞くが、噴飯物じゃな。相手が小勢なら、凡将でも勝てる。寡兵で大軍を破ることこそが、軍師の真骨頂であろうが」

触れれば斬り捨てられそうな鶴姫の剣幕と罵倒を、諸将が固唾を呑んで見守っている。安成が二年で築き上げてきた権威が、粉々に打ち砕かれていた。

「こたびの敵の陽動さえ見抜けぬとは、情けなき限り。わらわが陣代となった以上、軍師なぞと名乗らせはせぬ。これよりは一水将として末席にあり、わらわの指図におとなしく従え」

　安成は心中で唇を嚙んだ。

　先の陣代が下にも置かぬ扱いをした不世出の軍師を、鶴姫はさんざんにこき下ろした。怒りもあろうが、計算ずくだ。最も実績がある安成の上に立って見せることで、荒ぶる水将たちを、新しき女陣代に完全に服従させる肚なのだ。鶴姫は美とともに威を備えた、まれに見る賢女らしい。仇の大祝家に、これほどの人物が出ようとは。

「……姫、今は過去の負け戦の詮索より、目の前の敵を叩くが先決と心得まするが」

　場を覆う剣吞な雰囲気にたまりかねた様子の通康が取りなした。鶴姫は小さくうなずくと、転がっていた長烏帽子を拾い上げ、末座へ向かう安成に差し出してきた。

「張り手くらいで気は済まぬが、まずは今宵にも始まる戦じゃ」

　鶴姫は上段の間に戻ると、座を見渡した。

「皆の衆、こたびも敵は裏参道から攻めてこよう。敵の総大将は瀬戸内随一の猛将、小原中務丞。今朝の負け戦を受け、今宵にも自ら総攻撃をかけて参るはず。われらはこれを撃破せねばならぬ。わが策は一向二裏の備えである」

　一向二裏とは、兵船を三手に分けて、三面から敵を包囲殲滅する作戦である。一隊は正面から、他の二隊は左右から背後に回り込む。進退両難に陥った敵は大打撃を受ける。だが、あくまで成功すれば、の話だ。

（お手並み拝見といくか）

鶴姫が絵地図に白い手で船団の配置を示してゆく。色とりどりの空貝は各水軍を表す。さすがに名家の姫だけあって、鶴姫のしぐさはいちいち優雅だった。空貝を置き直す動作のひとつひとつが、非の打ち所のない美を備えている。

鶴姫の高調子の説明を、安成は末席で聞いた。安成も一度思案したが、断念した作戦だった。話を少し聞いただけで、安成は確信した。

（伊予水軍は、負ける）

さて、惨敗後に残るのは、壊滅した大三島水軍と、大軍相手に敗死し悲運の女武将として祀り上げられた鶴姫か。打擲、罵倒されて、うらぶれた元軍師、越智安成は汚名を雪ぐ機会もなく埋もれるわけだ。

口の悪い小娘を英雄にするのは癪だが、勝たせてやるしかあるまい。

「何ぞ、わが策に不明の点あらば、申せ」

鶴姫が問うと、水将たちは感嘆した様子で黙り込んでいた。命懸けで戦う海の男たちは尊敬に値するが、戦局全体を見渡せる者は少ない。

内心期待していた越智安成は口ほどにもなかった。気の毒にも思うが、新陣代の力を見せつけるには必要な仕打ちだったろう。

一向二裏は、鶴姫が今張を出る前から熟考していた必勝の作戦だった。

まずは敵船団を東岸の甘崎へ誘い込む。一向二裏の二隊のうち、一隊は鶴姫の別働隊であり、すでに今朝がた生口島の船溜に秘かに停泊させてあった。もう一隊はまだ戦場に到着していない因島衆である。尼子家に味方する因島村上家は、十一万石余ともいわれる海の大名だ。大内の脅威に晒されているために、本拠地防衛を優先して、まだ援軍を出していない。それでも、敵を破る一大決戦だと説けば、全軍で動くはずだった。

この二船団のいずれをも、敵は予期していまい。援軍の遅れを利用した妙手だ。

勝てる。

「この戦、勝ちは見えましたぞ！」

村上通康がガラガラ声で気勢を上げると、水将たちが次々にうなずいた。

「されば、かたがた。ただちに戦支度にかかれ」

鶴姫に向かって水将たちが一斉に平伏した。が、ひとり、末席で腕組みをしたままの長烏帽子の若者がいた。

「生口島に船団を配置しておいたは先見の明。また、因島衆を動かすのも妙手。が、白井縫殿助ならその程度の策は見抜くはず。祝様の策では、わが軍が大敗を喫するであろうな」

「何じゃと？」

落ち着き払った越智安成の低音に、鶴姫は向かっ腹を立てた。

「おや、ひとり言が聞こえましたか」

「誰かと思えば、兄上が間違うて使っておられた、へぼ軍師ではないか」

「身どもはお役御免となった身。されば、献策もできず、ひとりごちてみたもの。されど、さようですか、祝様のお耳を汚してしまいましたか」

静まったときを狙って、聞こえよがしにつぶやいておきながら、よくもまあ、いけしゃあしゃあと。

「わらわの策が通じぬと抜かすなら、わけを申せ！」

「鶴姫の策には幾つも難がござれど、そもそもの前提を間違えておわす。敵はこたび、動かぬか、あるいは、正面から台ノ浜に入り、表参道を攻めるやも知れませぬ。過半の船団を東岸に集結させる鶴姫の策では、大山祇神社が危のうござる」

「西岸では御串山、台の両城に虚兵を置くと説明した」

女や老人を駆り出して兵のかっこうをさせ、藁人形も立てて兵に仕立てる。

「多少の効き目はあれど、実に危ない賭けでござる。縫殿助の物見が見抜けば何となさる？」

「ならば他に、敵を甘崎へおびき寄せる良策があると申すか？」

「身どもが女陣代なら、まず女物の赤下着に墨で文を書き、鬼鯱に降伏を勧告いたしまする」

水将たちは息を吞んで、鶴姫を見た。

「待たれよ、安成殿。それはちと――」

間に入ろうとした通康を、鶴姫は手で制した。半明神とて下着も身に付けるが、主君に対し、家臣として無礼だ。わざわざ「女」と言うのも腹が立った。だが――

「面白い。その策を用いる」

女陣代に負けたうえに、無礼極まる挑戦状を叩きつけられれば、鬼鯱は激怒して襲来するはずだ。思いも付かぬ妙案だった。

「が、それだけでは、いかにも足りませぬな」

「まだ方法があるのか？」

「甘崎へ回す船は三分の一にとどめられませ。されば敵は必ず、手薄の裏参道を狙うはず。虚兵に加え虚船まで置けば、白井縫殿助をも欺けましょう。兵は、戦が始まってから動かせば、よろしゅうございまする」

安成の切れ長の眼が、試すように鶴姫を見ていた。

「馬鹿な。それでは決戦にあって、われらは数倍する敵を相手とせねばならぬ。後で兵を動かすというても、開戦の後に船を回したのでは、戦に間に合うまい」

戦には勢いがある。先手を取られ押し込まれれば、数で劣る側が盛り返すのは容易でない。

「敵もさように思うておるはず。が、馬で兵を動かせば、船で島を半周するよりも早うござる」

鶴姫は沈黙した。安成の言葉の意味がわからぬ。この男は何を考えているのだ。さきほど馬鹿にした仕打ちへの、ただの意趣返しか。

「そなたに良策があるなら、いちおう聞いてやる。近う寄れ」

「ありがたき幸せ」

安成はゆっくりと長烏帽子を直してから末席で立ち上がった。

諸将の間を通り、絵地図の前まで来て着座すると、鶴姫が甘崎周辺に置いていた伊予水軍の空貝をいったんすべて払いのけた。水将たちが一斉にどよめいたが、安成は涼しい顔で口を開いた。

「戦をご存じない新陣代に、わが必勝の策をご説明申し上げましょう」

腹が立ったが、鶴姫は必死で堪(こら)えた。陣代には度量も必要だ。

「敵も味方も、水将のお歴々は、海でばかり戦いたがる悪い癖がござる。されど、戦は陸(おか)でもでき申す。敵の大軍を破る秘策は、一向三裏でござる」

鶴姫が安成を睨みつけると、片笑みを返してきた。なるほど松の言ったとおり相当な美男だ。が、口も意地も悪い。

「敵は震え上がっておるぞ！　各船、このまま突撃せよ！」

鶴姫の下知に、将兵たちの鯨波(げいは)が轟(とどろ)く。

敵の背後へ回り込んだ伊予水軍の別働隊は快進撃を続けた。

大内水軍はすっかり戦意を喪失し、右往左往している。瓢箪島(ひょうたんじま)の陰に逃げ込み、そのまま戦場を離脱する敵船が相次いだ。戦に張り合いがないほど、脆(もろ)い。鶴姫が陣頭で指揮する必要さえなかった。

鶴姫は因島衆の頭領、村上尚吉(なおよし)の関船から戦況を眺(なが)めている。

明らかに優勢だった。

「越智安成殿の秘策、見事に当たりましたな」

小柄な尚吉は、鶴姫とさして背が変わらない。まだ三十半ばのはずだが、若白髪（しらが）が目立つ痩せぎすの水将であった。したたかに乱世を生き抜いてきた、食えぬ海の男でもある。

敵は安成が見越したとおり、「四武（しぶ）の備え」で来襲した。すなわち船隊を四つに分け、前後左右に備えていた。鶴姫の当初の作戦なら、隻数に勝る大内水軍の反撃に遭っていたはずだ。敵の虚を突けはしても、やがて盛り返され、数の力で敗れたやも知れぬ。

伊予水軍の本隊は、大三島水軍の関船一隻と百隻に満たぬ小早船だけで戦場にあった。五、六倍の船団を擁する敵は嵩（かさ）にかかって攻め寄せた。何しろ伊予水軍は大半の船を台ノ浜に虚船として残してある。敵は今度こそ奇襲が成功したと確信したはずだ。押しに押した。

だが、安成の指揮する本隊は囮（おとり）だった。押されるままに後退し続けた。

「いやはや鼻栗（はなぐり）瀬戸まで敵を誘い込む采配も、絶妙でございましたな。大祝家はよき軍師を持たれたものよ」

突然、形勢が逆転したのは、海の難所として知られる鼻栗瀬戸に大内水軍が到達した時だった。勢いに乗った敵の船隊は、縦に長く延びきっていた。

今まで押される一方だった伊予水軍が突如、反撃に転じた。

瀬戸では、場所により潮の流れが全く違う。身近な瀬戸を知り尽くした大三島水軍に地の利があった。反撃開始の狼煙とともに、安成が考案した「一向三裏の備え」が発動したのである。

ただし、「三裏」のうち二つは海上兵力ではなく、鼻栗瀬戸を挟んで向かい合う大三島と伯方島の弓兵隊であった。大三島上陸を見越して沿岸近く、蛇のごとく縦に身をさらした大内水軍は、陸からの猛烈な弓の一斉射に慌てふためいた。陸では船を漕ぐ員数が必要ない。水手をも兵力と化し、敵の小早に向かって、銛やら船槍やらを好き放題に投擲した。海で右往左往する敵をひたすら陸の砦に籠もって射殺すわけだ。撤退しようにも、狭い瀬戸に殺到した味方の船が邪魔で身動きが取れぬ。数だけ多い大内水軍は、熾烈な攻撃に晒され続けた。

そこへ「三裏」の最後の一隊、鶴姫たちの船団が背後から鼻栗瀬戸に襲来したから、たまらない。

(何と恐るべき戦略か)

大勢は決していた。窮鼠が猫を嚙まぬよう、北に退路を作ってあり、敵はすでに撤退を始めていた。が、逃れるまで、敵は手ひどい打撃を受け続けるだろう。

「あえて船を使わず、海戦に勝つとは……どの水軍の兵法書にも記されておらぬ」

鶴姫は平手で張り倒したときの安成の様子を思い起こした。突然の打擲にも取り乱さず、涼しい顔で落ち着き払っていた。村上通康を始め、猛々(たけだけ)しい海の男たちとはまるで違う種類の人間だった。松の噂を聞いて想像していた以上に、すっきりした顔立ちの好男子でもあった。

「戦とは、頭の使い方だけで、かくもたやすく勝てるのじゃな……」

鶴姫の策が見破られ、敵に表参道から攻め入られたなら、大三島は制圧されていただろう。

「越智安成は天才でござる。並みの将なら、白井縫殿助に大負けしておりましょう」

兄安房を始め、伊予の水将たちは口を揃えて安成の天才を称えていた。実際、あの若者の知略は、鶴姫や白井縫殿助よりも数段上だ。目の前の勝利がその証(あかし)だった。

(ならば、やはり変だ)

これほどに先を読める男が、なぜ漫然と大内による返り討ちを許したのだ？　安房はなぜ、信頼する安成の制止を振り切ってまで、奇襲攻撃に出たのだ？

昨日の敵の陽動作戦は、鶴姫でも見抜けた。安成も看破していたはずだ。ならばなぜ、後発の援軍に伝えなかったのだ？　あの若者はいったい何を考えている？

安成は今、囮の大三島水軍の関船にあって、大勝を確信しながら冷笑している気がした。

越智安成は、ちょうど潮流の荒れる時間を狙い、敵を鼻栗瀬戸まで引き入れた。そのため、安成の関船も激しく揺れている。

「何度やっても、戦とはやはり魔物じゃな。往々にして予期せぬことが起こる」

安成が舌打ち混じりに愚痴をこぼすと、ウツボが苦々しげに応じてきた。

「このままでは、われらの負けでござるな」

安成の「一向三裏の備え」そのものは見事、図に当たった。

大内水軍は鼻栗瀬戸で立ち往生し、四方を陸海から攻められ、敗退するはずだった。現に後方の屋代島（やしろじま）衆は壊滅し、撤退していた。戦場全体を見渡せば、伊予水軍の勝利だった。

だが、安成にもひとつだけ、計算違いがあった。

敵将小原中務丞の猛勇は、安成の予想をはるかに超えていた。

破格の強さだ。「鬼鯱（おにしやち）」の異名は伊達（だて）でなかった。鬼鯱の赴く先、赤い花火が打ち上がるように次々と血が煙った。

「あの武器も、いちおうは鋒と呼ぶのでござろうな」

ふつう鋒は、先端が三ツ股に分かれ、鋭く尖っている。瀬戸内海賊がときに愛用する武器で、せいぜい素槍ほどの長さの突き道具だ。漁獲にも用いる。

「長薙ほどの長さもある鋒を片手で扱うとは、尋常な男ではない」

尼子家に苦戦していた大内家が、陸戦にまで呼び寄せたほどの海の怪物である。

鬼鯱が殺戮に使っている凶暴な武器は、まるで長薙（三間ほどの長さの柄で、海中の敵を引っかける道具）の先に、小太刀を三つ並べて付けたような形状だった。そのため、突いても斬っても、相手を屠れる。甲冑と同じく、武器も己に合うように創ればよいわけだ。おまけに鬼鯱の豪壮な大鎧は、半端な矢を通さない。

「万夫不当とは、あのような漢を言うわけか」

大内水軍の操舵では、鼻栗瀬戸で満足に戦えない。敵の術中にはまったと悟るや、鬼鯱は捨て身の攻撃に転じ、惜しげもなく小原水軍の関船を乗り捨てた。大内水軍の大将船を、である。これには安成も面食らった。

その代わりに鬼鯱は、配下の精鋭を引き連れて、伊予水軍の小早船に次から次へと乗り移り始めた。

鎖縄の先端に小さな碇を付けた鎖鑓を実にうまく使う連中だった。碇を小早船の垣立に引っかけては、鎖縄で力任せに小早船をたぐり寄せる。不利な海上から、互角以上に戦える敵船上に、戦場を変更したわけだ。

鬼鯱の並ぶ者なき剛勇あってこそ可能な決死の作戦だが、これが当たっていた。死を恐れず繰り出される鬼鯱の豪鋒が、伊予の将兵や水手を次々と血祭りに上げてゆく。鬼鯱は殺戮を楽しんでいた。狂喜して弱き者たちを屠っている。

もともと安成率いる本隊は、敵を瀬戸へ誘い込むための囮にすぎず、隻数も兵力も少なかった。おまけに弓上手の兵は、すべて陸戦隊に回してある。

「俺たちで、あの化け物を討てるか、ウツボ？」

鬼鯱は手向かう者たちすべてに、確実な死を与えてゆく。脅威の勇烈を目の前にして、本隊の全将兵が恐慌状態に陥っていた。

幼少時に右肩を負傷した安成は、満足に弓も引けぬ。剣も利き手でない左手を使う。向かうところ敵なしの小原中務丞を止める武技を、安成は持ち合わせていなかった。

本隊を預かる総大将は、囮とはいえ、将船を指揮する安成だ。

「ここで義経公のごとく逃げれば、後がなくなる」

海の男たちは、愚劣なほどに誇り高かった。雌雄を決すべき最後の戦いで、敵に後ろを見せた水将は信を失う。もはや生き神なぞとは仰ぐまい。だから安房も、逃げずに踏みとどまって死んだのだ。安成がみじめに逃亡すれば、大祝への道は閉ざされたに等しい。

ウツボはスマルの結び目を確かめながら応じた。

「わしが、殺ろう」

スマルは手投げ用の投げ鉤であり、瀬戸内の海賊がよく使う。鉤の四ツ股を鬼鯱の豪腕に引っかけられれば、腕の自由を奪える。ウツボに勝るスマルの使い手はいまい。鬼鯱を船から落とせれば、後は重い大鎧が海の底へ沈めてくれよう。

「万一わしが殺られたときは、あやつと戦うふりをして、うまく海へ逃げなされ」

「……いや、負け戦はどうも俺の性に合わんのでな」

安成は緩んでいた繰締の緒を結び直した。

敵方の将船を奪ったとなれば、大内水軍は息を吹き返し、反転攻勢に出るおそれもあった。ウツボと二人がかりなら、勝機も皆無ではない。勝てずとも、鬼鯱を道連れに海へ落ちるなら、伊予水軍は勝利で戦を終えられよう。

安成は帆柱の上に立った。関船の帆柱は矢倉上に寝かせて固定してある。

「やるなら、勝ちなされよ」

鬼鯱はまるで一個の嵐のようだった。辺りに人なきがごとく船上を暴れ回り、将船を目指している。何人も、止められぬ。

安成の関船の舳先に碇が絡まった。鬼鯱の鎖鑓だ。

やがて、安成よりふた回り以上も大きな巨漢が、関船の総矢倉の上にぬっと姿を現わした。


「勝ち戦は気持ちよいのう」

鶴姫の言葉に、かたわらに立つ村上尚吉が、ややあってから応じた。

「されど、変ですな。いったい何が起こっておるのか」

北に作ってやった退路から、過半の大内水軍は撤退した。後は包囲網を狭め、残りの船団を前後から挟み撃ちにする手筈だった。

だが、鼻栗瀬戸の奥では、戦線が膠着したままだった。

――いや、逆転していた。

大三島水軍の本隊は押しに押されている。嵐が通り過ぎた直後のように、将兵はなぎ倒され、波に踊らされる小早船の上で、血に染まったまま呻いていた。

遠く、流血の続く先に目を凝らした。

一人の巨漢が伊予水軍の将船に取り付いていた。

「あの者が、鬼鯱か」

二十年前の第一次大三島合戦では、若き鬼鯱の奮闘により伊予の将兵が多数死傷したと聞く。

「化け物が海へ戻って参りましたな。また瀬戸内が荒れますわい」

「上等ではないか。わらわが討ち取ってくれるわ」

「さて、神でも奴を倒せますかな。ご覧なされ、あの鬼鯱の得物を」

尚吉の指さす先には、巨大な熊手にも似た武器があった。

「馬鹿でかい鋒(ほう)を片手で自在に操る怪物なぞ、日本(ひのもと)広しといえど、鬼鯱だけでござろう。小原中務丞を討てる者は瀬戸内におりますまい。あの男の通った後、身体に三ツ孔(あな)の空いた骸が無数に転がっておるのは有名な話」

鶴姫は背後を振り返った。鮫之介の胸には並んで三つ、古い刺し傷があった。

「まさか、そなたの身体の傷も……？」

黙ってうなずく巨漢を見て、鶴姫は背筋が寒くなった。鮫之介でも歯が立たぬ相手なのか。

「わが水軍の将船に寄せよ！　急げ！」

関船は重装備なだけに、船足が遅い。

鬼鯱が大三島水軍の関船上に姿を見せるや、水手たちは海へ飛びこんで逃げた。鬼鯱よりは瀬戸の渦のほうがまだましだと見たらしい。

船上に倒してある帆柱の上には、一人の中背の武士が立っていた。

黒い長烏帽子で、越智安成とわかった。

「口悪（くちわる）軍師め。頭は切れても、武芸のほうはからきしではないのか」

「水将は痩せ我慢が命。なれど、相手が悪すぎる。わしなら、さっさと海へ逃げますがな」

「……勝てるはずがなかろう。安成は死ぬ気か？」

安成は帆柱の艫（とも）に近い場所で腕組みをして立っている。刀剣の扱いを知らぬのか。

それともまさか——頭で勝つ気なのか。

「漁師の倅（せがれ）にしては、気位の高い御仁でござるからな」

身代わりとはいえ、将船を指揮する水将となった以上、小早船で逃げ出さず、戦いを選んだ。

「あの男、少し見直したぞ」

ただの優男(やさおとこ)ではない。安成の知略は大三島防衛に不可欠だ。死なせてはなるまい。関船を守る大三島水軍の兵たちが鬼鯱に立ち向かう。が、巨鋒のひと薙(な)ぎで蹴散らされた。

聳え立つような鬼鯱の巨体がついに帆柱の上に立った。安成の倍ほどにも見える。安成を将と認めたらしく、数間ほどの距離を置いて、何やら言葉を交わしている様子だった。

命をやり取りする戦いのさなか、あの若者は何を話しているのだ。

顔つきまでは見えぬが、怯えるでも、いきり立つでもなく、むしろ退屈しているようにさえ感じられた。

「誰かある！　わが弓をこれへ！」

鶴姫の腕前でも、標的に当てるには距離がありすぎた。瀬戸は揺れもひどい。

安成がゆっくりと腰の刀を抜いた。物臭な神官がいやいや祝詞(のりと)でも唱えるように悠長な抜刀だった。右手に構えている。短い。小太刀だ。

対する鬼鯱のひげ面に、残忍な笑いが浮かんだように見えた。

鶴姫は逸(はや)る思いで弓を引き絞る。が、元に戻した。

瀬戸に浮かぶ、たがいに揺れる船同士であっても、標的に当てる自信はある。だが、遠すぎる。まだ七十間余り（百数十メートル）も離れていた。女の膂力では、とても射程に入らない。

因島衆が矢を放った。だが、たまに届く矢も、標的には当たらない。

安成がついと前へ出た。死ぬ気か。

鬼鯱の雄叫びが聞こえた気がした。

突然、安成が小太刀を手に帆柱の上を駆けた。

変だ。巨鋒を手にした鬼鯱の右手が止まっている。

腕がスマルで絡められていた。なるほど安成はひとりではなかったわけだ。

今なら、鬼鯱を討てる。

安成が踏み込んだ。勝った！　いや――

息を呑んだ。一瞬の攻防で、安成は敗れた。

「何という化け物じゃ……」

鶴姫が呆れたようにつぶやくと、尚吉が苦々しげに応じた。

「あと一歩。惜しゅうございましたな」

安成は小太刀ごと後ろへ吹き飛んでいた。鬼鯱が鉄の長手甲を着けた左手で弾き飛ばしたのだ。安成は小太刀を突然、左手に持ち替える奇手を使ったようだが、通用しなかった。

同時に、スマルを放った小兵は、鬼鮍の豪腕で、逆に空中へと引きずり上げられた。あげくは振り回され、綱を切られて、海へ投げ出されていた。鼻栗瀬戸に小柄な身体が消えていった。

はね飛ばされながらも、うまく着地した安成は、帆柱から最後尾の艫に跳び移っていた。鬼鮍の巨鋒なら簡単に届く距離だ。小太刀を海に落とされた安成は、得物を手にしていない。

安成が何やら鬼鮍に話しかけている。口達者な男だが、口で鬼鮍は殺せまい。あのひねた若者と、もう少し話をしてみたかった。

死なせたくない、と強く思った。

「逃げよ、安成！　海へ飛び込め！　命令じゃ！」

鶴姫の甲高い声は関船まで届いたらしい。

安成はちらりと鶴姫の乗る小早船の方角を見てから、難敵に向き直った。戦う気だ。細身の身体に合った色々威（いろいろおどし）の胴丸姿は、実に天晴れ（あっぱれ）だった。

(なぜ逃げぬ？　まだ何か、戦いようがあるというのか)

「このままでは間に合わぬ。義経公の真似じゃ。参るぞ、鮫之介！」

鶴姫は跳躍して、味方の小早に乗り移った。辺りは鼻栗瀬戸の急流である。

「帆柱を倒せ！」

鮫之介は怪力で長い帆柱を根元から引き抜くと、数間先で揺れる小早船に向かって架けた。細い橋ができた。古く元寇（げんこう）以来続く、伊予水軍の敵船攻撃方法である。

鶴姫は帆柱の上を駆けた。

敵味方の小早に同じ真似を繰り返して近づいてゆく。

「あの将船へ寄せよ！　背が足りぬ。鮫之介、貸せ！」

巨漢は鶴姫を抱き上げると、天に向かって両手を突き上げた。

鮫之介の両の掌上に、鶴姫は立った。

関船に対してちょうどよい高さだ。狙える。

鶴姫は再び弓を構え、引き絞った。

もうすぐ射程に入る。五十間ほどの距離だ。

人間にすぎぬ那須与一（なすのよいち）でさえ、一度で遠射を成功させた。

半明神の鶴姫なら、できるはずだ。

鬼鯱が艫に向かって突進した。鋒が突き出される。

安成は、踏み出した鬼鯱の片足を狙う。

投げ鉤の要領で足留鎖を引っかけ、道連れにして海へ落ちようとした。

だが、鬼鯱は即座に反応した。腰を下げて踏ん張り、帆柱の上に踏みとどまった。

立ち上がった鬼鯱は、脛当て(すねあ)に引っかかった鉤を左手で手繰り寄せる。

海面近くまで落ち、足留鎖を左足に巻いた安成が、逆さ吊りになって、吊り上げられてゆく。

振り上げられた鬼鯱の鋒が旭光に煌(きら)めく。

荒々しい咆哮(ほうこう)がはっきりと聞こえた。

その瞬間、鶴姫は矢を放った――。

七、誤算

「酒が進まぬようじゃな、安成殿」

安成のかたわらに座り込んだ村上通康は、すっかり出来あがって、酒臭をぷんぷんさせていた。海の男たちの陽気な馬鹿騒ぎは、どうも安成の性に合わなかった。

大内水軍を撃退したこの日、伊予の水将たちは、陣代の鶴姫を先頭に大山祇神社の遥拝殿(ようはいでん)に参拝し、戦勝報告を済ませた後、台城(うてな)で祝宴を催していた。

鶴姫は相変わらずの巫女装束だが、出陣前とはまるで人が違ったように、自分を取り巻く諸将と明るく談笑していた。別格の美貌を除けば、どこにでもいる小娘とさして変わりない。

「大内水軍はいずれまた現れる。浮かれ騒いでおる場合でもござるまいが」

安成の無愛想な返事に、通康は破顔一笑し、安成の背を乱暴に叩いた。

「来おるたび、何度でも打ち払おうぞ。そのうち敵も精根尽き果てて、あきらめおるわ」

大山祇神社の守護を唯一不変の目的とする大三島水軍に領土拡大の野望はない。防衛に徹すると言えば聞こえはいいが、常に戦は守勢を強いられ、不利になる。

「大内がその気にさえなれば、三万を超える兵で、二千隻近い船団を組め申す」

「上等じゃわい。安房公を失うて、伊予のゆくすえを案じておったが、鶴姫が台城におわし、お主が軍師として陣代をお支えすれば、負ける気がせぬわ」

西岸の台で虚船を守っていた通康は、東岸での戦闘に参加していない。

「もしやお主、鶴姫に命を救われたことを恥じておるのか？　案ずるな。あのお方は女子ではない。半明神じゃと皆知っておる。鬼鯱を見事に討ち取られ、人に非ざるを証されたではないか」

あの時、足留鎖で吊り下げられた安成は、最後に鬼鯱に向かって短剣を放った。が、すばやく鋒で遮られ、絶体絶命の危地に陥った。

鬼鯱が片笑みを浮かべながら、右手の鋒を改めて振り上げたとき、安成は死を覚悟した。だが、突然飛来した矢が、鬼鯱の左腕に刺さった。それでも鬼鯱は、足留鎖を離さなかった。何食わぬ様子で鬼鯱が鋒を振り下ろそうとした刹那、今度は右前腕に矢が刺さった。鬼鯱が初めて矢の飛来する方角へ顔を向けたとき、三本目の矢が鬼鯱の左眼に刺さった。

さしもの勇将も呻き声を上げ、左手の安成と右手の巨鋒を取り落とした。手で眼を押さえながらふらつき、帆柱から足を踏み外して、真っ逆さまに海へ落ちていった。

瀬戸の渦中に消えた巨漢は、その後も見つからなかった。重い大鎧を着込んでいた鬼鯱は、ついに海に呑み込まれたのだと、皆は噂していた。

だが、鬼鯱は海を知り尽くした男だ。あの化け物は本当に死んだのか。

「わしはあやつの落としていった鋒を、何とか片手で持ち上げられたが、両手を使うても振り回せはせぬな」

通康が首を捻(ひね)る。戦利品の巨鋒を扱える者など、伊予水軍にはいなかった。

「逃げ帰った白井縫殿助は謀将と聞くが、越智安成の知略には敵わぬ。大内水軍、恐るるに足らずじゃ」

上座では、笑顔の鶴姫が次々と酌を受けていた。酔いのせいか、頬が桃色に上気している。陣代として別に厳粛な儀式を終えた鶴姫が広間に現れるなり、水将たちは大歓声を上げて出迎えた。取り囲んでもて囃(はや)し、にぎやかな宴を始めてから一刻近くになる。

専守防衛に徹する大三島はわが身を守り、伊予水軍は氏神の危機を救っただけだ。手に入れた封土もないから、せいぜい武具か、金銀、感状が下賜(かし)されるくらいで、さしたる論功行賞もない。敵の侵略を防いだ勝利の喜びこそが褒賞だった。

「鶴姫に御礼を申し上げずともよいのか?」

海に落ちた安成は、味方の水手(かこ)に熊手でたぐり寄せられて、救出された。

安成は御串山城で正装に着替えてから出仕したが、鶴姫は凱旋の途中、行く先々で伊予将兵の歓待を受けたため、正面から言葉を交わす機会がなかった。

安成がひどく不機嫌な理由は、仇の娘に命を救われたせいだ。

「いま少し空きができたら、ご挨拶に伺うといたそう」

村上尚吉も加わり、通康と三人で盃を重ねるうち、喝采が起こった。

立ち上がった鶴姫が下座に降り、座を見渡している。誰かを探している様子だ。

「越智安成はいずこにおるか？」

鶴姫の声に座が静まった。

軍師の任を解かれた安成は、あてつけの意図もあって、最末席に陣取って酒を啜っていた。鶴姫の視線が止まると、諸将が一斉に末座を見た。

安成が居住まいを正し、御前に出ようと片膝を突くと、鶴姫が歩み寄ってきた。片手には徳利を持っている。鶴姫の甲高く張りのある声はよく通った。

「今日の大勝利、勲功の過半は、越智安成に帰する」

眼前に立った鶴姫に向かい、安成は両手を突いた。

「こたびは危急の場をお救いくださり、感謝に堪えませぬ」

深礼しようとする安成を、着座した鶴姫の白い手が制した。

「危地にある家臣の命を主が救うは、当然であろう」

船が大きく揺れる鼻栗瀬戸で、数十間離れた船から立て続けに三本の矢を放ち、そのいずれをも敵将に命中させるなど、並みたいていの腕前ではなかった。いや、神懸かっている。

鶴姫の徳利に促されて、安成が盃を差し出した。

「酒は、好きなのか？」

「さして好みませぬ。呑んだところで、酔えませぬゆえ」

安成はいくら呑んでも変わらなかった。酔ってこの世の憂さをしばし忘れられるなら、鬱々たる人生も、多少は気楽にやり過ごせようものを。

「確かに、そなたが酔い潰れておる姿はうまく想像できぬな。わらわはすぐに酔うてしまうが」

安成が勢いよく盃を空けると、鶴姫が間を置かずに注いできた。

「帆柱の上で、鬼鯱と何を話しておった？」

「古風な大鎧を付けておりましたゆえ、重くはないかと」

大鎧は優に米半俵（約三十キログラム）近い重量があった。騎馬ならともかく、船上では使い勝手が悪い。ゆえに南北朝の時代から、胴丸が大鎧に取って代わり始めた。軽さと動きやすさを重視した胴丸は、この時代の甲冑の主流である。

「敵の総大将と、甲冑談義を？」

けげんそうに見る鶴姫に向かい、安成はうなずき返した。

「他に気の利いた話題も、思いつきませなんだゆえ」

「命のやり取りをしながら武具の話とは、そなたも存外おもしろき男じゃな」

鶴姫は白衣（しらぎぬ）の袖先で口もとを押さえ、肩を震わせながら、さも可笑しそうにくつくつ笑っている。つい、つられて安成も軽く笑った。さしたる理由もなく笑ったのは、何年ぶりか。

「ときに、そなたの胴丸は、草摺（くさずり）が何間にも分かれておったな」

「より動きやすく、軽くできぬものかと日々、工夫を重ねておりまする」

「手ずから作ったと申すのか？　そなたの色々威の胴丸も見事じゃと思うておった」

「昔、さる甲冑師から手ほどきを受けました」

小札（こざね）を威す糸が三色以上の場合を「色々威」と呼ぶが、安成は白、赤、灰を基調とした配色にしていた。安成自慢の作である。

安成の説明に鶴姫が目を丸くして身を乗り出してくると、蜜柑を思わせる甘い香りがした。それにしても何と美しい顔立ちか。安成の仇は人間離れした美貌を持ち合わせている。

「わらわのために胴丸を作ってくれぬか、安成。小さめの物をいくつか試してみたが、女は身体の作りが違うゆえ、うまく合わなんだ。威しの糸は紺がよい。海に白波が立つように、紺と白を取り合わせて欲しいのじゃ」

女物の甲冑など、今まで誰かが作ったろうか。もしもこの輝くような少女の美に伍する甲冑を作れたなら、あの無愛想な老甲冑師も手放しで誉めてくれまいか。

安成はおおよその寸法を知ろうと、鶴姫の身体に目をやった。少し崩れた巫女装束では、豊かな胸の膨らみも、腰のくびれも隠せていない。身を覆う夾雑物のせいで確かではないが、相当女らしい身体つきのようだった。

視線に気付いた鶴姫はあっと驚いたような顔をし、白衣の共衿を引き合わせながら、うつむき加減でつぶやくように付け足した。

「戯れ言じゃ。わらわには巫女装束がいちばん似合う」

鶴姫は陣代の威厳を取り戻そうとするように、すまし顔に戻った。

「そなたの献策なくば、わが軍は敗退していた。さすがにわが兄の認めた男よ。越智安成は万の軍船にも匹敵する。されば今宵、改めてそなたを大三島水軍の軍師に任じたい」

「もったいなきお言葉にございまする」

安成が恭しく両手を突くと、鶴姫は居住まいを正した。

「これで戦は終わるまい。大祝家が次に打つべき手立てを教えてくれぬか？」

「……されば、兵船を整え、操練を施しつつ、和を求めるべきかと心得まする」

鶴姫はにわかに血相を変え、憤然とした表情で詰め寄ってきた。

「和じゃと？　大内は兄上の仇ぞ！」

「大内はいくたび大負けしても滅びませぬが、大三島水軍は一度でも大敗を喫すれば、滅ぼされまする。誰しも、常に勝ち続けることはかないませぬ」

安成の打算と戦略もあった。これ以上の戦は安成にとって益ではない。今回の勝利で安成は軍師として名声を取り戻した。大大内に、次も勝てる保証などない。後は政争で安舎を追い落とすほうが得策だった。

「まだ和睦を申すか！　われらは大勝利を収めたのじゃぞ！」

「小さく弱き者にとって、勝利は和を整える好機にござる」

「そなた、大山積神が、小さく弱き者じゃと申すか！」

鶴姫が柳眉を逆立てた。かなり短気な性格らしい。

慌てた村上通康が、取りなすように二人の間へ割って入った。

「半明神の鶴姫がおわし、軍師にお主がおる。大明神のご加護を得れば大内にも勝てるじゃろう」

「国の力が違いすぎまする。他の水軍とて、奉ずる神に守られておるはず。神頼みで戦に勝てるなら、大祝家は天下を取れましょう」

そろそろ伊予の諸将も目を覚ますべきころ合いだ。たとえ大山積神が自ら八面六臂の大活躍を見せようとも、勝ち目はない。安成は滔々と大内の力を具体的に説いた。日本最大の大名、大内家は中国の覇者であり、周防、長門、石見、安芸、備後を領する。さらに、北九州の筑前、豊前まで勢力を広げ、肥前も窺っている。豊後の大友家とは先年、激戦の末に和睦し、後顧の憂いなく山陰の尼子に対していた。安成は大内家に属する水軍とその軍船の数を次々と列挙してみせた。

鶴姫は必死で怒りを抑えている様子で、声を震わせながら問うた。

「……安成。そなたは、そも大祝様を、何と心得る？」

「いともかしこき生き神にはおわせど、祝詞で大内家は滅ぼせませぬ。三島大明神の全き力が、ひと薙ぎで大内を打ち払うてくださるなら、話は別でござるが――」

「無礼者！　控えよ！」

「身どもは大三島を守る方途につきご下問ありましたゆえ、存念を申し上げたまで。先の陣代もお聞き入れありませせなんだ」

鶴姫は懸命に怒気を静めるように、大きく深呼吸してから安成を睨むと、徳利を手に立ち上がり、踵を返した。

「安成殿。われら氏子は皆、大山積神に守られておるのじゃ。さればこそ二十年前も、今日も、勝ったのじゃぞ」

通康の幼稚な反論に、安成は嗤笑しながら、殺し文句で応じた。

「守ってくださっておるなら、なぜ先の陣代が戦死なされた？」

振り返った鶴姫は、手にした徳利を振り上げると、安成の眼前の床に叩きつけた。粉々になった破片が辺りに飛ぶ。その一片が安成の頬を切ったらしい。

ひと筋の血が頬を流れ落ちてゆく。

鶴姫は砕け散った徳利の破片を見ながら、重い口調で告げた。

「こたびの勝利にあって、そなたの功は伊予水軍第一であった。されど、先の戦において陣代大祝安房を守れなんだ失態が、帳消しになるわけではない」

鶴姫は正面から安成を見た。瞳には涙が溢れんばかりに浮かんでいる。心をえぐられたような気がした。

「されば越智安成には、明日より当分の間、謹慎を申しつける。小海城にあって、沙汰を待て。出仕には及ばぬ」

怒りと涙であろう、鶴姫の声は震えていた。

「承りまして、ございまする」

鶴姫は一度も振り返らず、そのまま水将たちを残して台城の大広間を去った。

早朝、鶴姫は松を従え、参拝を終えて神門をくぐると、大楠を見上げた。

天孫降臨に随伴した饒速日命(にぎはやひのみこと)から数えて十代目、鶴姫の祖先にあたる小千命(おちのみこと)が手ずから植えたと伝わる。大昔、大三島はすべて楠に覆われていたというが、最大の楠はこれであろう。

昨夜、越智安成を軍師に再任しながら、鶴姫は怒りに任せて、舌の根も乾かぬうちに謹慎を命じた。

だが、冷静に事実と数字だけを並べてみせた、安成の説く和議にも一理はあった。無礼な言い草が癪(しゃく)に障るが、安成は大祝家十八万石が乱世で生き延びる策を提案したのだ。

「短気はまこと損気でございますよ、姫」

松だけでなく安房も、幼少から、しばしば癇癪(かんしゃく)持ちの鶴姫をたしなめた。ここ大三島に渡ったときも、塔本の屋敷でも、鶴姫はご神木の楠に登って、怒りが収まるのを待ったものだ。

鶴姫は昨夜、大祝を蔑ろにした言葉に立腹したのではなかった。鶴姫とて兄の安舎が神に仕える生身の人間にすぎないと知っている。むしろ安房の戦死に対する安成の冷淡さ、遠慮のなさに対して激しい怒りを覚えたのだ。

「それで姫は、安成様をどのようにご覧になりましたか？」

「切れ者じゃし、見てくれもよいが、人物が最低じゃ。性根がひん曲がっておる。大嫌いな男じゃ」

だがあれは、安成の真の姿なのか。よくわからぬ若者だった。

（やはり解せぬ……。なぜあれほどの知略を持つ者が、むざむざ主を死なせたのか）

大楠の梢から昇り始めた旭日が、大山祇神社の境内を一気に照らし始めた。

越智家の居城、小海城は大三島の東岸、甘崎の北に築かれた小城である。

安成がいる一室からは、盛りを過ぎた夏の海が見えた。ちょうど鶴姫が好きだという紺色をしている。謹慎といっても厳密ではない。先ほど数日ぶりに、鮫之介と名乗る鶴姫の腹心が様子を見に来た程度だ。

「若、邪魔しますぞ」

ウツボは蘇芳染めの野良着姿で現れると、軽く両手を突いて安成に頭を下げた。

「こたび引き籠もられたは、わしにも驚きの一手でござるな」

別に思惑なぞない。鶴姫の逆鱗に触れただけだが、安成は取り繕った。

「戦上手でも、鶴姫はろくに政を知らぬ。陣代として平時の軍政はできまい。俺が不在の間に鶴姫が味噌を付ければよいわけだ。俺が汗を掻いてやる必要もない」

ウツボは半分だけ腑に落ちたように、中途半端なうなずきかたをして見せた。

「安高の始末もありますでな。若が次に動かれるまでの間、今張の梃子入れに精を出しまする。閑を見つけて、黒鷹の小早をわれらだけで走らせる所存」

齢など、まるで関係がない。仕事熱心な腹心だ。

「若は鶴姫をどうするか、思案くだされ」

「そのことよ。口説くには胴丸が要る。必要な物を書いたゆえ届けさせよ。例の火器も頼む」

渡された書き付けをいぶかしげに見るウツボに、安成は付け足した。

「心を奪ってから、捨てる。世にこれ以上の復讐もあるまい。女心を摑むのに胴丸とは面妖な話だが、鶴姫には効く。せっかく時ができたゆえ、手慰みにな」

ごま塩の無精ひげをいじりながら、ウツボは下卑た笑いを浮かべてうなずいた。

ウツボが消えた後、安成は山の端に沈む西日をぼんやりと眺めていた。鶴姫がいる台の方角を向いているのはただの偶然か。

（俺はどうかしておる……）

なぜ安成はあの夜、血相を変えて憤る鶴姫に、諄々と和議の道を説いたのか。

大祝家が滅ぼされては乗っ取る意味がない。計算ずくだったと自分に言い聞かせてみる。

「ふん、愚かな……」

安成は自嘲した。他人を欺くのは容易でも、己の心は欺けぬものだ。

昔、老甲冑師が丹精込めて作り上げた見事な紺糸毛引威の胴丸があった。自信作らしく、床の間に飾ってあり、安成は毎日その胴丸を眺めていた。あるとき、老甲冑師のもとを訪れたひとりの武人がその胴丸を見初め、ただちに求めた。安成は身を切られる思いで、去ってゆく胴丸を見送った。その後しばらく安成は腑抜けたようになっていた。安成が大切に思っていた美しきものが奪われたからだ。

宴の夜、安成はあのときとほとんど同じ感覚で、鶴姫を見ていた。

斜に構えたいつもの口調は変わらずとも、安成は、いずれ必敗の見えた戦で、鶴姫が失われる事態を怖れたのだ。

あの胴丸に対して抱いた安成の喪失感は、老甲冑師が遺作となった最高の胴丸を作り上げたとき、完全に癒された。だが、この世に鶴姫以上に美しい女はいまい。

鶴姫は会うなり、気高い美貌を歪ませて安成を打擲し、面罵した。

最低の出会い方だった。

仇の娘なら、憎むべきだった。

だが安成は、不覚にも鶴姫に命を救われた。

通康らと酌み交わした酒を美味だと感じ、勝利の宴も悪くないと思ったのは、なぜだ。

安成は己が感ずる喜びに戸惑った。だからあえて安房を嘲る言い草をして、復讐心との折り合いを付けようとした。だが、感情に振り回されるなど、愚昧だ。

十年以上も燃やし続けてきた復讐の炎が、安成のなかで初めて失速していた。

(もしや俺は、仇の娘に懸想しておるのか。酒には酔えぬのに、恋に酔っておるのか)

とうに日は暮れたが、明かりは灯していない。

近づいてくる夜の闇の中で、大三島東岸に寄せる波の音だけが、安成の耳に届いていた。

三番貝　恋姫

——天文十年（一五四一年）十月〜十二月

八、勝利の褒賞

——兄上！　いったい何が起こっておるのですか？

炎が視界を覆い尽くそうとしている。目の前には、真っ白な死に装束の兄がいた。

——人の世とは醜きものじゃな。父上の教えが間違っていたとは思わぬ。が、敗者とはいつも惨めなものよ。

幼い治部丞（じぶのじょう）は女の衣裳を着せられ、顔には化粧まで施されていた。

——あれは、三島神紋流旗（みしましんもんりゅうき）！　大祝（おおほうり）様の軍勢ではありませぬか？　なにゆえ!?

——大祝家の血塗られた歴史は今宵、わが死をもって終わらせる。治部丞、お前までつき合う必要はない。

――治部丞さま。殿の仰せに従われませ。

現れたのは黒鷹だ。

家臣の子で、同い齢の親友だった。足が速く肌が浅黒いために付いたあだ名だ。黒鷹は治部丞の衣裳を身に付けていた。身代わりに死ぬつもりだ。

――よいか、治部丞。これよりお前は故郷を捨て、すべての過去を忘れて生きよ。お前はもう大祝家とは縁もゆかりもない。二度と大三島に戻ってはならぬぞ。ウツボよ、頼む。

――お待ちくだされ！　兄上！

ウツボの骨張った手が肩を摑む。

燃え盛る炎に遮られ、決して小さな手は届かない――。

越智安成（おちやすなり）は、がばりと半身を起こした。

肩で荒い息をしている。全身に冷や汗を掻いていた。

部屋はまだ真っ暗だ。

（また、この夢か。いつ見ても、馴れぬな）

意味もなく右肩の傷痕をさすってから、安成は再び身体を横たえた。見えぬ天井を見上げる。

虫の声は絶え、小海城の一室からは、さざ波の音しか聞こえなかった。

安成に謹慎の沙汰が出て、三ヵ月――。

夏が過ぎ、秋が来た。

人生でこれほど無為な日々を過ごした時期はなかったろう。

だが、落ち着いて肝を練り、復讐心を取り戻すにはちょうどよかった。あの凄惨な夜を克明に思い出すだけでいい。

（仇の小娘に惹かれるとは、俺は何をとち狂っておったのだ）

安成はもう一度ゆっくり半身を起こすと、左手を力いっぱい握り締めた。

（兄上との約束を破った手前、失敗は許されぬ）

安成の母は優しかった。寡婦となった母を娶った叔父は立派な男だった。兄弟姉妹の笑顔が絶えぬ家だった。が、あの夜、何もかもを奪われたのだ。大祝安用の手によって――。

（皆、天上でしかとご覧あれ。治部丞は必ずや復讐を遂げてみせまする）

どこぞで、暁に鳴く一番鶏の啼き声が聞こえた。

天文十年（一五四一年）十月――。

瀬戸内の海原は、秋空を水鏡に映しながら、今、鶴姫のいちばん好きな紺一色をしていた。だが、ここ数日の海戦で、この海は幾人の伊予将兵の血を受け入れたのか。

「脇潮を使え！」

鶴姫のとっさの指図で、伊予水軍はかろうじて逃げ場を見いだした。

大きな潮の流れが陸にぶつかると、行き場を失い、左右に逸れて急流が生じる。これにうまく乗れば、敵の背後へ回り込める。

巫女装束の戦姫の放った矢が、敵小早船の蝉をまたもや撃ち抜いた。

「潜らせよ！」

素潜りの得意な海の男たちが、次々と小早から海に潜った。海中で敵の小早の底に鑿を入れ、浸水させて沈める攻撃だ。少しでも敵船を減らす。

「火舟の用意はできておろうな？」

鮫之介がうなずくや、鶴姫は関船から勢いよく海へ飛び込んだ。全身を濡らす。水手たちに熊手でたぐり寄せられて、小舟に乗った。

舳先の前半分に積み込んだ乾いた柴木には、焔硝、硫黄に麻殻が混ぜ込んである。

火舟を敵船に突撃させ、小早船で撤退する。無人の火舟では、敵の関船にぶつけられるとは限らない。危険だが確実な攻撃方法を、鶴姫は選んだ。舟には次々と火が掛けられてゆく。

「参るぞ、皆の衆！」

十隻の火舟と二隻の小早が海の上を一斉に滑り出した。

「鬼鯱め、やっと引きおったか……」

鶴姫は唇を嚙んだ。敵は、手強い。

火舟の計でようやく形勢が逆転しかけるや、大内水軍はすぐに撤退を開始した。謀将白井縫殿助は機を見るに敏だ。決して無理な戦をしなかった。

夏の鼻栗瀬戸での敗戦に懲りたのか、大内水軍は今回、堂々と表参道へ押し出してきた。鶴姫は台ノ浜沖に船団を展開し、御串山城と掎角の勢を成してこれに対抗した。越智安成によって鍛錬されていた将兵は、猛攻によく耐えた。

縫殿助のいる大内水軍はいかなる挑発にも乗らず、深入りもしなかった。数に任せた手堅い戦闘で着実に伊予方を消耗させている。兵力差を大きく広げたうえで、弱体化した伊予水軍を撃滅し、大三島上陸作戦を展開する肚と見えた。

「姫！」

見ると、来島衆（くるしま）の関船が近づいてくる。

戦が終わるや、村上通康（みちやす）はだいたい鶴姫の将船へやってきた。

夏の戦の後、鶴姫は、若い安忠（やすただ）が陣代に就く日まで、輿入れを延期すると宣言した。通康は泣き出さんばかりに翻意を求めたが、大内水軍の再侵攻を受けて、それどころの話ではなくなった。

「姫の用兵の妙と、御自らの奮戦なくば、わが軍はとうに敗退してござった」

鶴姫は隣に来た通康と並んで、対岸の大崎島へゆうゆうと去ってゆく敵船団を眺めている。

半月前、亡兄の安房（やすふさ）も使っていたウツボなる諜者から急報があり、鶴姫はいちはやく再侵攻の予兆を摑んだ。今度も八百隻の大船団だった。兵力は二万を下るまい。ただちに河野家へ援軍を要請し、三島（さんとう）村上水軍を中心とする伊予水軍に緊急召集をかけ、大三島各所の防衛を固めた。来島衆は全軍で出撃しているが、各水軍には本拠防衛の要があるから、迎撃する船団は今回も、敵船団の半分に満たない。兵力は八千に届かなかった。

それでも鶴姫は劣勢の伊予水軍を巧みに指揮して、倍する敵とかろうじて渡り合ってきた。

「鬼鯱の大関船はまさに天下無敵でござるな。あれさえ、なくば……」

そのとおりだ。鬼鯱こと、小原中務丞は死んでなどいなかった。片眼に黒い眼帯を付けて最前線で奮闘する猛将の凄みは、以前に比べ倍増していた。

「嘆いても、大関船は沈まぬ。泣き言を申すな」

生還した鬼鯱はこの数ヵ月で、大型の関船を新しく建造していた。

実に百挺もの大艪を、水手が二人掛かり、つまり二百人で漕いで進む。四囲に厚楯を二重に張り巡らした関船の防御力は高い。もはや「関船」と呼ぶには大きすぎる巨船であった。

勇名轟く鬼鯱の強弓は想像を絶した。

専用の七人張の大弓から放たれる巨矢は、水手の身体を貫き、絶命させてなお、船を超えて飛び去ってゆく。本来の射程外から放たれる遠矢は、伊予将兵の身体を次々と貫いた。驚異の飛距離と正確さ、貫通力だった。

海戦では遠距離攻撃が物を言う。古来、多用されてきた弓兵の威力がまず緒戦の帰趨を決した。大関船の高みから放たれる鬼鯱の強弓は、その恐るべき威力を存分に発揮していた。鶴姫の至妙な統率を無効にするほどの蛮勇だった。

「よう戦うたから、負けてもよいなぞという話はない。勝たねばならぬ」

鶴姫は勇ましく高言してみるが、勝つ手立ては見つからなかった。

万策、尽きていた。

鬼鯱は大内の全軍から弓に達者な将兵をかき集めたらしく、凄まじい矢嵐が伊予水軍の小早を寄せ付けなかった。

鮫之介の投岩も届かない。木棒の先に帯をつける「振り飄石」を使い、投げ釣りの要領で遠方への投擲を試みたが、岩が小ぶりになって、命中精度も下がるため、戦果は芳しくなかった。

ずっと、苦戦の連続だ。

負けていないだけで、勝ち目は限りなく薄かった。伊予水軍の死傷者は増える一方で、戦況は日に日に悪化していた。敵の総攻撃の時は近い。

このままでは船団を失い、丸裸にされた大三島は大内家に併呑される。

「われらには今、鬼神をも欺く知略が必要でござる。さいわいわが軍には、あの大軍を撃破できる御仁がおり申す。伊予の将兵は皆、軍師殿の再登場を願うておりまするぞ」

苦戦して戻るたびに通康は、特徴あるガラガラ声で同じ進言をした。

鶴姫はほろ苦い気持ちで、越智安成の涼しげな顔を思い起こした。あの若者なら、この絶望的な戦況を覆せるのか。だが、あの強弓隊と大軍のどこに隙がある？

鶴姫にも意地があった。もし安成の登用で、またもや敵を撃退したとしよう。三島大明神の加護はどこへ行ったのだ？

「……そなたと違うて、あの者は信用ならぬ。話しっぷりも嫌味だらけじゃ」

「わしも二年ほどの付き合いなれど、知るほどに、なかなかによき男じゃとわかり申した」

「よいも何も、腹の中で何を考えておるか、見当もつかぬ」

「幼きころ苦労をしたらしく、何でも斜に構えて見る癖はござるが、天才とは畢竟さような生き物。使わねば損でござる」

「……なぜ安成は、あれほどの知略を持ちながら、兄上を死なせた？」

「戦は水物。恋と同じで、どう転ぶか知れたものではありませぬ」

無骨な通康が恋を語ると、どこか滑稽だった。

「ほう。わらわは今、安成が大嫌いじゃが、この先、存外と恋に落ちるやも知れぬわけか」

通康が苦笑いしながら、「ご勘弁くだされ」と大きく手を振った。

「戦の天才とは申せ、安成殿の女癖の悪さは瀬戸内じゅうに轟いてござる。遊女たちに人気はあれど、姫の恋の相手などもってのほか。見た目に騙されてはなりませんぞ。第一、このわしはどうなりまする？」

次第に必死になってゆく通康の形相に、鶴姫は覚えず吹き出した。

「安心せよ。わらわは面食いではない。男は中身じゃ。それにあの者は、大山祇神社を敬わぬ不届き者。そも家臣に恋をする馬鹿な主がどこにおる」

「安堵いたしました。水将たちの娘が片っ端から安成殿に惚れておりましてな。すでに妻ある身と諭しても、側室でよいと聞きませぬゆえ」

通康が胸を撫で下ろしたとき、関船は台ノ浜の船溜に着いた。

浜辺に飛び降りた鶴姫は、出迎えた家臣に、ただちに命じた。

「馬、引けい！　小海城へ参る」


小海城の一室から見える青空は、秋らしくずいぶん高い。

「あの小娘は潮の流れをよく読み、風も自在に使う。が、そろそろ若の出番ですぞ」

安芸から戻ったウツボは、いやに上機嫌だった。今では、鶴姫と通康の信も得ているらしい。便利な男だから、誰もがウツボを頼った。安成も同じだが。

「旗色は相変わらずか」

「日に日に敗色濃厚。あの大軍を相手に、あの小娘がまさかここまで粘るとは思いませなんだが、もう限界じゃ。次に総攻めがあれば、伊予水軍は壊滅でござろう」

小原中務丞を総大将、白井縫殿助を副将とする大内水軍が、再び大三島の西岸へ押し寄せた話は、半月ほど前にウツボから聞いていた。

「大明神、半明神が万の祈りを捧げたところで、御利益なしか」

安成が嗤うと、ウツボが前歯の一本欠けた黄色い歯並びを見せながら応じた。

「さよう。伊予の将兵も大祝様、祝様の祈りが通じぬと、こっそりこぼしておりまするぞ」

「そこかしこで、お前が焚き付けておるのであろうが」

ウツボとその手下は、船頭や水手の立場で大三島水軍に入り込んでいる。事あるごとに大祝安舎の無能を説いて回るわけだ。

「若、華々しい戦果を上げ、大内水軍を撃退なされよ。さすれば陣代、さらには大祝の座へ、まっすぐな道が開けましょうぞ」

「それで、頼んでおいた物はできたのか?」

「鹿の革で作り申した。若の仰せのとおり、使えそうでござる。火術はわしの得意芸じゃからな」

「どれほど効くかは知れぬが、足留めには使えよう。して、安高の件は？」

大祝安舎が長男の安高に大祝職を譲れば、せっかく凋落させた神威も、振り出しに戻りかねなかった。安高は早く始末しておいたほうがいい。

「ご案じ召さるな。倭寇の使っておるいい毒が手に入り申した。色も味もなく、半刻もせぬうちにお陀仏でござる」

「ご苦労。後は鶴姫だな。あの生意気な小娘、死ぬほど俺に惚れさせてやるわ」

ウツボがにんまりと笑ったとき、城外で馬の嘶きがし、ちょっとした喧噪が生じた。

「噂をすれば、何とやら。女陣代がお出なすったようでござる」

「奇船（遊撃隊）を十隻、仕立てよ。加えて、船を作る丸太を五十本ほど、甘崎城に用意しろ」

「船でも作りなさるのか？」

「いや、戦で使う。丸太の片端を大きな矢のように尖らせておけ」

承知したウツボが去って間もなく、甲高い女声が部屋の外で聞こえた。

「苦しゅうない、さっさと面を上げよ」

いた。

鶴姫が部屋に入ると、安成は下座で袖を払い、恭しく両手を突いていた。

無聊(ぶりょう)の慰みに胴丸(どうまる)でも作っていたのか、部屋の隅には小札(こざね)や糸が整理して置かれていた。

安成は典雅といえるしぐさで、ゆっくりと身を起こした。

貧しい漁師の倅(せがれ)と聞くが、起居には身に染みついたような優美さがあった。雅びた物腰には取って付けた不自然さがない。数ヵ月の謹慎生活で生えた無精ひげが、かえって様になっていた。稀有(けう)の美男であることは認めてやろう。

「罰を賜りし家臣の狭苦しい小城へ、大祝家の姫君、御自ら足をお運びとは、いかなる風の吹き回しにございましょうか」

安成の低音はあくまでさわやかだった。気のせいか、以前の嫌味が感じられぬ。

「ものを依頼するときは、頼むほうが足を運ぶもの。大三島には風どころか、再び嵐が襲いかかって参った。勝つには、そなたの力が要る」

鶴姫が絵地図を示しながら厳しい戦況を伝える間も、安成は落ち着き払っていた。

「万策、尽きた。そなたが最後の頼みの綱じゃ。勝てるか、安成?」

「わが献策をすべて用いられるなら、逆転勝利もかないましょう」

「されば、ただ今をもってそなたの謹慎を解き、改めてわが水軍の軍師に任ずる」

「ありがたき幸せ」

両手を突いた安成は、優しげな笑みまで浮かべている。

鶴姫は面食らった。いったい何があったのだ。安成の態度には、まるで昔からの忠臣のごとき誠意さえ感じられた。

「すべてそなたの申すとおり策を講じる。されば、すぐにわらわとともに台(うてな)へ――」

「お待ちくださりませ。実は鶴姫に献上したき品がございまする」

「そなたが、わらわに？」

安成はこくりとうなずくと、一礼して立ち上がり、部屋の隅へ行った。安成が白い布を払うと、紺糸で威した胴丸が現れた。鶴姫は覚えず感嘆の声を上げた。

ひと目でわかる。女物だ。夢中で駆け寄った。

女の体型に合わせて胸回りが著しく広く、逆に胴尻は腰のくびれに合わせて極端に引き締まっていた。草摺(くさずり)は大胆に十一間に分かれ、女の下半身を守っている。本小札を鉄札と革札の一枚交ぜにした胴の作りはおどろくほど精緻(せいち)だった。この胴丸自体が、女である鶴姫の身体をそのまま象(かたど)った物といってよい。兜の前立てには金色の空貝(うつせがい)が輝いている。

身に付けてみたかった。まさにこのような甲冑を身にまといたいと、ずっと願っていた。

「こたびは激戦となりましょう。巫女装束の上に、この胴丸を召されませ。姫のために作りし、世にただひとつの女物の甲冑。姫以外の者は身に付けられますまい」

普通の胴丸とは明らかに違う、まさに女体を守るにふさわしい作りだ。安成が鶴姫の体型を想像しながら作ったと思うと恥ずかしいが、なぜか不愉快ではなかった。

鶴姫は安成を見たが、微笑みの裏にある心までは読み取れなかった。

あの鬼鯱に一騎討ちを挑んだほどの胆力の持ち主だ。たかだか数ヵ月の謹慎で悔い改めたとは考えにくい。いったい何があったのか。

「この安成、鶴姫のご命令に従い、大内水軍を打ち払うてみせましょう。されば、見事わが策にて、敵を大三島より撃退せし暁には、褒美をひとつだけ、たまわりとう存じまする」

安成はいったん言葉を切ってから、挑むような片笑みを浮かべた。

ずきりと感じるほど、鶴姫の心ノ臓が動いた。水も滴る美男との噂は、本当だ。世には、これほどの美男がいたのか。

「大祝家は所領が少ないが、陣代として与えられる褒美なら、兄上にお頼みして聞き届けよう。何なりと申せ」

「姫にしか、与えられぬ褒美にございまする」

鶴姫は不自然に続いた長い沈黙に、苛立ちよりも不安を感じて戸惑った。

（いったい、何を所望する気だ……）

安成は鶴姫の眼を直視しながら、言い放った。

「大三島を守りし勝利の褒賞として、鶴姫をたまわりとう存じまする」

絶句した鶴姫は、否も応もなく自分の顔が真っ赤になってゆく様子がわかった。

鶴姫は狼狽（ろうばい）を隠しきれぬまま視線を落とし、つぶやくように応じた。

「な、何を馬鹿な。わらわを年下の娘と見てからかうとは、無礼千万……」

「身どもはいたって真剣でござる。わが妻として鶴姫を頂戴できるなら、命を賭して出陣いたしましょう」

「……こ、断れば、何とする？」

「おそれながら、ご命令には従えませぬゆえ、軍律違反にて首を刎（は）ねられませ。この恋に破れしうえは、世に未練もありませぬ」

「そ、そなた今……こ、恋と申したか……」

鶴姫はうつむいたまま念を押したが、自分でも驚くほど消え入りそうな声しか出なかった。

「御意。恋もせずに、求婚なぞいたしませぬ」

「……わ、わらわは嘘を吐けぬ性分ゆえ、はっきり申すが、そなたが大嫌いじゃ」

そのはずだった。が、さっきから、よくわからなくなってきた。

「承知の上。されば、枉げて願い奉りまする」

鶴姫の心ノ臓は、安成に音を聞かれそうなほど激しく鼓動していた。村上通康からは飽きるほど求婚されたが、平気であしらってきた。何が違うのだ。

「さ、されど……そなたは、わが家臣ではないか」

「いかにも。されど、恋は相手を選びませぬ。主に恋をした以上はやむを得ませぬ」

「い、いつ恋などしたのじゃ……わらわに？」

頬を引っぱたいた最低の出会いの後、幾度か話をしただけだ。最後には喧嘩別れをした。この三ヵ月ほどは一度も会わなかった。そうだ、安成はふざけているだけだ。

「ひねもすこの部屋にあって、つらつら思い返しまするに、姫にお会いした時よりひと目惚れしておった様子。先の戦では命までお救いいただき、恋心を抑えられぬと悟りました」

鶴姫はずっと下を向いたままだ。安成の顔を見る勇気が出なかった。真っ赤な顔を見られたくない。どんな顔をすればいいのか、わからなかった。

「そ、そなたには、すでに妻があるではないか。主に向かって、側室に入れとでも申すのか？」

ずっと声が震えている。心ノ臓が激しく打ち続けているせいだ。

「妻は離縁いたしまする。大祝様のご命令を得れば、差し障りはないはず」

婿養子として入った越智家の妻を離縁し、大祝家の婿養子となるわけか。

「そなたは何を望んでおる？　大祝家の富か、神威か？」

「いずれにもあらず。男なら、誰しも絶世の佳人を望むもの。身どもは鶴姫ほど美しき女性（にょしょう）を見た覚えがありませぬ。いや、この世にはおりますまい」

安成は口説き馴（な）れているのであろう、女を喜ばせるような言葉ばかり並べ、揃えてくる。

「わらわは、村上通康と許婚（いいなずけ）の間柄にある」

「承知の上。されば身どもに一計あり。伊予守護、河野通直（みちなお）公と二人のご子息の不仲は公知でござる。公は通康殿を婿養子としたうえ守護職を継がせたいと仰せであるとか。こたびの戦で通康殿に大手柄を立てさせ、湯築（ゆづき）城に報告すれば、この縁談が前に進みましょう。警固衆（けごしゅう）の頭領としても、主家の命は断れますまい。通康殿と来島衆にとってもよき話と心得まする」

鶴姫は通康以外の水将たちからも、恋文を幾通ももらったが、このような口説かれ方は初めてだった。陣代である鶴姫の弱みにつけ込んだ脅迫ではないか。だが、屈辱でも不愉快でもなく、歓びさえ感じているのはなぜだ。

「そなたは瀬戸内一の女誑しと聞いたぞ」

「それは誤りでござる。おそらく日本一でございましょう。天下一の女誑しに惚れられた御身、誇りとなされませ」

物は言いようか。安成は典雅な挙措でにじり寄ってきた。

安成がそっと鶴姫の右手を両手で取ったとき、鶴姫の心ノ臓が胸から飛び出しそうなほどに鼓動を速めた。

「恋心ばかりは、いかなる知略を以てしても、鎮めることかないませぬ。半神の主君に対しおそれ多いは百も承知。されど謹慎を命ぜられし後、姫を想わぬ日はただの一日もありませぬ」

安成はさらに深礼すると、手の甲に唇を押し当ててきた。

鶴姫の全身にしびれが走った。

十を数えるほどの時だったはずだが、鶴姫には半刻ほどにも思えた。

やがて安成は身を引いて両手を突くと、額を板の間に押しつけた。

「ご無礼は重々、承知。死を覚悟しての求婚にございまする。ご返答を」

鶴姫はやっと顔を上げた。

安成は平伏のしかたまで、貴公子然としている。安成は兄安房が認め、称賛していた。勇敢で、抜群の知略を持つ美男だ。身分なぞ関係ない。

伊予水軍は今、滅びかかっていた。

悔しいが、鶴姫がどれほど武勇と統率に優れようと、大軍を打ち払う知謀はなかった。このまま負ければ、大三島は制圧され、大祝家が滅ぶのだ。

背に腹はかえられぬ。

「承知した。もしもあの大軍を撃退できたなら、兄上にお願いし……そなたの妻となろう」

「ありがたき幸せ！」

顔を上げた安成が、白い歯を見せて笑っている。

「姫、この件は然るべき日が来るまで、くれぐれもご内密に願いまする」

「当たり前じゃ。かように恥ずかしき話を誰に言えようか」

鶴姫は合いかけた視線をすぐに逸らした。

巫女装束の後方で馬を駆りながら、安成は片笑みを浮かべた。

海の女ながら、鶴姫は乗馬にも長けている。黒髪をなびかせながら、見事な手綱さばきで台城を目指していた。

(しょせんは恋の味も知らぬ生娘だ。いくらでも弄んでやれる)

鶴姫は哀れを誘うほど真っ赤になり、しどろもどろになっていた。

(これだけ押した後は、むしろ引くくらいがよい)

恋の駆け引きなど何も知らぬ小娘だ。鶴姫はすでに安成の掌上にあった。

(鶴姫なんぞの心を摑むより、俺にとっては目の前の戦に勝つほうが難しい)

だが、安成の腹中には、敵を撃破する秘策があった。

その夜、台城奥の一室で、鶴姫は紺糸威の胴丸と向き合っていた。

この胴丸を着て戦場へ出る姿を想像すると、心が浮き立ってくる。

大きく前に膨らんだ胴丸の胸部に、そっと手をやった。見事な毛引威だ。いったい何枚の本小札を使っているのか。何と精妙な作りだろう。

安成は「胴丸を作って欲しい」という鶴姫の言葉を真に受けて、日がな甲冑を作っていた。作る間は毎日、鶴姫を想ったはずだ。

口先だけではない。かくも見事な胴丸を、鶴姫のために懸命に作り上げたのだ。安成の恋の真偽真贋（しんがん）は、この胴丸を見ればわかる。

――安成の恋心に、偽りはない。

なぜ怖れる必要がある？　身を焦がす恋をあれほど求めていたではないか。三島大明神が願いを聞き届けてくださったのだ。

鶴姫は矢も盾もたまらず、専用の胴丸を抱き締めた。

九、海割れ

優に百間（約百八十メートル）余り先の海に浮かぶ大内水軍の関船で、また鈍い爆発音がした。

いくつもの敵船が黒い煙を上げている。

「通康殿に伝令を送れ。深追いせず、因島衆と合流のうえ、今日は引き上げよと」

鶴姫はかたわらに立つ越智安成の端正な横顔を時どき盗み見ていた。いや、戦の最中なのに、見惚れていた。近ごろの鶴姫は、陣代失格だ。

たったひとりの若者が伊予水軍に戻ってきただけで、台ノ浜沖の海戦は形勢が逆転した。

安成は沈着冷静に各船の攻守を指図し、海戦に専念していた。たまに鶴姫の視線に気付くと、おだやかな笑みを浮かべて返してくる。そのたびに鶴姫は心がときめいてしまうのだ。

「安成、今日も、わらわが出ずとも、よいのか？」

たまに戦況が不利になると、安成が鶴姫に出撃を乞う場合があった。鶴姫の率いる奇船（遊撃隊）十隻が安成の指図どおりに動くと、妖術のように不利な戦局を覆せた。

「ご無用にございまする。敵は間もなく引き上げましょう」

安成の低音を聞くと、どぎまぎする。

あの日以来、鶴姫はすっかり変になった。

「采配、大儀であった」

安成は恭しく鶴姫に一礼する。

戦場での安成は、一家臣として主君に仕える姿しか見せなかった。小海城での恋の告白は夢だったのか。あの約束を安成が忘れていはしまいかと、鶴姫は不安さえ覚えるのだ。

今日も村上通康が関船を寄せ、勝手に将船に渡ってきた。

鶴姫は少しばかりわずらわしく思った。

「鬼鯱め、今日もあきらめましたな」

小原中務丞の大関船は、もう無敵ではなかった。安成が投入した新兵器が、鬼鯱の矢嵐を相手に、互角以上の応戦を可能としたためである。白井縫殿助も船の数では勝りながら、安成の用船用兵にはかなわない。あれほど絶望的だった戦況が、今は優勢にさえなった。

伊予水軍を救ったのは、「焙烙火矢(ほうろく)」である。

焙烙を二つ合わせてその中に火薬を詰め、これに火縄を付けた炸裂弾は、海戦で驚異的な力を発揮した。二百六十年ほど前の元寇では、元軍が用いた「震天雷(しんてんらい)」なる爆発兵器が日本軍を悩ませたとされる。かねて安成はこれに関心を持ち、鹿の皮を使った軽量の焙烙火矢の試作に成功していた。謹慎を命ぜられてすぐ、何でも屋のウツボに命じ、大内水軍の再襲来に備えて作らせていたのだという。強弓と比べて飛距離が長いうえに、離れて命中させても威力は変わらない。敵船は数が多いため、ほぼ確実に命中した。

「そなたはまこと、大明神が世に下されし武神やも知れぬ」

「過分のお褒めを。戦がある限り、これからも人は、新しき兵器を作り続けるのでございましょう。人が人を殺めるための道具を」

安成の言葉には、どこか寂しげな余韻があった。

だが、安成が作る甲冑は、人の身を守るための防具だ。

鶴姫は自分の身体を見た。紺糸威の胴丸は、今ではもう鶴姫の宝物だった。

かたわらの安成にすがりつきたいと、強く思った。周りに誰もいなければ、やっていたろうか。鶴姫に恋している若者は、日本一の美男だ。見栄えだけではない、知略も、勇気も、優しさも持っている若者だった。恋をして、何が悪い。

鶴姫は開き直った。もう自分の心を抑えようとはしなくなった。好きになるだけ、安成を好きになろうと決めた。結末は知らぬが、鶴姫は今、誰しもを虜にする恋の味を存分に堪能していた。それだけで幸せだった。敵の小原中務丞にまで幸せを分けてやりたいくらいだ。それで兵を引いてくれれば、助かるのだが。

「祝様、船溜につきましたぞ」

安成の低音で、鶴姫はわれに返った。安成を想っていると、知らぬ間に時が経っている。熱病にかかったように心がうわついていた。

「今日も、大勝利じゃ！」

通康が豪快に浅瀬へ飛びこんだ。

大勝利とは大げさだが、ここ数日の恒例行事であった。

「すまぬが、安成。この胴丸の手直しを頼めぬか。もう少し胸を締め付け、尻を緩めて欲しい」

けげんそうに胸に目をやる安成から、鶴姫は視線をそらした。

「大きさはちょうどよいのじゃが、動くと、胴丸の中で乳が揺れて困る」

「失礼仕りました。お許しあらば、軍議の前にでもお身体の寸法をお測りしとう存じまするが」

ふたりきりで会える。心がときめいてしかたなかった。

（ああ、だめだ）

鶴姫はまた、首筋まで真っ赤になっているはずだった。鶴姫は安成と眼も合わせられず、「頼む」とだけ言って、ついと先に立ち、船を下りた。

台城の奥にある鶴姫の部屋は、若い女のさわやかな香りがした。

「されば、失礼申し上げまする」

安成は、脇を空けた鶴姫の両脇下から竹縄を通した。ふくよかな胸の尖端（せんたん）に合わせて、胸回りを測る。いつもの巫女装束だが、それにしても凹凸のある身体だった。何といい香りのする女だろう。もぎたての新鮮な蜜柑のようにすがすがしい体臭だった。

測り終えると、小刀で切って長さを確かめた。片膝を突き、腰回りを測っていると、鶴姫が嬉々と声を立てて笑った。

「くすぐったいぞ、安成」

鶴姫の満面の笑みを見ると、安成の顔にも自然に笑みがこぼれてきた。なぜだ。不思議な娘だ。

「ご無礼仕りました。……されば、胸回りを三尺に狭めまする」

「草摺は窮屈にならぬよう、大きく開くように頼む」

尻回りを測りながら、視線を感じて見上げると、鶴姫が顔を真っ赤にしていた。

(何と無垢で、愛らしい女か。仇の娘でさえなかったら、本気で恋をしてやるものを……)

「明日のご出陣までには、手直しを済ませておきまする」

安成は身を引き、平伏しながら言上したが、鶴姫の返事はなかった。

顔を上げると、鶴姫は放心したていで安成を見ていた。が、すぐに踵を返すと、「頼む」と言い残して、足早に自室を出て行った。

「焙烙火矢は使えるのう。もっと早う投入しておれば、われらも苦労せなんだに」
台城の軍議は、たいてい村上通康の場を和ませるガラガラ声から始まった。
「安成をすぐに用いなんだは、わが失策である。皆の者、赦せ」
鶴姫が頭を下げると、通康が大仰に騒いだ。

「さような意味で言うたのではありませんぞ、祝様」

鶴姫は顔を上げながら、首を小さく横に振った。強がりを見せぬようにもなった。

恋をしてから、鶴姫はずいぶん素直になった。

「とにかく敵は怯えておるわい。勝てるぞ！」

安成の采配で、伊予水軍は変幻自在に展開、変化した。攻撃に出る気配を見せるだけで、敵の将兵は戦々恐々とする。いつ焙烙火矢が投げ込まれるか、わからないためだ。

「さよう。いつか鬼鯱にぶち当てられれば、敵も逃げ帰るんじゃがのう」

越智通重も、上機嫌で通康に同意した。

東岸の小海城を防衛する通重も、夜の軍議には加わっている。安成の謹慎中はしょげ返っていたが、婿が誉められると、がぜん胸を張った。

「わが来島衆が、明日にでも当てて見せましょうぞ」

勇将、村上通康の戦場での活躍は実に華々しい。だが通康の武勇も、安成の知略がなければ、発揮できぬのだ。

鶴姫は、上座と通康の間にいる安成をちらりと見た。安成は能弁だが、無駄口を叩かない。軍議でも、まずは水将たちに存分に語らせてから、話を進めてゆく。

「されど、鬼鯱の強弓隊は、なお健在。関船一隻沈めたわけでもござらん。このままでは埒が明きませぬな」

通重の隣で、因島衆を率いる村上尚吉（なおよし）が懸念を示した。

鶴姫も同感だった。焙烙火矢は敵を攪乱（かくらん）し、その攻撃力を削いではいても、火焔には、船を沈めるほどの力がない。

「焙烙火矢で敵が混乱しておるときに、全軍で総攻めをするんじゃ。わしが鬼鯱を討ち取る」

力こぶを作って公言する通康を、尚吉がからかった。

「お主は、祝様に叩きのめされたと聞いたが」

「人が半明神に勝てるはずもなかろう。鶴姫にお出まし願うまでもない。わしが鬼鯱を討ち取って名を上げてやるわ」

「さしずめ、ひげ鯱の誕生じゃな」

通重が座の笑いを誘った後、安成がこの日の軍議で初めて口を開いた。

「鬼鯱を討つ前に、明朝の決戦に勝利せねばなりませぬ」

鶴姫は呆気（あっけ）に取られて安成を見た。居並ぶ諸将も同じだ。

「今、明朝と申したな、安成？」

「御意。今宵のうちに敵は東の海へ移動し、裏参道から攻め込むはず」

「なにゆえ今宵、敵が攻めるとおわかりか？」

けげんそうに問う尚吉とともに、諸将も首を捻っている。

「敵を動かすために、いくつも手を打ちましたゆえ。明日は待ちに待った新月。今宵、動いてもらわねば、われらに勝ち目はござらぬ。さいわい白井縫殿助はなかなかの切れ者。知恵の回る者ほど、罠にはめやすいは世の道理でござる」

安成の発する言葉の意味は、実際に勝利するまでわからない場合が多かった。

「今日の海戦で、伊予水軍がことさら有利に戦を進め得たは、ひとえに敵中に縫殿助がおらず、かつ、敵兵も少なかったため。敵は今宵にも生口島に本軍を移すはず」

諸将が一斉に驚きの声を上げた。

安成の復帰と焙烙火矢の投入により、表参道からの大三島攻略が困難だと縫殿助は見たであろう。再び裏参道からの侵攻を企図してもおかしくはない。だが――。

「三ヵ月前、敵は甘崎で軍師殿の術中にはまり、さんざんな目に遭わされておる。同じ轍を踏むとは思えぬが」

通康の疑問に、尚吉が頷きながら応じた。

「敵にはこたび無敵の大関船がある。鼻栗瀬戸にも入るまい。夏と同じ策は通用せぬぞ。いかにして戦う？」

「今のわれらなら、真っ向勝負の決戦で勝てるわい。軍師殿、焙烙火矢の残りは、あといかほどある？」

「すでに底を突き申した。今、各船に残っておるだけで、すべてでござる」

通康は言葉を失い、水将たちの顔が等しく青ざめた。

鶴姫も瞠目したが、安成は涼しい顔で続ける。

「もとより焙烙火矢で敵は倒せませぬ。決戦場を甘崎へ移し、新月まで時を稼ぐために用いておったもの。戦局を変えるには、やはりあの大関船が邪魔でござる」

――申し上げます！　敵の奇襲！　小海城を奪われた由！

慌ただしく現れた使者の報告に、城主の越智通重が素っ頓狂な声を上げた。

座は突然の凶報にしんと静まり返った。

その中でただひとり、安成だけが満足げな片笑みを浮かべている。

「三島大明神に深謝せねばなりますまい。縫殿助が罠に掛かり申した。明日はわれらの勝利」

「待たれよ、軍師殿。お主の城が奪われたのじゃぞ！」

言うまでもなく小海城は、先日まで安成が謹慎していた越智家の居城である。

通康の叫びにも、安成は落ち着き払っている。

「身どもがさよう仕向けたのでござる」

小海城を狙う敵勢の動きを知りながら、安成は表参道の防衛に力を割くと見せ、あえて自城の防御を手薄にし、東岸の伊予水軍を甘崎まで下げたのだという。だが、小海城の陥落は、伊予水軍が陸の防衛拠点をひとつ失ったことを意味した。

「わらわにもわからぬぞ、安成」

「陣代のお許しなく敵に城を預けし非礼、ご容赦くださいませ。されど、むろん勝った後で、城は返してもらいまする」

「そうではない。小海城なくば、われらは陸からの攻めができぬ。敵の上陸も容易になろう」

「縫殿助もさように考え、安心して甘崎に船団を集結させましょう。肉を切らせねば、骨は断てませぬ。明日の決戦場は、あくまで甘崎でなくばなりませぬ」

安成は沈黙する水将たちに向かい、堂々と言ってのけた。

「明朝、鬼鯱自慢の大関船七隻、すべて沈めてご覧に入れ申す。わが秘策は、海割れでござる」

安成の言葉に、座が一斉にどよめいた。

鶴姫は将船の総矢倉に立ち、手に汗握りながら戦局を眺めていた。

戦況は懸念したとおり、伊予水軍が圧倒的に不利だった。

大三島を北に迂回した小原中務丞の関船隊を先頭に、数百隻の敵船団が甘崎近くに姿を現わしたのは夜半を過ぎてからだった。

小早だけの伊予水軍は苦戦しながら、ひたすら後退を余儀なくされていた。残りの焙烙火矢が尽きた後は、無敵の大関船と強弓隊に手も足も出なかった。夜戦ゆえに戦の展開が比較的遅いことが、救いだった。いや、安成はそれも計算に入れているわけだ。

鶴姫は小早船団の最後尾にある唯一の関船にあって、船団を少しずつ後退させてきた。安成はと言えば、鶴姫から鮫之介を借りて船を下り、甘崎城に入っている。

「安成殿の才を信じられませ、姫。われらは必ず勝ちまする」

かたわらにいる通康の言葉を聞いて、鶴姫は愕然とした。

鶴姫の不安は今、作戦の成否にはなかった。大三島でも、大山祇神社でもなく、鶴姫はただ安成の身だけを案じていた。恋は罪深い。想い人以外、何も見えなくなる。

そうだ。鶴姫は伊予水軍の総大将なのだ。恋の成就にも勝利が不可欠だ。

戦場では作戦どおり、ちょうど夜明け前に、敵を甘崎まで引き込みつつあった。

「通康、まこと大明神のご加護により、秋に海割れが起こると思うか？」

「もし起こらねば、死ぬだけでござる。半明神たる大祝鶴姫のためなら、皆、喜び勇んで命を捧げましょう」

通康の視線の先には、左の大三島と右の甘崎城に挟まれて、狭い海があった。

海割れとは、その狭い海が干潮時に陸地となる現象を指す。大三島の浜辺と甘崎城との間に、斜めに陸の橋ができるのだ。その前後で海が分かれるから、大三島ではこれを「海割れ」と呼んだ。鶴姫も実際に渡った覚えがある。

だが海割れは、多くとも年に数回、春から夏にかけてしか起こらない。秋も深まろうとする今、奇跡でも起こらぬ限り、海が割れるはずはなかった。

敵関船隊が突出していた。鬼鯱の大関船は向かうところ敵なく、悠然と海を渡ってくる。

「おお、合図の狼煙(のろし)でござるぞ！」

明けゆこうとする空に向かって、甘崎城から上がる煙は反転攻勢の合図だった。

鶴姫は必死で目を凝らした。濃紺の海は割れていない。

三島大明神は鶴姫の懸命な祈りを聞き届けてくれなかったのか。

「何じゃ？　何が起こったんじゃ!?」
通康が叫ぶ前に、鶴姫は垣立から身を乗り出していた。眼を疑った。
時が止まったように、鬼鯱の大関船が海上に静止している。
敵の関船が次々と止まってゆく。
座礁したのだ。後ろの小早の動きも鈍くなった。
甘崎城から鬨の声が上がった。重装備の兵を乗せた小舟が続々と現れた。
船を下りた兵らは三人一組で、先の尖った丸太を抱えている。
鏃のように尖端を尖らせた丸太は、まるで巨大な槍に見えた。
大三島側に伏せていた陸兵たちも動いた。先頭には鮫之介の巨体がある。
浅瀬へ乗り上げた関船の横腹に向かって、巨槍が鈍い唸りを上げる。
船腹の左右に、穴が次々と空けられてゆく。
鮫之介などは一人で丸太を抱え、片っ端から関船の命を絶っていた。
いくつもの穴を空けられた関船は、海が再び満ち始めたとき、沈むしかない。
通康は目の前に展開する事態を、信じられぬ様子で呆然と見ていた。
「まこと奇跡が起こったんじゃ……。三島大明神のご加護じゃ！」
将兵と水手たちの大歓声が沸き起こった。が、鶴姫は心の中で首を横に振った。

違う。神ではない。天才の知略だ。

白井縫殿助はまたも越智安成にしてやられたと臍を噛んでいよう。

甘崎で起こる海割れくらい、敵も知っている。たとえば夏にこの作戦を試みたとしても、縫殿助は警戒して攻め込まなかったはずだ。秋だからこそ使えた作戦だ。

潮の満ち干は年中ある。巨大な関船を座礁させるためには、実際に海が割れる必要はなかったのだ。たとえば膝頭までの浅瀬となれば、船底が海底に引っかかって座礁する。秋であっても、最も海が浅くなる新月の夜明けを狙って敵を引き入れれば、海割れを利用できると安成は考えた。通重からは、軍師に着任して以来、安成が瀬戸の潮位と海割れの関係をずっと漁師に調べさせていた、と聞いた。

甘崎の城兵を指揮するなかに、黒い長烏帽子の安成の姿が見えた。小舟の上に立ち、役目を終えた兵らに撤兵の指図をしている。

鶴姫は、安成の一挙手一投足を見逃したくなかった。

（いかん。やっぱりわらわは安成が好きじゃ。安成が何をしても、心がときめく……）

再び海が満ち始めると、敵は関船を捨て、小早に乗り移って遁走を始めた。

鶴姫は心が打ち震えていた。

（文句なしに瀬戸内、いや日本一の男じゃ。惚れるしか、ないではないか……）

「反撃開始じゃ！　敵の小早を全滅させるぞ！」

通康が雄叫びを上げ、配下の来島衆に総攻めを命じた。

将船に鮫之介たちが乗り込んできた。

安成の指図で、鮫之介自慢の兵器を積んである。

鮫之介の投げ落とす尖岩が、ひさしぶりに敵小早の垣立をぶち破った。

敵の右後方に船影が見えた。指図どおり因島衆が敵の側面を衝く。大勝利だ。

ずっと目で追っていた安成の姿が甘崎城に消えると、鶴姫も半弓を取って矢を番えた。

「若、追撃戦には出られませぬのか？」

「これだけ膳立てをしてやったのだ。後は阿呆でも勝てる。連中にも、手柄を立てさせてやらねばな」

甘崎城に戻った安成は不機嫌だった。戦前の仮眠中に、またあの悪夢を見た。

今日もまた、自ら手を下さずとも、安成の策で何百人もの人間が命を落とす。殺戮者が生き神になるなぞ、滑稽だ。その昔、祝彦三郎が大祝の位を固辞した気持ちがわかった。何度も悪夢に苦しめられるのは、人を殺める生業(なりわい)に手を染めた罰だろう。

(俺とて、好き好んで人を殺めてなぞおらぬ。時代のせいだ)

心の中で神に向かって毒づいてみるが、復仇を終える日まで、あの夢からは解放されまい。いや、死ぬまでずっとか。

「また、大明神の加護じゃ何じゃと大騒ぎしましょうな」

「鶴姫は賢い女だ。祈りではなく、わが策ゆえに勝ったとわかっておるはず」

安成は近くにあって、大祝家の姫がただの武芸好きのじゃじゃ馬でないとわかった。ウツボには言わぬが、仇でさえなければ、本当に妻としたい女だった。

「鶴姫の心を完全に奪われし若の手練手管(てれんてくだ)。仔細は存じませぬが、あっぱれでござる。哀れ大山祇の姫がさんざん弄ばれたあげくに捨てられるとは、大明神形無(かたな)しでござるな。して、いつ、おやりなさる?」

「通康がおるゆえ、焦りは禁物よ。あの男は鶴姫のためなら命まで捨てかねぬ」

「なるほど。いずれ若の家臣となる御仁でもござるしな」

「安高のほうはいかが相成っておる?」

安舎の長男、安高は病弱を理由に安全な今張にいた。安成の謹慎中に祝言(しゅうげん)を挙げ、大三島の危機を尻目に、たいそう幸せに暮らしているらしい。

「お任せくだされ。安高には正月を迎えさせませぬ」

「大儀」と、安成は小太刀を取って、立ち上がった。

「小海城を取り戻しに？」

「いや、御手洗（みたらい）の遊女に用がある。敵は撤退とともに小海城を捨てるであろう。お前は小海を取り戻した後、鶴姫に伝えよ。安成は次の戦に備えるため、隠密で出た、しばらく戻らぬと。恋の熟成には、しばしの別離が効くからな」

密談、陰謀の場として女郎屋を多用する安成には、馴染みの遊女がいた。

「台城の軍議には出られませぬので？」

「あやつらと鼻を付き合わせて、よき知恵でも浮かぶと思うか？」

早暁、鶴姫は台ノ浜（うてなはま）から沖を眺めている。

対岸の大崎島にはまだ大内水軍がいた。

無敵の関船を撃沈し、小早を百隻以上沈めた大勝利の後でも、敵はなお数で勝っていた。それどころか昨日も援軍が到着し、敵の陣容は日を追うごとに大きくなっている。もともと安成の登場まで、伊予水軍は苦戦を重ねていた。連戦で傷病兵も増え、戦疲れが出ていた。

「祝様、今は尚吉殿が警邏しておりますゆえ、ご懸念には及びませせぬぞ」

台側では、安成がウツボを通じて残していった指図どおりに、交替で敵の動きに備えていた。

「さようじゃ、な……」

そばへ来た村上通康に、鶴姫は気のない返事をした。

通康は三日前の甘崎の海戦で大活躍し、敵の小早を数十隻沈めた。軍議でも、鼻高々に戦果を誇った。だが、勝ち戦に沸く場に、伊予水軍を逆転勝利へ導いた若者の姿はなかった。

「いったい軍師殿はこの肝心な時に、どこで何をしておるのか」

安成は大勝利を見届ける前にどこかへ姿を消し、消息を絶っていた。ウツボは「よくある話でございまする」と歯抜け顔で笑うが、鶴姫は気が気でなかった。無事な姿を見なければ、不安でしかたがない。この数夜、ろくに眠れもせず、夜明け前から台ノ浜に立っていた。

「姫、近ごろ安成殿の様子が変わりましたな」

安成は以前とまるで違う。鶴姫への接し方も無二の忠臣のごとくになった。だいたい、主君に恋を告白するなど、常軌を逸している。

鶴姫が答えに窮していると、通康が続けた。

「安成殿はもっと棘のある御仁でござった。神仏を蔑しろにし、主を主とも思わぬ不遜がござった。言葉の過半は毒舌と皮肉。その安成殿が……何ぞ、あったのでござろうか」

鶴姫のほうが訊きたいくらいだ。だが、きっと恋が、安成を変えたのだ。鶴姫は恋の深みにはまっているが、あの冷静な安成も、本当に恋に落ちてしまったのだ。

「海賊たちに揉まれて、大人になったのであろう」

十六歳の鶴姫の投げやりな返答に、通康はあごひげを弄びながら応じた。

「姫も、ずいぶん変わられた」

「わらわが？　……どこが、変わった？」

「無礼は承知なれど、陣代になられたころの姫は、鬼女のごとくすぐに怒っておられた。されど今では天女のようにお優しい。戦場でもお幸せにさえ見え申す」

いつも短気な鶴姫が、そういえば最近、怒った記憶がなかった。

いつの間にか安房の仇討ちではなく、安成との恋ばかり心に描いていた。恋の不安と喜びで胸が溢れているから、腹を立てる気もしないのか。

「敵に勝ち続けて、なぜ怒る？　違って見えるのは、新しい胴丸を付けておるからであろう」

嘘が嫌いな鶴姫がごまかしている。恋とは、罪な所業だ。

「その胴丸は、安成殿が手ずから作ったとか。姫、もしや……とは思いまするが、軍師殿と、何かござりましたか？」

鶴姫はどぎまぎしながら問い返した。

「……何かとは、何じゃ」

「不躾ながら、安成殿が姫を口説いたのではありますまいな？」

「家臣が、主君をか？　埒もない」

鶴姫は引きつったような笑いで問い返した。

正面から嘘を吐いたのは昔、心配する松に問われて、食べた蜜柑の数を少なめに答えた時以来か。

「くり返しなれど、天は二物を与えませぬ。安成殿の知略は天下に並ぶ者なし。されど女癖の悪さもまた、万人が認めるところ。能島衆の娘に――」

「そなたは讒言をもって、君臣の間柄を割く気か？」

安成の悪口を耳にしたくなかった。安成が鶴姫だけを見てくれているのか、不安になる。

「……わしは、鶴姫のためなら、友でも討てまするぞ」

通康の強い視線を感じたが、眼を合わせられなかった。

「たわけが。越智安成は、わが忠実なる家臣じゃ」

「ならば、よいのですがな」

「控えよ、通康。まさかそなた、安成が大内の埋伏(まいふく)の毒じゃとの噂、信じておるのではあるまいな？」

通康はゆっくりと首を横に振った。

「大内の手先なぞではありますまい。されど、漁師の倅じゃとの話はどうも信じられませぬ」

鶴姫は言葉に詰まった。接していればわかる。抜群の教養と典雅な挙措は、安成の身体に幼少期から染みついているようにしか思えなかった。

「されど、安成が嘘を吐く必要が、どこにある？」

「いかにも。人は理由(わけ)もなく嘘を吐かぬもの。何のために素性を隠しておるのか、気になりまする」

長い付き合いの通康が、親身に鶴姫を思ってくれる気持ちは、痛いほどわかった。

だが、この恋を成就(じょうじゅ)するには、通康との縁組みを破談にする必要があった。

「ところで、そなたに河野家へ婿入りする話があると聞いたぞ。わらわを室とするより——」

「その話、お断り申し上げました。わしは昔から鶴姫だけに惚れてござる。伊予か姫かと問われれば、躊躇なく姫を選び申す。河野の殿も驚いておわしたが」

地位も富貴も権力も捨てて鶴姫を選ぼうとする通康の献身は、本物だろう。安成はどうか。

いや、安成は今、大内水軍さえ撃退すれば、鶴姫を妻にできると信じ、命を懸けているのだ。相手を信じぬ恋など、偽物だ。

鶴姫らしく、まっすぐで一本気の恋をすればいい。

鶴姫の背後で、日輪が神野山を越え、海を照らし始めた。

十、百万貫文の遊女

「……な、なにゆえ、わらわが、かように派手な色打掛けを着るのじゃ？」

哀れ鶴姫は、顔を真っ赤にしてうつむいていた。

甘崎での勝ち戦から四日後の昼下がり、台城に戻った越智安成は、すぐに鶴姫の部屋を訪った。邪魔な通康が警邏のため沖へ出ている最中を狙い、鶴姫に言って鮫之介を下がらせた。安成の術中にはまった鶴姫はもう、安成の言葉に否とは言えぬとわかっていた。

ゆえに二人きりである。

二人の間には、安成が差し出した金の色打掛けがあった。柄は蘭、竹、菊、梅の四つの模様が一緒に描かれた「四君子」の吉祥文様である。

「上物とは申せ、遊女より借り受けし代物。半明神の姫に不似合いとは承知なれど、これも大三島を守るため。枉げてお召したまわりたく」

鶴姫は半明神を公言する少女である。遊女がまとう装束を身につけるのは、自ら身を汚し、神を冒瀆するに等しい。躊躇するのも当然だった。だが、必ず着る。鶴姫は戦場でこそ脅威の戦闘能力を発揮するが、中身はただの箱入り娘にすぎない。いかなる女も着飾る本能を持つことを、安成は知っていた。

「大内水軍はなお七百隻余の船団をもって健在。新たに関船も数隻到着し、さらに昨日、大崎島の裏の船溜に敵の後詰(ごづめ)（援軍）が二百隻ばかり加わりました。身どもが縫殿助なら、表参道より力攻めいたしまする。天候の変わらぬうち、準備万端整えれば、総攻めはおそらく、明日の昼下がり」

鶴姫はハッとした表情で、安成を見た。

「そなたは、恐ろしい話をさらりと言ってのける男じゃな」

「敵に勝つ術(すべ)を心得ておりますゆえ。されば、今夜のうちに小原中務丞を討ち果たしまする」

豪勇無双の総大将さえ討ち取れば、敵は撤退する。

「大内水軍の将兵は夏の戦でも、御手洗(みたらい)の遊女を買っておりました。色好みの鬼鯱はこたびも、毎夜のように女を漁(あさ)っておるとか。調べましたるところ、鬼鯱は十人の遊女を船上に並べさせ、そのなかで最も美しき女をその夜の伽(とぎ)に選びまする」

小舟に遊女姿の鶴姫を乗せ、商人(あきんど)のなりをした安成と、水手(かこ)のウツボと鮫之介が漕いで関船近くへ乗り付ける。戦場だけに遊女側も心得ていて、不心得な客から金を取り損ねぬよう、用心棒を付けるのが普通だから、男たちが乗っていても変ではない。

　いかに歴戦の猛将とはいえ、女との交合に武具はつけぬ。油断した鬼鯱を、鶴姫が褥(しとね)で刺殺し、何食わぬ顔をして小舟で逃げおおせる算段だ。

　だが、鶴姫はすぐに首を縦に振らなかった。

　勇敢な女が、何を迷っているのか。

「遊女と言うても、わらわは……段取りをよう知らぬ」

　鶴姫はようやく顔を上げたが、白い首筋まで真っ赤なままだ。小太刀ひとつ取らせれば向かうところ敵なしの天才剣士も、可哀想なほどに初心(うぶ)な少女だった。

「姫のために、下腹巻を作りました」

　安成は小袖の下に着込める防身具を、赤糸一色で威した。謹慎中に作っておいた自信作だ。

「わらわのために、これを……」

　鶴姫は両手で下腹巻を取り上げ、しげしげと眺めている。

　着る者の胸と尻の大きさに合わせて、前立挙(まえたてあげ)（胸板）に大きな膨(ふく)らみを作り、草摺も細かく分けて広がるように作った。身体の寸法を知ってから手直しもした。

「念のため、こちらも作りましたが」

用意してきた背板を差し出すと、鶴姫は小さく首を横に振った。

「臆病板はいらぬ。少しでも軽いほうが、わらわにはよい。人間、死ぬる時は死ぬるもの。鬼鯱相手に背を見せる者は、生など摑めまい」

下腹巻は重ね合わせる部分がなく、背中に隙間ができる。ゆえに背を守るための板を付けるが、武士たちは敵に背を見せるを潔しとせず、「臆病板」と呼んで使用を拒んだ。安成は鶴姫の誇りに気遣ったつもりだった。

「鬼鯱は己の片眼を潰した女を、残された眼で選び、死ぬるわけか……」

「殺さねば、殺されるのが乱世の道理。同情は禁物にござる」

鶴姫は潤んだ瞳で安成を見た。

あの煙水晶の眼だ。安成の胸が締め付けられた。

「のう、安成。わらわは近ごろ、戦が、怖い……。わらわたちはなぜ、人を殺め続けるのであろう？　悪を正すとか、大三島を守るとか言うても、やっておるのはぜんぶ人殺しじゃ。何と罪深き真似をしておるのか。近ごろまた、剣を取る自分が怖くなってきた」

「乱世に生まれたわれらに、否も応もありませぬ」

「そなたなら、何かよい知恵があるかと思うたに、通り一遍の答えじゃな。まあ、よい。……されど、もし鬼鯱が別の女を選んだら、何とする？」

恥ずかしげに問う鶴姫に、安成は優しい声を作った。

「姫より美しき女子なぞ、この世にはおりませぬ」

「信ずる神々が異なるように、女の好みにも、違いはあろう」

「それは中途半端な美の話。全き美に、好悪（こうお）はございませぬ」

「……女誑しのくせに、へたくそな口説き文句じゃな」

鶴姫は視線を逸らしたまま、呟（つぶや）くように応じた。

「これでよいのか、安成？」

両手を突く安成の前で、鶴姫が舞いを踊るようにくるりと回って見せた。

男なら誰でも所望する最高の美を、鶴姫は完全に備えていた。まさしく美しくあるために生まれてきた女だ。

「姫の前で、他の遊女たちは、望月夜の星々のごとく輝きを失いましょう」

遊女の姿となっても、鶴姫の清楚な美は損なわれなかった。それどころか、逆に鶴姫の神性を引き立たせているようにさえ見えた。安成の復讐の炎に冷や水を浴びせかけるほどだ。

鶴姫の額に浮かぶ細かな粒汗を見ただけで胸が高鳴った。

俺はどうかしている。

「かような格好は初めてじゃ。安房の兄上が見たら魂消る(たまげる)であろうな。似合うか？」

口数が多いのは、派手な女の衣裳をまとって浮かれているせいだろう。

「はて……何と申し上げればよいか、わかりませぬ」

「そなたは女遊びが好きじゃと聞いたが」

鶴姫は鏡台の前に立ち、安成には背を向けている。表情はわからない。

「姫とお会いしてから、すべては遊びにすぎなんだと思い知りました」

「そなたはこれまで、いかほど恋をした？　ひとつ、聞かせよ」

「取り立てて気の利いた恋の話もございませぬ」

いつもなら、心の中で冷笑しながら軽くあしらえるはずが、安成の口が今、軽口を拒否するように重いのは、なぜだ。鶴姫に軽蔑されたくないからか。

「もったいぶるな。忘れえぬ女性(にょしょう)などに出会わなんだのか？」

気が向けば女を抱きはした。だが、復讐のために生きてきた安成にとって、女は快楽を得るための道具だった。飲み食いと別段、変わりなかった。

「恋は秘するが華。軽々に語るものではありませぬ」

「変じゃな。似たような言葉をたまに聞くが、わらわの見るところ、たいていその者らは本物の恋をしておらぬ」

安成が波乱の人生で抱いた女の誰ひとり、顔さえ思い浮かばなかった。今張の屋敷にいる妻でさえ、そうだった。

(俺は本物の恋をしたことが、ないわけか……)

織月(せんげつ)はとっくに台(うてな)の夜空から姿を消した。

安成はウツボとともに黒鷹の小早で、鶴姫を待っていた。

「なるほど、鶴姫が返り討ちにされても、復讐は成る。さすがは若、妙案でござる」

得心したようにウツボはうなずいているが、安成は奇妙に苛立っていた。

「小娘が鬼鯱に手籠(てご)めにされるも、また一興」

いや、絶対にだめだ。……なぜだ?

(俺はなぜ、仇の娘の身なぞを案じておるのだ。憎き仇ではないか)

安成は土壇場で己の心がわからなくなってきた。頭が考えた謀略を、心が拒否している。

(まさか俺は、鶴姫の傷付いた姿を見たくないのか……)

馬鹿な。ならば、どうやって仇を討つのだ？

（いや、俺の手で傷つけるなら、構わぬのだ。気の迷いにすぎぬ……）

「もしも鶴姫がし損じたなら、俺が鬼鯱を討つ。お前も手を貸せ」

「敵陣の真っ只中で、大立ち回りをなさる気か？」

「今の伊予水軍は鶴姫の力で動いておる。鶴姫を欠けば、崩壊する」

（俺も同じか……）

今となっては、鶴姫のいない伊予水軍を勝たせてやる気など起こらなかった。

「その海老（えび）色の袿（うちぎ）の女。今宵はお前が、わしの伽をせい」

大内水軍の総大将、小原中務丞の太い指は、隣の小舟に乗った大柄な遊女を指していた。鶴姫は悔しいような、ほっとしたような気持ちになった。

「へい。では二貫文（約二十万円）、先にお支払いのほうを」

「やけに高いのう。祝勝にも金が要ると申すに」

揉み手の痩せ男相手に、鬼鯱が値切り交渉を始めた。選ばれなかった女たちの小舟は、それぞれすでに他の関船に向かい始めている。

「では、半分にお負けを。明け方には迎えにあがりまする」

「者ども！　この船から去ね。落ち着いて、むつみ合いたいでな」

鬼鯱はゆらりと立ち上がると、踵を返した。配下の将兵たちも、他の関船や小早に移り始めている。端から計画が狂った。鶴姫が選ばれなければ、明日の総攻めは止められぬ。

鶴姫が案じて振り向くと、安成はからから笑い、聞こえよがしに嘆いてみせた。

「鬼鯱様は名にし負う女好きと聞いたゆえ、四国一の上玉を連れて参ったに。隻眼ゆえ、ようお見えにならんのじゃろう。腹いせに、伊予水軍の将にくれてやるか」

聞き捨てならぬ憎まれ口に、鬼鯱はがばと振り返った。

「わしに喧嘩を売るとは命知らずめが。女、わしにいま一度、よう顔を見せい」

総矢倉の上から、獰猛なひげ面が下の海を覗いている。松明の灯りでも、鬼鯱のひげの一本一本が、まるで針のように尖って見えた。

小舟の上で科を作る鶴姫を、ウツボが松明を近づけて照らし出す。

「ふん、むろんその女の顔立ちは最上等であった。されど、わしほどの女好きともなれば、女は身体で決めるのよ。その女は小さすぎる」

鶴姫は立ち上がると、豊かな胸を大きく反らせた。

「ご覧なされ。わらわは背が低いが、胸は大きゅうて、毎日肩が凝ってたまらぬほど。その女は背丈こそあれ、胸はハマグリの空貝（うつせがい）をくっ付けたようじゃ」

隣の女と揉み手が一斉に並べ始めた文句を、鬼鯱は太い手でさっと制した。しばらく好色そうな片眼で鶴姫を睨んでいたが、やがてうなずいた。

「よかろう。金色の女を買う。いくらじゃ？」

「十万貫文、と申し上げたきところなれど、十貫文で結構。生憎びた一文負けられませぬが」

安成の落ち着いた返答に、鶴姫は内心飛び上がった。二貫文でも値切る男に、五倍の値を吹っかけるとはいかなる料簡か。鬼鯱の気が変わったらどうするのだ。

だが、案に相違して、総矢倉のうえで鬼鯱は天に向かって放笑した。

「なるほど十貫文の女か。女好きの武人の心を弁（わきま）えおる商人（あきんど）じゃな。また縫殿助に叱られそうじゃが、お前の女を買おう」

鶴姫は胸を撫で下ろした。が、勝負はこれからだ。

ウツボと鮫之介の漕ぐ小早がゆっくりと関船へ向かい始めた。

「わしは、まどろっこしい作法を好かぬでな。最初から素裸で交わる」

小原中務丞は鶴姫の数倍の太さはあろうかという、たくましい裸身を露（あら）わにしてゆく。身体に刻まれた無数の傷は、この男が素肌にまとっている鎧のように見えた。

百目蠟燭(ひゃくめろうそく)の炎が揺らぐこの場所は、総矢倉の後方に立つ屋形の中である。

鬼鯱自慢の巨大な鋒(ほう)は、部屋に入らぬせいで、屋形の外に立てかけてあった。部屋の中に、武器となる物は見当たらない。鬼鯱のような男でも多少の恥じらいがあるのか、家臣たちを全員下がらせていた。安成が仕組んだとおり、討つには好機だ。

「名は、何と申す？」

鶴姫は特に考えていなかったが、とっさに応じた。

「……空貝(うつせがい)」

「変わっておるな。さあ、お前も着ておる物をすべて脱ぎ捨てよ」

すでに鬼鯱は下帯ひとつになっている。

「はい」

鶴姫は両手を突きながら、思案した。

さすがに瀬戸内最強の武人だけあって、鬼鯱には隙ひとつなかった。遊女相手に警戒はしていない様子だが、常日ごろの鍛錬が表れている。

鶴姫は立ち上がると帯を解き、ひとまず金の色打掛けをゆっくりと脱いだ。

紺の小袖の下は安成が作ってくれた下腹巻である。これを見られる前に討たねばならぬ。

「遊女のくせに、何をためらっておる？　わしはせっかちな男でな」

鬼鯱はいきなり鶴姫の細腕を摑んだ。

鶴姫が身をよじると、鬼鯱は力任せに小袖を剝ぎ取った。

赤糸威の下腹巻が露わになった。

「ウツボ、鮫之介。松明を消せ」

鶴姫がただひとり、鬼鯱のいる総矢倉の上に消えてから、さして時は経っていない。それでも安成の心は、惨めなほどに乱れていた。

心は正直だ。鶴姫が穢(けが)される。もう会えぬ、あの甲高い鈴のような声が聞けぬと思うだけで、いても立ってもいられぬ。取り返しのつかぬ真似をしたと、強い後悔を覚えていた。

「ウツボ、お前は隣の関船で曲芸でもやって、皆の注意を逸らせ。もし四半刻(とき)しても俺が戻らねば、鬼鯱の関船に火をかけよ」

「仕方ござらんな」

ウツボはスマルを手にすると、隣の関船の垣立(かきたつ)に鉤を引っかけ、するすると登っていった。

「さあさあ、お立ち会い。戦やすみも、ほどなく終わる。明日をも知れぬわが身なら、見なきゃ損々、皿回し。まずはわが芸、とくとご覧あれ」

猿のように関船へ乗り移ったウツボが、兵たち相手に前口上を述べている。借りた横笛の先にでも皿を載せて器用に回してみせたのだろう、すぐに喝采が起こった。

「油はござるか？　……ありがとよ。お待ちかね、伊賀(いが)は上野(うえの)の名物、火吹きとござ〜い」

安成は鮫之介を振り返ると、低い声で命じた。

「俺が上がる。艫(とも)のほうへ回せ。お前の主を守るためだ」

小舟はゆっくりと関船の脇へ移動してゆく。

「背を借りるぞ」

安成は鮫之介の肩の上に乗った。

巨漢が立ち上がると、垣立を望める高さになった。

「俺が上がったら、関船の碇を上げておけ。この船を波任せに沖へ出す」

鮫之介は黙ってうなずくと、両手で安成の両足を摑み直した。

巨漢の怪力が空高く、安成を宙に舞わせる。

「なにゆえ女が下腹巻なぞ付けておる？」

「道中、金も払わずに、よき女を手籠めにせんとする不届き者もおりまするゆえ」

鬼鯱は下帯ひとつの格好で座っていた。毛むくじゃらの片手が伸びる。太い指で鶴姫のあごを摑むと、乱暴に引き寄せた。

「何と美しき顔立ちか。武人は明日をも知れぬ身なれば、わしも若い頃から女を漁ってきた。が、お前ほど美しい女に会った憶えがない。確かに十万貫文の値打ちがあるわい」

鬼鯱にとってはあごを摘まんでいるだけだろうが、首を絞められたように苦しい。

鶴姫の顔に、鬼鯱の酸味を帯びた酒臭い息がかかった。

鬼鯱の手があごから離されると、鶴姫は少し離れて立ち上がった。

「されば、この無粋な下腹巻を……」

鶴姫は引合（ひきあわせ）の緒をほどくふりをして、両手を背に回した。背板の代わりに鞘（さや）を括（くく）りつけてある。右手で、脇差の柄を握り締めた。

鬼鯱はなぶるような目つきで、鶴姫の胸元を見つめている。下腹巻を見て警戒したのだろう、隙はどこにもない。鬼鯱は片膝を立て、すぐに動ける姿勢だった。

ならば、立ち上がろうとした一瞬の隙に踏み込んで、首筋を斬ってやる。

「……うまくほどけませぬ。手伝うてくださいませぬか？」

「ほどけぬなら、千切ればよかろうに」

予期に反して鬼鯱は立ち上がらず、鶴姫の胸元に毛むくじゃらの太い腕を伸ばしてきた。

鶴姫が鯉口を切る音で、鬼鯱は顔色を変えた。

酔いのせいか、わずかに反応が遅い。

いける！　その首、もらった！

一瞬で抜き放った脇差を、首筋めがけて振り下ろす。固い。鈍い音がした。

剛（こわ）い毛髪と頭蓋骨（ずがいこつ）だった。すぐに右手首を摑まれた。

「わしの骨は固いでな。お前では切れん」

何という男だ。よけられぬと見て、とっさに頭を切らせて首を守ったのだ。

鬼鯱の額から太い鼻筋へ、血が流れてゆく。

捻（ひね）り上げられた鶴姫の手首から脇差が落ち、床板に突き刺さった。

「惜しかったな」

鬼鯱が鶴姫の胸元に右手を伸ばした。豊かな胸の谷間に手を入れると、力ずくで下腹巻を剝ぎ取った。緒が引きちぎられ、外れた胸板がことりと床に落ちた。

すでに鶴姫の左手は、髪に挿していた笄(こうがい)を抜いている。すぐさま、隻眼を狙う。

眼さえ、潰せば――。

だが、鈍い音とともに、笄は化け物の口の中に収まっていた。

鬼鯱はすばやく首を伸ばして笄に嚙みついたのだ。鬼鯱が唾(つば)を吐くように首を捻るだけで、鶴姫の左手から笄がはじけ飛んだ。

「もうひとつの眼はやれんぞ。わしは気の強い女に目がのうてな。お前の値打ちは、百万貫文を下るまい」

毛むくじゃらの手が延びた。万力のような力で押さえ込まれた。身動きが取れぬ。

中腰になった股間を蹴り上げる。が、毛深い太腿に阻まれた。

「かくも強く美しき女武将は、瀬戸内にただひとり。奪われし片眼の礼もある。楽しませてもらうぞ、鶴姫」

顔を近づけてくる鬼鯱の荒い息が、半分露わになった鶴姫の胸元にかかった。

「やめよ！　厭じゃ！」

鶴姫は覚えず金切り声を上げた。

「いい声じゃ。もっと叫ぶがよい」

顔を血だらけにした鬼鯱は、垂れてきた己の血を舌で舐め、野獣のごとく獰猛に笑った。

「さてと、始めるか」

「安成！　安成！　安成！」

鶴姫は声を限りに、想い人の名を叫んでいた。

越智安成は抜き放った小太刀を手に、屋形の戸の脇に立っていた。

鶴姫は安成の名を何度も叫んでいた。暗殺に失敗したのだ。悲鳴も途絶えている。

（どうする、安成？）

まともに鬼鯱と立ち合っても、勝てぬ。返り討ちにされるのが関の山だ。仕留めるなら、隙のできる交合の最中がよいに決まっていた。だが、それで、よいのか。

再び、屋形の中で、安成の名を呼ぶ鶴姫の必死な声がした。

（仇の娘だ。あの夜を思い出せ。これでよいのだ。いい気味ではないか）

安成の耳に、身体の寸法を測ったときの鶴姫の甲高い笑い声がこだました。首筋まで真っ赤に染めたはずかしげな小顔が、まぶたの裏に浮かんだ。蜜柑に似た体臭が鼻先に香った気さえした。鶴姫の白い柔肌が、鬼鯱に蹂躙（じゅうりん）される姿が脳裏をよぎった。

（させぬ！）

安成は衝動で動いた。

突然、鬼鯱の背後の戸が蹴破られた。

鶴姫の上にのしかかっていた体重が消えた。すかさず身を起こす。

踏み込んできた安成が小太刀を横に払った。目にもとまらぬ速さだ。

が、すばやく身を返した中腰の鬼鯱は、左の前腕で受け止めていた。骨に刃が食い込む鈍い音がし、血が飛び散る。それでも鬼鯱は、すかさず右手で安成の左手首をねじり上げていた。

「なにゆえ利き腕を使わぬ？　お前の伎倆なら、骨も断てたであろうに」

鬼鯱はゆっくり立ち上がりながら、左腕に食い込んだ小太刀を床に振り落とした。

「ほう。お前はあのおりの将か。縫殿助さえ認めておるわ。瀬戸内随一の知将、越智安成。お前さえおらねば、大三島なぞ、とうの昔に制圧しておったものを。手間を掛けさせおって」

鬼鯱は安成の手首を摑んでいた右手を離すと、間髪を容れずに安成の頬を平手で打った。同時に左足で安成の足首を払い、右の太腿で蹴り上げた。

さらに鬼鯱は、呻いてくずおれた安成の首を右手一本で絞め上げ、再び宙へ持ち上げてゆく。

その間に鶴姫は、さっきの脇差を手にしていた。

今度は仕留めてみせる。鶴姫は慎重に狙いを定めた。

何という怪力だ。安成は息ができなかった。鬼鯱の右手は安成の首を絞め上げながら、身体ごと宙に持ち上げていた。

懸命に両手で指を外そうとするが、凄まじい握力だ。絞め殺されずにいるだけで、精一杯だった。

「お前ほどの知恵者なら、人の殺し方を知らぬでもあるまいが。女とまぐおうておる最中を狙えば、わしを仕留められたものを」

安成は足をばたつかせるだけだ。

意識が遠のき始めた。こんなところで、死ぬのか。

「なるほど。この女に惚れておったわけか。恋は知者をも阿呆に変えるからの」

突然、手が緩み、鬼鯱が身体を開いた。

鬼鯱が回し蹴りをした先には、鶴姫が吹き飛ばされて、壁に身体を打ち付けていた。脇差が空しく転がっている。背後から刺すつもりが、間一髪、気付かれたのだろう。


鶴姫は全身を壁に強く打ち付けた。痛みで満足に身動きも取れぬ。

「わしには勝てぬとわかっておるに、愚かな姫よ」

鬼鯱が、右手で絞め上げている安成に顔を向けた。

「改めて見ても、やはりまれに見る美男じゃな」

鶴姫は周りを見渡し、武器に使えそうな物を探した。近くには、さっきの笄が転がっているだけだ。

「これほどの美男なら、御館様は喜ばれようが、わしは衆道（しゅどう）に縁がのうてな」

「取引、せぬか……？」

安成が苦しげに絞り出すような声を出した。

「この場で、いかような取引がありうる？　わしなら、このまま片手でお前の首の骨を砕けるのじゃぞ。わしはまだ本気で力を入れておらんからのう」

何という男だ。安成を助けねば……。

だが鶴姫は、まだ起き上がれさえしなかった。

「さっきの小太刀の先には、蓬莱（ほうらい）と申す倭寇の毒が塗ってあった。骨に達した毒は確実にお前を蝕(むしば)んでいく。解毒の薬を俺の手下が持っている。まだ間に合う」

「戯れ言を。それが真でも、毒を骨ごと削り取ればよき話。取引は不成立じゃな」

安成の呻き声がし、足をばたつかせている。

(このままでは、安成が死ぬ)

鶴姫が近ごろ戦を怖いと思っていた理由がわかった。目の前の恋を成就できぬまま死ぬのが怖いからだ。

この恋は、鶴姫と安成のいずれかが死ねば、もう不可能になる。

それは厭だ。

鶴姫は夢中で床を這い、手を伸ばした。震える手で、笄を手に取った。


鬼鯱の怪力に、安成の意識は半分近く失われていた。

「やめよ！　わらわの身をくれてやる。されば、その者の命を助けよ！」

鶴姫が夢中で叫ぶ声が聞こえた。

うっすらと眼を開いた。

白木綿(しらゆう)の下着姿の少女がいた。すらりとした白い素足が見える。

鶴姫はあの涙を湛(たた)える煙水晶の瞳で、安成を見ていた。

あられもない姿だが、何と神々しいのだろう。

守りたいと、安成は心から想った。守れぬ無力な己が悔しくてならなかった。安成の眼から涙が溢れ出た。

巡り合わせが悪すぎた。もしも人生をやり直せるなら、鶴姫と本気で恋をしてみたかった。

鬼鯱が鶴姫を振り返り、得心したようにうなずいた。

「なるほど、君臣の間柄で惚れ合うておったわけか。じゃが、取引にはならぬな。このままこやつが死ねば、わしはお前を好きにできる」

「いや、できぬ！」

安成は目を瞠った。鶴姫は笄を白い首筋に当てていた。

「その者を殺せば、わらわは今すぐここで死ぬ。わらわは嘘を吐く女ではない」

鬼鯱がいったん手を緩めて、心地よさそうに笑った。

「弱い者相手の戦ばかりしておるとな。張り合いがのうなって、好敵手が欲しゅうなるものよ。わしは運がよかった。こうして、お前たちのごとき敵将に遭えた幸運に、感謝せねばのう」

鬼鯱は寂しげに首を横に振った。

「されど、見くびられたものよ。わしは女が好きじゃが、その前に海の武士ぞ。大三島攻略こそが、わが君命。陣代の鶴姫、軍師の越智安成。この二人を失うた伊予水軍など、葉舟の群れにすぎぬ。鶴姫よ、死にたくば、死ぬがよい。お前たちの死を、わしは望んでおる」

ふたたび鬼鯱の右手に力が込められた。抵抗できぬ。

絶望する鶴姫の青ざめた表情さえ、美しいと思った。もしもこの場から生きて戻れるなら、鶴姫と結ばれたいと願った。が、手遅れだ……。

安成の意識は遠のいていった。

鶴姫が投げつけた笄は、鬼鯱の左手に弾かれて、横壁に刺さっただけだった。

(最後まで、わらわはあきらめぬ)

立ち上がろうとした。が、できなかった。

安成の小太刀に向かって、這おうとした。

(間に合うまい)

最初に捻り上げられた右手が使い物にならぬ。それでも左手で這った。

涙がこぼれた。何の涙か。敗北したからか。違う。安成が死ぬからだ。初めての恋が、消えてなくなるからだ。

安房戦死の報を聞いたときと同じ気持ちだった。

小太刀までが遠い。安成の呻き声が聞こえなくなった。

もう、何もかも終わったのか……。

突然、轟音とともに、冷たい外気が入ってきた。

「壁まで壊すとは、乱暴な男じゃのう」

倒された壁の向こうに、ヤガラモガラ（多数の突起を持つ武器で、海中の敵をたぐり寄せるためにも用いる）を手にした鮫之介が立っていた。


鶴姫の目の前で、安成はぼろ切れのようにうち捨てられた。

（生きておれ、安成。生きておってくれ！）

鶴姫は泣きながら、夢中で這った。

「ほう、ヤガラモガラの使い手がおったとはの」

小舟には槍などを持ち込めなかった。鮫之介は他に得物が見つからなかったに違いない。

鬼鯱は傷ついたまま、下帯姿の丸腰で身構えた。鬼鯱の前では、鮫之介ほどの巨漢でも、中背にしか見えぬ。

鶴姫は安成にすがりついた。耳元でささやく。

「生きておるか？　返事をせよ、安成！」

安成は動かない。鶴姫は安成の少し開いた口に、自分の唇を軽く置いてみた。

温かく、湿っている。鶴姫の唇にかすかな息がかかった。

涙が溢れ出てきた。安房が戦死した後、夢のなかで、やっぱり生きていたと顔を見せてくれた経験がある。そのときと同じ歓(よろこ)びだった。

鶴姫はほっとして、安成の胸に甘えるように顔を埋めた。

（わらわは安成の妻になりたい。敵に後ろを見せてでもよい。ぜひにも生きて戻らねばならぬ）

蜜柑の香りがする。安成は温かくやわらかな感触で眼を醒ました。

何が起きていたかすぐには思い出せぬが、幸せな心地がした。人生でそんな時期があったろうか。母や兄弟姉妹と暮らしていた幼時に味わった感覚に似ていた。

（俺はまだ、幸せになれるのか。……なってよいのか）

わずかに顔を起こすと、黒髪が見えた。身体のあちこちの痛みも戻ってきた。

「鶴姫……」

ゆっくりと顔を上げた鶴姫の眼からは、ぼろぼろと涙が流れている。

「生きて、おったのじゃな。よかった……」

安成は鶴姫を抱きかかえながら、半身を起こした。息をするのも苦しい。化け物に蹴り上げられたときに、肋骨を何本か折られたらしい。

(俺にはもう、この女性を殺せなど、せぬ……)

守り抜きたい。生きて戻りたい。問題はどうやってあの怪物を倒すかだ。

「この命に代えても、姫をお守りいたしまする」

耳元で囁くと、鶴姫は愛おしい泣き顔で見返してきた。

壊れた屋形の向こうで、鈍い唸り声が聞こえた。

間合いを計っていた鮫之介が踏み込んだ。両手でヤガラモガラを勢いよく突き出す。

鬼鯱は大きな右手で棘だらけの棒を引っ摑んだ。そのまま脇に抱え込むと、ふんと引っ張った。鬼鯱の身体には棘が突き刺さっているが、含み笑いを浮かべたままだ。

二人は綱引きのようにヤガラモガラを引き合っている。

鮫之介は両手だが、鬼鯱は片手だ。

鬼鯱は前に足を踏み出すと、血だらけの左拳で鮫之介の頬を殴りつけた。続けて、右足で蹴り上げた。弾き飛ばされた鮫之介は、片足を突いて呻いている。

「姫、お逃げくだされ！」

鮫之介が叫んだ。敗北を覚悟したらしい。

「勝てぬと知りながら、お前たちはなぜ命を捨てる？」

「主は、守らねばならぬ」

「笑わせるな。忠義なぞではない。お前たちは鶴姫に惚れておるだけじゃ」

鬼鯱が猛然と突進し、鮫之介を蹴り上げた。

「鮫之介の死を無駄になさいますな」

安成は鶴姫を抱きかかえながら、ふらついて立った。海へ飛び込んで逃れたほうが、ここにいるよりはましだ。鮫之介が時を稼ぐ間に、逃げるしかない。

たがいに身を支え合って、船尾へ向かう。

「鮫之介！」

鶴姫が泣きながら叫んだ。

安成の主君はよく泣く女だ。だが、その涙の一粒ひと粒が、愛おしくてならなかった。

一瞬振り返る。鮫之介は、抵抗空しく一方的に殴打され、足蹴（あしげ）にされていた。

鶴姫は安成に抱きすくめられるようにして、艫へ向かっていた。

あと五歩くらいか。が、遠い。

関船の舳先のほうを振り返ると、鮫之介の大きな身体が宙に舞い、海へ落ちていくところだった。

「逃がしはせぬぞ。わしか、お前たちか。いずれかが死ねば、こたびの大三島合戦は終えられるのじゃからな。女さえ殺せば、男はもう、戦う理由がなくなる」

鬼鯱は右手で落ちていたヤガラモガラを拾った。

血塗(ちまみ)れの左手で鶴姫を指さす。身体をしならせる。槍投げのように鶴姫の足めがけて投擲した。空気が唸りを立てる。慌てたせいで、鶴姫の素足がもつれた。

鶴姫は覚えず目を瞑(つぶ)った。痛みは、ない。なぜだ?

目の前の安成の顔が、苦痛に歪んでいた。

「安成！　そなた、何を！」

とっさに鶴姫の前へ出た安成の左太腿に、ヤガラモガラが突き刺さっている。

安成は左手を棘で血だらけにしながら凶器を抜くと、鶴姫の前に崩れ落ちた。

「お逃げくだされ、姫。時を稼ぎまする」

安成は鶴姫に背を向け、ヤガラモガラを杖(つえ)にして片足で立ち上がった。

背後で、鶴姫が足を引きずりながら去ってゆく気配がした。

（口先だけのつもりで始めた偽りの恋のはずが、本気で惚れてしまうとは、俺も愚かな男だ……）

とっさの判断だった。安成が誰かのために死んでもよいと思ったのは、生まれて初めてだった。忠義などではむろんない。間違って真剣に恋をしてしまった女性(にょしょう)を守りたいだけだった。

「いったい何とする？　小賢しい知恵では、この鬼鯱を討てぬとまだわからぬか」

時だけ、稼げればいい。

ふらつきながら踏み出そうとする前へ、鶴姫が安成の小太刀を持って現れた。

「なぜ、逃げなさらぬ？　わが死を無駄になさる気か？」

「わらわは、そなたに惚れた。想い人を置いて逃げる大祝(おおほうり)鶴と思うか？」

鬼鯱が夜空に向けて大笑しながら、足を踏み出した。それだけで、関船が揺れた気がした。

「小原中務丞殿。大内家でわが知略を用いる気はないか？」

「願い下げじゃな。もう、わかっておるはずじゃ。お前は生涯、鶴姫以外の誰にも仕えられぬ。これほどの女と会い、惚れ合うた以上、他の女に恋もできぬわ」

鬼鯱が足を踏み出したとき、関船が大きく揺れた。階下で次々と爆発音がした。船のあちこちで炎と煙が上がってゆく。

ウツボが動き出したのか。ならばまだ、勝ち目はある。

安成は鶴姫の隣に出て、耳元でささやいた。

「姫、身どもに一計あり。舳先のほうへ回り込めれば、まだ勝機はござる」

関船が音を立てて燃え始めた。

安成の微笑みを、鶴姫は信じた。

鶴姫は小太刀を、安成はヤガラモガラを手にしている。対する鬼鯱は、相変わらず下帯一丁の丸腰だった。負傷してもいるが、手に負えぬ凶暴さだ。

阿吽（あうん）の呼吸で、鶴姫は左へ、安成は右へ分かれた。

安成は左足がほとんど使えぬが、鶴姫の足のけがは打撲程度で、痛みもだいぶ引いていた。二対一で戦う鬼鯱は、左右を警戒せねばならぬ。鶴姫本来の動きができれば、丸腰の鬼鯱を討てはすまいか。

鬼鯱は猛然と突進してきた。安成が前へ出る。ヤガラモガラはかわされた。

隙ができた。今だ！

鶴姫が跳ぶ。小太刀で巨体を斬った。が、背に浅い傷を付けただけだ。

体勢を立て直すと、鬼鯱はすでに自慢の巨鋒を手にしていた。最初から、攻撃をすり抜けて、艫へ武器を取りに向かったわけか。

瀬戸内最強の男が、最悪の凶器を手に、残忍な笑みを浮かべていた。

「勝負、あったな」

鶴姫は心の底から絶望した。鶴姫と安成は自然、身を寄せ合う。

「われらの勝ちでござる」

耳元に響く安成の低音に、鶴姫は耳を疑った。

「身どもは奴の左半身を封じまする。姫は小太刀で、力のかぎりあの巨鋒を払ってくだされ」

「わらわに、できると思うか」

女の膂力(りょりょく)で、どうやって化け物の怪力に打ち勝てるのだ？

「姫なら、必ずでき申す。身どもをお信じくだされ」

「想い人を疑ったりはせぬ。参るぞ！」

鶴姫は駆けた。

天高く跳び上がる。

鬼鯱が吼え猛り、天に向かって巨鋒を突き出した。

力の限り、小太刀で打ち落とす。

嘘のように、巨鋒が柄の半ばで折れた。三本の刃が床を滑ってゆく。鬼鯱が持っているのはただの棒切れだ。その棒切れが突き出される。かろうじて躱した。

いったん身を引いた鶴姫は、小太刀を左手に、鬼鯱の隙を窺う。

安成が前へ出ていた。鬼鯱の動きが止まっている。なぜだ？

左前腕に鉤縄が巻かれている。ウツボのスマルだ。

「阿呆めが、わしには効かぬと、まだわからぬか」

鬼鯱が負傷した左前腕でウツボを引き上げようとした。が、血が噴き出るだけだ。

下半身にできた隙を安成は見逃さなかった。

ヤガラモガラを鬼鯱の左太腿に突き刺した。

鬼鯱が苦い顔をした。なおも動く右半身で戦おうと身構える。

今だ！　鶴姫がすでに前へ出ていた。左手で小太刀を振りかざす。

鶴姫の振り下ろした小太刀を、鬼鯱の右手の棒切れが弾き飛ばした。

が、次の瞬間、鶴姫は右手で抜いていた脇差で、鬼鯱の左胸を刺し貫いた。

小太刀を拾ったときに、胸の谷間から下着に忍ばせておいたのだ。

「両の手を、うまく使いおる……」

鬼鯱は血反吐(ちへど)を吐き、棒切れを取り落とした。スマルの縄に引かれるように、後ろによろめいて尻餅を突き、垣立に背を預けた。

爆発音が続き、屋形のほうで勢いよく火柱が上がった。

「見事じゃ。武人としての最後の戦い、お前たちのおかげで、心ゆくまで楽しませてもろうたぞ」

「わらわは、そなたを嫌いではなかった」

「嬉しいぞ、鶴姫。敵将でさえなくば、わしもお前に惚れておったわ。巡り合わせが悪すぎたわい。百万貫文の女を抱ける男は、幸せ者じゃのう」

小原中務丞は安成を見、白い歯を見せて笑ってから、逝(い)った。

関船が炎に包まれてゆく。

鶴姫は船縁に立ち、安成と固く抱き合う。

そのまま真っ逆さまに黒い海へ落ちて行った。

四人を乗せた小舟が、炎上を続ける鬼鯱の将船から離れてゆく。

御手洗沖を吹く秋の夜風は、濡れた身体には肌寒い。鶴姫はウツボが敵の船からくすねてきた男物の羽織を身につけたが、それでも温もりが欲しかった。

いっしょに海へ落ち、ウツボに引き上げてもらってからずっと、鶴姫は安成の腕の中にいた。恥ずかしくも何ともなかった。

「鬼鯱の巨鋒が途中で折れたのは、安成が細工を施しておいたせいじゃな？」

鶴姫なら巨鋒を海へ投げ捨てただろう。勝機を残すために、安成は敵が愛用する最強の兵器に罠をしかけておき、あえて使わせたのだ。

「巨鋒の柄に、気付かれぬように切れ込みを。姫にお知らせせなんだのは、鬼鯱に悟られぬためでござる。ご容赦くださりませ」

巨鋒を相手に鶴姫が勝利を確信して対峙したなら、鬼鯱は不審に思い、戦いの結果は違ったかも知れない。

「わらわは日本一の知将を家臣に持った」

ウツボは、負傷して海へ落ちた鮫之介を助けると、脱出用の小舟に乗せ、鮫之介の重い身体にスマルの先を結びつけておいた。そのために鬼鯱の左半身が封じられたわけだ。

「いや、世はあまりにも不可思議にして、運命の摂理は解き明かせませぬ。身どもにもわからぬことばかりでござる」

炎上しながら沈んでゆく関船を眺めながら、どこか寂しげに安成は応じた。

「それにしても、安成とウツボの連携は神業（かみわざ）じゃな」

「長い腐れ縁でございますからな」

安成の代わりにウツボが返事をした。風変わりな老人だが、安成と長年をともに歩んできた者なら、鶴姫の味方だ。信じようと思った。

鶴姫は関船の炎で浮かび上がる安成の端正な横顔を見た。

越智安成は勇敢で、知恵があり、優しい美男だ。鶴姫が恋の相手として思い描いていたとおりの若者だ。これ以上の男はどこにもいない。大明神は鶴姫の祈りを聞き届けてくださったのだ。

身分など鶴姫は気にしないが、安成はおそらく漁師の倅ではない。鶴姫は安成の過去を何も知らなかった。

だが、たとえどんな過去であろうと、安成と添い遂げると決めた。

鶴姫が安成の肩に甘えるように頭を乗せると、安成が頬で鶴姫の頭をそっと撫でた。

十一、奇妙な取引

台城(うてなじょう)の一室にできた冬の日だまりが、鶴姫を優しく包んでいる。

(わらわはこれほどに美しい女子だったろうか……)

鏡の中には、まぶしいくらいに輝く女性がいた。

澄まし顔を作ろうとしても、勝手に微笑(ほほえ)みがこぼれ出てしまう。女にとって恋は最高の化粧(けわい)になる、という話は本当らしかった。

背後で人の気配がすると、鶴姫は紅皿をいったん鏡台へ戻して、振り返らずに問うた。

「仮の話じゃがな、松。貧しい甲冑師の娘がおるとする。安忠が見初(みそ)めて室とするは許されるであろう? 身分の違いがそれほど大切か? 同じ人間ではないか」

一歳年下の甥、大祝(おおほうり)安高はこの夏、安舎に仕えていた大山祇神社別宮の巫女と祝言を挙げたが、その巫女の素性も怪しいものだった。安忠は安高の弟である。

鶴姫の問いに、松はまず、聞こえよがしのため息で応じてきた。

「姫はすっかり変わってしまわれました。念入りに化粧なぞ施されて」

総大将、小原中務丞の死を受けて大内水軍が撤退してから、ひと月近くが経った。

「お前は化粧が女の嗜(たしな)みじゃと、口うるさかったではないか。わらわはお前の望みどおり、女らしゅうしておるのじゃぞ」

ついこの間まで、面倒くさがって化粧をめったにしない鶴姫を、松は事あるごとにたしなめたものだった。

紺の袿(うちぎ)姿の鶴姫は、母の形見の手鏡をのぞき込み、小指の先で紅をていねいに唇へ載せてゆく。

「安成様は、名うての女誑し。御手洗の白拍子(しらびょうし)で知らぬ女子はおりませぬ。妻がありながら、今張にあるときも必ず女郎屋へ足を運ばれ――」

「その話は聞き飽いたぞ、松」

松は鶴姫の顔を見るたび、安成の悪口を並べ立てた。暇さえあれば、義父の越智通重の世話をする口の軽い侍女から、安成の噂話を仕入れてくるらしい。

「父上も、大祝の身でありながら、潔斎(けっさい)の最中に、巫女に手を出されたではないか」

「黒鷹の正体は、越智安成だと言う者もございます」

鶴姫は声を立てて笑うと、いつも懐に入れてある神楽鈴(かぐらすず)を松に向かって突き出した。

「この鈴をとくと見よ。黒鷹がお鈴の船を襲うたとき、安成は大内の船団と睨み合っておったのじゃぞ。お鈴が生きておれば、違うと言うてくれように」

妬(ねた)み嫉(そね)みで安成を貶める口さがない噂は、鶴姫も耳にしていたが、一笑に付した。安成の人物を知れば、黒鷹でないとすぐにわかる。安成ほどの知勇兼備の将が守れなかったのだ。兄安房の死は運命だったと考えるしかない。

「大三島の軍師は大内に通じておるとの噂もございます」

「馬鹿も休みやすみ申せ！」

鶴姫はカッとなって、松を一喝(いっかつ)した。

大内との和平路線を提唱してきた安成への陰口も囁かれていた。大祝家で急速に力を持ち始めた安成への僻(ひが)みも手伝って、安舎(やすおく)に讒言する者までいるらしい。だが、鶴姫と安成は、命懸けで大内水軍と戦ったのだ。戦を知らぬ者の愚かしい流言だった。

鶴姫は鏡の中の怒った顔を澄まし顔に戻すと、唇を何度も結び直して紅を整えた。

「それで、今日もまた、安成様のお見舞いに？」

足を負傷した安成は、鶴姫のいる台城に近い御串山城で療養していた。

「主を救うために深傷(ふかで)を負った家臣を見舞うは、当然であろうが」

海賊退治で、鶴姫は何度か他人の危機を救ったが、己の危地は自力で切り抜けてきた。今から思えばただの小競り合いのようなもので、戦とは別物だった。命を賭けて助け合わねば、戦には勝てぬ。

「陣代が御自ら家臣の城を訪うなど、もうおやめなさいませ」

「安成はわらわの身代わりとなったせいで歩けぬのじゃ。その家臣を城へ呼びつける気か？」

「いかに仰ろうと、毎日は頻回（ひんかい）だと申し上げておるのです」

すぐそばまで松がにじり寄ってきた。

「もう、おやめなされませ。私も経験がございますが、二度と引き返せぬようになりまする」

今さら何を。鶴姫の恋はとっくに引き返せぬ所まで来ていた。突き進むのみだ。

黙って紅を化粧箱に戻していると、松が続けた。

「姫は今、安成様のことを二六時中、考えておられましょう？」

そのとおりだ。寝ても覚めても、安成を想わぬ時はなかった。

「安成様とは、お身分が天と地ほども違うこと、お忘れなさいますな。こたびの大勝で、来島村上家へのお輿入れの件も、改めて話し合われましょう」

長男晴通（はるみち）と不仲の河野家当主通直（みちなお）は、村上通康の武功を絶賛し、伊予の政局を安定させるため、側室の娘と娶（めあわ）せ己の養子にしたいと正式に言い出していた。この話が実現すれば、鶴姫と通康の縁談は潰（つい）える。

鶴姫は覚悟を決めて、正面から松を見た。

「わかった。認める。わらわは安成に本気で恋をしておる。何ぞ文句があるか？」

「ありまする。安成様は姫の家臣です」

「家臣と恋をしてはならぬという法があるのか？　どの文書に書いてある？　さあ見せよ」

「当たり前だから書いていないだけです。安成様にだけは恋をしてはならぬと、あれほど申し上げたではありませぬか」

「もう、してしもうた。しかたがなかろう」

鶴姫は話を打ち切るように、しかし典雅なしぐさで立ち上がった。

「村上通康様は、河野家の姫との縁組みを捨ててまで、鶴姫を選ばれたのです」

「通康には済まなんだと詫びる。あの者は本物の男じゃ。わらわが頼めば、わかってくれる」

「お家同士の婚姻は、詫びて済むものではありませぬ。戦になりまする」

「戦は得意じゃぞ。赦してくれぬなら、討ち果たすのみ」

松はあきれかえった様子で、天を仰いだ。

「よいか。わらわは絶対に越智安成の妻となる。わらわが一度言い出したら聞かぬは、百も承知のはず。松、味方になってくれぬか」

「いやでございます。姫、この恋は必ず後悔なさいますぞ。松が命に代えても、止めて見せまする」

「ははは。わらわの安成への思いが変わるとでも申すか。大明神がわらわに言い寄ってきたとて無理じゃ。わらわにはもう、越智安成以外の男は見えぬ」

安成は御串山城の南の露台（ろだい）で、遠く馬上の鶴姫が手を高く掲げる姿を見た。

毎日、下馬した鶴姫が一ノ鳥居をくぐり、大山祇神社の鎮守（ちんじゅ）の森で見えなくなるまで見送る。着慣れた巫女装束のうえに袿姿（うちぎ）で、女らしい着こなしとは言えぬが、それが鶴姫の愛らしさでもあった。

「小娘は毎朝、遥拝殿でひとり、四半刻も祈りを捧げておりまするぞ」

背後で聞こえた嗄（しゃが）れ声は、ウツボだ。

昔から安成と一心同体で、眼となり手足となってきた老人だ。いつから部屋にいたのか。もともと忍びだけに気配を消すのがうまい。もっとも、鶴姫に心を奪われている今の安成なら、ウツボに背後を取られてもおかしくはなかった。

「さようか。健気（けなげ）な女じゃな」

安成は鶴姫にもらった楠の杖を突いて、部屋に戻りながら短く応じた。

「偽りの大祝を戴く、神に見放された社で、毎日、何を祈っておるのか……」

安成は答えず、痛めた足を伸ばしながら、作りかけの胴丸に向かう。

主従の間には、居心地の悪い沈黙が澱んでいた。

視野の端に入るウツボが煙たかった。

以前の気の置けなかった間柄とは、まるで違っている。異種の武器を使う剣豪同士が間合いを測るように奇妙な緊張が走っていた。

「お見事じゃ。小娘はすっかり若にご執心じゃわい。死ねと言えば死にましょうな」

ウツボが笑いかけてきたが、安成は顔も上げず、小さな鉄札と革札に紺の糸を通し続けた。

鶴姫は今朝、新しい紅を付けてきた。懸命に語る様子が愛くるしかった。鶴姫の恋心はひたすら、まっすぐにひたむきだった。

老人は抜けた歯の間から嗤笑を漏らしながら、安成の隣に腰掛けた。

「鎧細工など、甲冑師に任せられい。近いうちに大身となられる若が、手ずからなさるとは」

鶴姫に言われて、揃いの胴丸を作り始めた。安成が使う。

「伊予の職人は腕が立つ。かように、縁だけ重ねる小札を考え出しおった。これは使える」

甲冑は、小札と呼ばれる指二本分の小さな札を、愚直に重ね合わせて作る。従来の本小札は半分ずつ重ね合わせるが、伊予札は縁をわずかに重ねるだけだ。そのぶん強度は下がるが、鎧が軽くなる。鎧の軽重も足し合わせると、船の速さにまで繋がる。

「しかも、かように鉄札と革札の一枚交ぜにすれば、もっと鎧は軽くなる。強弓から放たれた矢は、小札二枚重ねの鎧をも平気で貫く。ならば安全な場所へ、より早く身を動かせる身軽さをこそ求めるべきであろう」

鉄が少なくなれば安くもなり、身分の低い兵も着用できる。

安成がひとり甲冑談義を続ける間、ウツボは気のない様子で聞き流していた。

「……若、まさかとは思いまするが、安用の血を引く小娘に惚れてなど、おわすまいな？」

ウツボの刺すような口調に、安成は小札を掌上で軽く放り上げながら、短く問い返した。

「ほう、そう見えるか？」

「若、いつあの娘を始末なさる気じゃ？」

安成は小札を一段仕上げると、次の小札を手に取った。

「やろうと思えば、いつでもできる。あの頓馬なじゃじゃ馬はまだ使える」

ウツボは腫れぼったい眼を三日月のように細めて、探るように安成を見ていた。

「……わしには若が、小娘に心を奪われておるように、見えますぞ」

演技だと言い張るにはもう無理があった。

戦場で命を懸けて想い人を守ろうとする、その行為の一つひとつは、万に及ぶ恋言葉よりも絆を深めた。命のやりとりをする戦の中だからこそ、不本意な相手ではあっても、本物の恋が花開こうとしていた。ふたりは鬼鯱との死闘以来、急坂を転がり落ちるように、恋の奈落へと突き進んでいた。

「俺の芝居も堂に入っておろうが。足さえ治れば、弄んでやるつもりよ」

心にもない言葉を並べるだけで鶴姫を穢す気がして、安成の心は鈍く痛んだ。

「大祝安用の大罪はもちろん、われらが大三島に戻ってきた目的を、お忘れではあるまいな？」

忘れられるものか。だが、今の安成は恋のためなら、死をも厭わぬ。現に鬼鯱との戦いでは、身を投げ出した。鶴姫のためなら、復讐を捨ててもいい。

十年以上もの間、安成とウツボは、ただ復讐のためだけに生きてきた同志だった。

ウツボは昔のままだ。変わったのは、安成だ。

「案ずるな。俺は恩人の安房さえ葬ったではないか」

口先だけの能書きは、いずれウツボに通用しなくなるだろう。いや、すでに、か。

すべてを知るウツボを、安成は恐れ始めていた。

越智安成の正体は、悪逆無道の海賊、黒鷹の頭領だ。鶴姫の兄安房を謀殺し、大祝一族の鏖殺（おうさつ）をもくろむ毒牙だ。義憤が女人の形をしたような鶴姫が、過去の無数の悪行を赦すとは思えなかった。素性が露見すれば、安成は大祝家から確実に死を賜る。ウツボが安成を裏切りはすまいが、復讐を成し遂げるためには、何をしでかすか知れぬ老人だった。

安成はこれまで一心同体だったウツボを消すことまで考えた。己の片身を切り落とすに等しいが、鶴姫のためなら殺せると気付き、己自身に驚いた。だが、秘密を知る者は他にもいる。黒鷹全員の口封じは容易でない。鶴姫との恋は慎重に育まねばならなかった。

「村上通康殿の河野家養子入りの話も、腑に落ちませぬな」

戦後、通康が河野通直の娘と縁組みを結び、婿入りする話が本格化していた。安成が先月の合戦での活躍をことさらに報告したためだ。

「俺が大祝となった後、伊予守護の通康を使えれば重宝するではないか」

ウツボは無言で安成を見ていた。強弁だと自分でもわかった。大祝家を乗っ取った後、安成が河野家に婿入りでもするほうが、話が早い。老人のだんまりを、安成は不信と解した。

「安成が少し歩けるようになって、安堵した」

キンキン耳に響く高調子だが、安成は一日じゅう鶴姫の声を聴いていたいくらいだった。

小柄な鶴姫に支えられて、大山祇神社の境内をゆっくりと歩いた。長い黒髪から立ち上る蜜柑のような香りを心地よく嗅ぐ。

鶴姫とはずいぶん話をした。湯待(いまち)にある紅みかんや小みかんの木の場所も教えてくれ、いっしょに食べもした。神野山(ごうやさん)の入り日の滝で虹も見た。ドンドロ岩にも神籬岩(ひもろぎいわ)にも登った。足のけがを理由にいつも、たがいに触れ合いながら行動する。安成が馬に乗れるほどに回復すると、白い神馬に相乗りして、ゆっくりと大三島を一周した。北の盛(さかり)や肥海(ひがい)、西の野々江(ののえ)や宗方(むなかた)も巡った。

鶴姫に促されて、大楠の下の縁台に並んで腰を下ろした。

ともに遥拝殿で参拝した後は、必ずここで時を忘れて話をする。戦下手の越智通重は杓子定規な小役人だが、いちおう能吏だった。鶴姫らしい潔さで、平時の雑用はすべて通重に任せられている。

「そなたと十日も会えなんだせいで、わらわは食が細うなってしもうた。塔本の屋敷でも、蜜柑を日に三つしか食べぬゆえ、ひどく心配されたのじゃぞ」

鶴姫は思ったことを何でも口に出す。心に悪巧みしかない安成と違って、心が清いからだろう。死ぬ間際の安房が言い残したように、竹を割ったごとく純な少女だった。

「姫がたった三つとは、身どもも気懸かりでござる」

「そうじゃろう？　安成とおればいくらでも食べられるのに。安成はわらわに会えずとも、何ともなかったのか？」

鶴姫が今張に行って不在の間、安成も水中で息ができぬように苦しい思いをした。

「ひねもすウツボの腫れぼったい眼と向かい合っておるのは、いささか応え申した」

安成の答えに、鶴姫は肩を震わせて笑った。

よく笑う少女だ。よく泣く少女だとも知っている。邪気が微塵もない。

安成の醜悪な心根と陰鬱な過去と照らし合わせたとき、汚れなき鶴姫の姿は半明神にさえ思えた。

「されど、辛さに耐えた甲斐があった。通康がわらわを……あきらめてくれた」

鶴姫が安成との恋が真剣だと打ち明けると、通康はぼろぼろ涙を流しながら豪快に笑った。潔く身を引き、河野家の姫との縁組みを承諾したという。ひげ面の気のいい海賊の親分は、信ずるに足る立派な男だった。

「帰りの船中では、そなたと夫婦になるための策をずっと思案しておった。説明するゆえ、軍師の意見を陣代に聞かせよ」

鶴姫は愛らしい満面の笑みを澄まし顔に戻すと、安成に顔を近づけてきた。

女神がいるなら、このような面立ちに違いない。安成は激しい胸の鼓動を抑えきれなかった。

「伊予を訪ね歩いても、兄上ほど頭の固いお人はいまい。あの堅物に首を縦に振らせるには、いろいろ段取りが必要じゃ。されど、よき例がある。安高の嫁となった娘だ。兄上が気に入っていた巫女で、オトウというが、実は素性が定かでない」

「今、言われた安高様の室のお名は何と？」

「オトウじゃ。任ずるの任と書いて、トウと読む」

安成の母と同じ名だった。さしてめずらしくもない名だが。

「お任は安高がひと目惚れしただけあって、なかなかの美人じゃぞ」

「松殿からは、瀬戸内で二番目に美しい女子だと聞き申した」

近ごろ安成は鶴姫の命令で、侍女の松と頻繁に顔を合わせていた。松は明らかに安成を警戒しているが、松を味方につければ百人力だと、鶴姫に言われていた。

「将を射んと欲すればまず馬を射よ、じゃ。馬を全部射止めるぞ、安成」

まず大祝家の身内に安成が溶け込み、信を得る。安成は二度の大三島合戦を勝利へ導いた立役者だ。婿入りの話を持ち出せば、安舎も首を横には振れまいと、鶴姫は力説した。

鶴姫は安成が大祝家の一族に気に入られるために、一人ひとりの特徴や癖まで挙げて熱心に説明してくれた。皆、安成の仇、先代安用（やすもち）の血を引く者たちである。安成は復讐を忘れたわけではない。鶴姫と恋に落ちさえしなければ、着々と手を下していたはずだった。恋の炎は今、復讐の炎さえ呑み込んで、安成の心の中で激しく燃え盛っていた。

「安高は身体が弱いが、すなおな良い子じゃ。わらわは、そなたがいかに優れた将であるか、たっぷり自慢しておいた。嘘はひとつも吐いておらぬ。誇張もせなんだが、感心しておった。安房兄もそなたの自慢話をしておったゆえ、安高は、まさに越智安成こそ三島大明神の遣われし武神であると、感嘆することしきりであった」

もし鶴姫が言うように、安成が大祝家の一族と融和して大三島をともに守るなら、亡き安房は安成を赦してくれるだろうか。

鶴姫は安成にそっと顔を寄せてきた。

「甥とは申しても、齢はひとつ違い。安高は弟同然でな。わらわの言うことなら何でも聞く」

耳にかかる鶴姫の香しい息がこそばゆく、愛おしかった。

「実は、わらわがそなたの妻となる話も、こっそり伝えておいた。驚いておったが、さっそく叔父上なぞと呼んでおった。安高は次の大祝となる身。そなたを今から頼りにしておる。会ってやれば、手を打って喜ぶはず」

安成はまだ大祝一族に会える身分ではなく、安高とも面識はなかった。仇の息子が何も知らずに安成を慕うとは、神も残酷な真似をするものだ。

鶴姫には言わなかったが、ここ数日ウツボが大三島から姿を消していた。今度戻ったときは、安高の暗殺について再度、話し合わねばならぬ。鶴姫との縁組みを大祝家乗っ取りのための謀略として仕立て直せば、ウツボを了承させられぬものか。

「安忠のほうは、武芸に励んでおる。生意気な奴でな。わらわがそなたの自慢をすると、口答えをして参った。じゃが、本心ではない」

鶴姫は今張にいた十日の間に、着々と布石を打ってきたらしい。鶴姫も、ひとかどの軍略家である。

「安忠は年下のくせに、昔からわらわに惚れておってな。叔母のわらわを娶りたいと騒いで兄上を困らせておった。要するに、妬いておるだけ。安成が一度、安忠と立ち合って、のしてやればよい。いずれは陣代ともなる身、知勇兼備のそなたを実の兄のごとく慕うはず」

鶴姫がさらに顔を寄せると、安成の左腕に鶴姫のやわらかな胸が当たった。

「実は安忠には、そなたとの恋を見抜かれてな。問い詰められて、白状してしもうた。嘘は苦手ゆえ」

すまなそうに語る鶴姫に、安成は苦笑した。

口を開くたびに安成を称賛しているのだ。皆が鶴姫の恋心を簡単に見抜いただろう。安高は気付かぬふりをしてやっただけだ。純粋なせいか、鶴姫はどこか抜けている。抜け目のない安成からすると、むしろそこに強く惹かれるのだが。

鶴姫は小鳥がさえずるように、よく喋った。戦場にいない鶴姫は、どこにでもいる話し好きの小娘と変わりない。

「大祝様は、どのようなお方にございまするか？」

安成の問いに、鶴姫は可愛らしい小さなあごに白い人差し指を当てた。

「そういえば、肝心の兄上についてあまり話しておらなんだな。優しい時もあるが、怖い時もある。……結局、何を考えておるか、わからんお人じゃ」

安成は幼少のころ、安舎に何度か会っている。直接の面会を避けてきたのは、拝謁できぬ身分もあるが、素性を悟られはせぬかと恐れたためもあった。

「ああ、安房の兄上が生きておわしたら、きっとわれらの強い味方になってくださったろうに……」

安成は心に強い痛みを覚えた。鶴姫は何も知らぬまま、安房の戦死を受け容れていた。

「わらわが話してばかりじゃな。安成の声が聞きたい。大三島では何かあったか？」

「姫がおわさぬゆえ、天が涙し、雨が降り続いておりました」

「戯れ言を。今張も同じじゃ。四国がぜんぶ雨だったのであろう。安成、わらわに口説き文句はもう無用じゃぞ」

鶴姫が少しだけふくれっ面をしてみせた。

しばらくして、ふたりは同時に噴き出した。

楠の大樹の下に乾いた寒風が吹いている。潮の匂いは混じっていない。

(俺は復讐を捨て、鶴姫とともに生きる。大三島の未来を守ってみせる。そのために

は、俺の過去を知る者をすべて葬らねばならぬ）

「安成、見よ！　初雪じゃ」と、鶴姫が可愛らしい手を伸ばす。

ちらつき始めた白く小さな天の破片が、大山祇神社の境内を一斉に舞い始めた。

温もりを求めて鶴姫が身を寄せてくると、安成はそっと抱き寄せた。

幸せを、感じた。

「姫、よろしゅうございまするか？」

大樹の向こうからした野太い声は、鮫之介である。

「苦しゅうない。参れ」

安成が腰に回していた手を戻すと、鶴姫は居住まいを正した。

鶴姫に向かって片膝を突いた鮫之介が、ちらりと安成を見た。肝でも嘗めたように苦い顔をしている。何かあったのか。

「鮫之介。そなたはわが忠臣なれば、言うておく。わらわは遠からず、この越智安成に嫁ぐ。されば、わが将来の夫の前で、いかなる隠し立ても無用じゃ。何事も、包み隠さず申せ」

鮫之介は鶴姫の堂々たる告白にも表情を変えず、視線を落としたまま言上した。

「昨夜、塔本屋敷にて、安高様がお亡くなり遊ばされました」

（遅かった……）

ウツボが手を下したに違いない。安成の心を激しい後悔が襲った。

「……なぜじゃ？　安高は、まだ十五ではないか！」

「姫が大三島へ発たれて後、吐血され、しばらく後、帰らぬ人となられました」

鶴姫は安成に会いたい一心で、早馬と小早船を乗り継ぎ、大三島へ単騎戻ったが、その間に突然起こった変事だという。

「かわいそうな安高……。お任と夫婦になって、まだ半年にもならぬのに……」

色を失った鶴姫が救いを求めるように、安成にすがりついてきた。

安成は奥歯を嚙み締めながら、泣きじゃくる鶴姫の震える肩を抱き締めた。

安成はウツボの細首を左手で締め上げた。

「なぜ安高に毒を盛った？　俺は待てと言うておいたはずだぞ」

ウツボは苦しげに呻くだけだった。安成には殺せまいと高をくくっている。

安成にとって、ウツボはこれまで、父代わりであり、祖父代わりであり、師であり、忠臣であり、同志であり、友であった。人生の半分を、ともに歩んできた。

安成が老い首から手を離すと、ウツボは幾度か咳ばらいをしてから、片笑みを浮かべた。

「意外なお叱りじゃな。首尾よく二人目の仇を討ったのでござるぞ」

「磯を、使ったのか？」

数年前、通重の孫娘を看病するふりをして殺したのも、磯だ。すべてウツボの指図だった。

「御意。病弱な安高に薬を処方するに、薬師の孫娘は便利でござる」

脳裏に、安成の腕の中で声を上げて泣き続ける鶴姫の涙顔が浮かんだ。

鶴姫と恋をする前の安成のように、ウツボには人の心がないのだ。さもなくば、無辜の命など奪えはしない。

「近ごろの若はすっかり腑抜けになられた。空貝と変わらん」

安成はウツボに弱みをいくつも握られていた。真実を鶴姫に伝えるだけで、ウツボは安成の恋を粉々に打ち砕ける。諜者として信まで得ているから、お人好しの鶴姫の暗殺さえ難しい話ではなかった。

「次も、わしが手を下さねばなりませんなぁ」

「少し待て。俺にも思案がある」

「いかなる思案じゃ？　今さら、後へは引けませせぬぞ」

安成はウツボとともに長らく悪事に手を染めてきた。ただひとり過去に封印をし、善人面をして幸せになれるなら、世はあまりに理不尽だろう。

だが、このままでは鶴姫の命も、安成の恋も危うい。

ウツボを止めるよき手立てはないか。

二人は睨み合った。腫れぼったい目は憎らしいほどに落ち着き払っていた。

「大祝家に対する復讐のやり方を変えたい。俺と、取引せぬか？」

家臣との間の取引など奇妙な話だが、ウツボは促すように重そうな瞼（まぶた）を少し開いてみせた。

「安用（やすもち）の血を引く者は、順を追って、全員、始末する」

安成の言葉に、ウツボは当然だと言わんばかりに、こくりとうなずき返した。

「ただし、ひとりだけ、例外を認めよ」

「……鶴姫にだけは、手を出すな、と？」

「しかり。もう隠し立てはせぬ。俺は仇の娘に恋をしてしもうた。俺は真剣だ」

「情けなや。御父君、御兄君が今の若の言葉を聞かれれば、さぞや嘆かれ――」

「重ねて言うておく。もし鶴姫に手を出せば、たとえお前とて容赦はせぬぞ」

「大祝家の呪われた歴史を知らぬ若ではござるまい。ひとり残らず殺し尽くしておかねば、世代を超えて復讐の連鎖が続き申す」

「鶴姫以外の者は、時をかけて抹殺する。誰にも悟らせぬ。かつて安用が試みたようにな」

「愚かな。歴史が繰り返されるだけじゃ。若の次の彦三郎を作るおつもりか？」

「いや、俺は鶴姫を妻として、大祝家に婿入りする。呪われた家同士がついに融和を果たすのだ。他の血は根絶やしにする。わが子が彦三郎になりはすまい」

ウツボの例の目が品定めするように、安成を見ていた。

「磯には済まぬと思うておる。が、姫の気性では、側室としても残せまい」

安成の妻、磯の素性は黒鷹の一員で、ウツボが幼時から育ててきた戦災孤児のひとりであった。

「磯なぞ気に懸けなさるな。若のためなら、喜んで命を捧げるはず。じゃが、若は、なぜわしが若の恋に反対しておるか、おわかりでないようじゃ」

「仇の娘を赦し、生かしておくのだ。お前の気に食わぬのは、見やすい道理よ」

「それだけではござらん。わしは若の幸せを考えておるんじゃ。仇敵同士の恋など、出だしから調子の狂うた獅子神楽のようなもの。この恋は決して実りませんぞ」

「鶴姫は、俺でもまだ幸せになれるのだと教えてくれた。復讐以外の生き方が、生きる意味があると知ったのだ。神が下された運命など、俺の知略で変えて見せる」

「無理じゃ。過去までは変えられぬ」

「一生、俺の素性を隠し通せれば、恋が破れる理由はない。俺はこの恋に全身全霊を懸ける。どうしても成らぬのなら、恋に殉ずるまで」

二人の間に沈黙が流れた。

ウツボなりに計算しているのであろう。だが、ウツボは必ず応じる。復讐を遂げた後、安成を大祝とするためだけに、この老人は生きてきたのだ。

安成が居住まいをただすと、灯明皿(とうみょう)の灯りが大きく揺れた。

「鶴姫のためなら、俺は死をも厭(いと)わぬ。何でもできる。たとえば――」

安成はウツボに向かって両手を突き、深々と頭を下げた。

「このとおりだ。鶴姫の命だけは助けてくれ」

しばしの沈黙の後、ウツボは長いため息を吐くと、「恋煩(わずら)いに付ける薬なし、か」

と嗄れ声で笑った。

安成が顔を上げると、前歯の欠けた黄色い歯を見せて笑う、昔のウツボがいた。

四番貝　哀姫

——天文十一年（一五四二年）一月～五月

十二、謀将の奇策

明けて天文十一年の正月、大山祇神社の斎館では恒例の新年行事が行われていた。

鶴姫は雑煮を食べ終えると、硯蓋に載せられた数の子をつまんで口に入れた。

一年で最高の馳走が並ぶこのひとときを、鶴姫は昔から楽しみにしてきた。だが、例年と違い、次兄の安房と甥の安高を欠いていた。

昨年までは、安房と鶴姫を中心にいつも会話が弾んだものだった。聞き上手の安高もいた。見かねた安舎がたしなめるほどに座は盛り上がった。だが会話は、相手がいなければ成り立たない。安舎は無口で陰のある兄だ。安忠の荒々しい箸使いの音だけが響いている。

鶴姫は黙々と辛子酢の生揚げを平らげ、鯛ずしを次々と口へ放り込んだ。

不機嫌な理由は、安房と安高の不在ゆえではなかった。二人の声がもう聞けないのに、あれほど大切に思っていた兄と甥が永遠に失われたというのに、鶴姫の薄情な心が恋の幸せで浮き立ってならない、後ろめたさのせいだとわかっていた。

言葉少なな会食が終わると、鶴姫は安舎に向かって、両手を突いた。

「大祝（おおほうり）様。この後、越智（おち）安成（やすなり）が拝謁に参ります」

生き神である大祝安舎と直接の面会が許される家臣は、一族のほか、ごく限られた重臣のみである。神事の際、多人数とともに参列はしても、安舎と安成が直に会うのは初めてだった。主君でもある兄と、夫になる若者の初対面だ。何としても成功させたかった。

「その話は何度も聞いた」

「陣代であるわらわとともに、安成は大祝家を守るため、大事な策を献じまする」

安成の献策を受けた鶴姫の進言で、大三島水軍では船の建造や兵力の増強が進められてきた。だが、それだけでは足りない。

「聞けば、安成は和議を唱えておるとか。通重（みちしげ）が嘆いておったぞ」

鶴姫は安成とただ、恋物語を紡（つむ）いできただけではない。恋に夢中だったが、ふたりの未来でもある大三島を守るために動いてきた。今では主戦派の急先鋒だった鶴姫も、安成の説く和平案に心が傾いていた。決めるのはあくまで安舎であり、今張では二度の勝利を受けて、主戦派が大勢を占めているらしいのだが。

「大山祇神社八百年の歴史を決める大事ゆえ、お時間をじゅうぶんに賜りとう存じまする」


春さえ思わせるおだやかな冬風が、政所（まんどころ）の一室を吹き抜けている。

だが、鶴姫は気を揉みながら、安成の端正な横顔を食い入るように見つめていた。

「伊予水軍に、勝ち目はまったくございませぬ」

歯に衣着せぬ安成の返答に、安舎の表情には苛立ちが見えた。

だいたい安成は愛想のいい若者ではなかった。今でこそ安成は鶴姫に対して限りない優しさを見せるが、出会った当初は人を人とも思わぬ、傲岸（ごうがん）な態度だった。

「大内水軍が大挙押し寄せたなら、大三島を守る術はございませぬ」

安成が「畏れながら」といちいち断らぬのは、大祝を毫（ごう）も畏れていないためだろう。

生き神とされる大祝との対面は通常、御簾（みす）ごしで行われる。

半明神の陣代である鶴姫は、御簾のすぐ手前で、向かい合う二人と三角形を作る位置で横向きに坐していた。

大祝との対面が許されると、緊張のあまり震え出す者から、喜びで声の裏返る者までいたが、安成はぎりぎり無礼でない程度に堂々としていた。神威や権勢への媚びは微塵もない。知らぬ者には不遜にさえ見えようが、むしろそこが鶴姫の好きなところでもあり、安成に特別扱いされる自分に幸せを感じもした。

「だが、陣代もそちの補佐を得て、大内水軍を撃退してきたはず」

「まだ幾度かの勝利は得られましょう。されど大国相手に勝ち続けることはかないませぬ」

御簾ごしに様子を窺うと、安舎の色白のこめかみには青筋が立っている。生き神に向かって、俗人に頭を下げよと堂々と勧めた臣下は、これまで一人もいなかった。

口を開こうとする安舎の機先を、鶴姫が制した。

「まこと神なら、大内などたやすく討ち滅ぼせようが、兄上はただの人じゃ」

あけすけな言葉に安舎は苦い表情をしたが、気にせず鶴姫は上座に向かって手を突いた。

「大内家との和睦を進められませ。大三島水軍は勝者なれば、談判の余地は十分にございましょう」

「そちたちはまだ知るまいが、大内家第一の宿将、陶隆房（すえたかふさ）が動いた。二度の敗戦を受けて、伊予水軍を破らんと公言しておるそうな。大内の家論を変えるなぞ、土台無理な話であろう」

政情に疎（うと）い鶴姫でもわかった。義隆（よしたか）の信を一身に受けた陶隆房に対抗できる家臣はいない。陶は若いが「西国無双の侍大将」と呼ばれる名将でもあった。

もともと河野家と大祝家は、中国の大内家、四国の細川（ほそかわ）家という二大勢力の狭間を生き抜いてきた。細川家は内紛で力を落としたが、この二十年、大三島は膨張を続ける大内家の脅威に晒され続けてきた。大三島ではすでに三度の合戦があり、双方に怨みが残っている。言うは易いが、やはり和平なぞ絵空事にすぎぬのか。

「陶が動けば、大内水軍は一千隻を優に超えましょう。ゆえにこそ和平が肝要と心得まする」

「主君大内義隆の前で、陶は大三島を取ると宣言した。いかにして、今から家論を変える？」

「身どもに一計あり。大内家の嗣子、晴持（はるもち）公を説きまする」

安舎は初めて顔色を変え、あごひげをしごきながら思案顔になっていた。

晴持は大内義隆の甥だが、義隆に男児がないため養嗣子とされていた。教養が高く、知勇に優れ、義隆に大いに気に入られている話は有名だった。次期当主は、陶隆房を凌(しの)ぐ強い権力を持つとも言える。なるほど盲点だったが、いかにして説くのだ。

安舎がこの日初めて、感心したように大きくうなずいた。

「なるほど。一条家の誼(よしみ)を使うわけか」

「ご明察」

鶴姫が首を傾げて下座を見ると、安成が両手を突いて確かめるように言上した。

「晴持公は土佐一条家の出におわし、大祝家、河野家の遠戚ともいえまする」

義隆の姉は一条家に嫁いで晴持を生んだ。一条家を継いだ房基(ふさもと)は晴持の異母兄であった。その房基は豊後大友家の姫の一人を正室としており、河野家の次男通宣(みちのぶ)も同様だ。大友家の姉妹の嫁ぎ先として、晴持とは一条家を挟んで遠戚関係にある。さいわい細川家に対抗する立場も一条家とは共通しており、四国山地に隔てられた一条家と河野家の間には怨恨もない。

「されど、ただ血のつながりだけで晴持殿を説けようか」

「晴持公は和歌に優れ、連歌(れんが)を好まれるとか。されば法楽(ほうらく)連歌を用いまする」

安舎ははたと膝を打ち、明らかに顔色を変えていた。

鶴姫も手ほどきは受けたが、和歌は苦手だった。それでも、歌才を磨くには連歌が有用だと知っている。百韻（ひゃくいん）から万句（まんく）まで、大山祇神社において長年にわたり巻かれてきた膨大な連歌の遺産は、鶴姫には宝の持ち腐れでも、和歌好きの貴公子には垂涎（すいぜん）物だろう。

「……神に奉納されし歌を、政争の具に用いると申すか」

「法楽の際、すでに歌は詠まれ、奉納は済んでおりまする。用いるのはただ、懐紙に書き留められた文字にすぎませぬ。速やかに書写を命じられませ」

何と頼りがいのある男だろう。この間、鶴姫と同じく安成も恋に身を委ねていたはずだ。だが安成は、大三島を守るための策を深く思案していたのだ。

「御簾を上げよ」

鶴姫は驚きを禁じ得なかった。生き神である大祝が家臣、それも陪臣に対し、素顔を見せるのは異例の措置だった。

侍従たちによって御簾が上げられると、平伏する安成に、安舎は「面（おもて）を上げよ」と命じた。

ゆっくりと安成が身を起こすと、安舎がわずかに顔を曇らせたように見えた。

「さすがはわが妹の惚れた、瀬戸内随一の知将よ。よき面構えをしておる」

心が沸き立った。安舎が安成を認めたのだ。

が、次の言葉で、鶴姫は打ちのめされた。

「されど、鶴は大祝家唯一の姫。馬の骨にはやれぬ。そちの生まれを尋ねたい」

鶴姫が避けてきた問いだった。

知りたいが、知ってはならぬ、知る要もないと思ってきた。

「淡州（淡路島）に浮かぶ、名もなき島の漁師の倅でございまする。幼きころ家族を海賊に殺められて後は、諸国を流浪しておりました」

安舎は穴の空くほど安成の顔を見つめていたが、やがて小さくうなずいた。

「大内家との和睦交渉、そちたちに委ねる。見事まとめてみせよ」

鶴姫は兄に満面の笑みを送ったが、安舎はにこりともしなかった。

天文十一年一月十八日、安芸国に吹く穏やかな夕風に殺気を感じるのは、やはり大内家と山陰の雄尼子家との間で、ついに大戦が始まる直前だからか。

それでも鶴姫がいれば、異国の風まで蜜柑の香りを帯びる気がした。

和平交渉の仲立ちをしてくれた名門一条家の顔を立て、大祝に次ぐ最高位である陣代、鶴姫が大祝家の使者となった。軍師の安成もこれに随行した。

今昼、ふたりを乗せた大三島水軍の関船は、案内する二隻の小早船に従いて船溜へ入った。

仁保城は湾に浮かぶ島に築かれた、白井水軍の牙城である。いかに堅固な要塞をこしらえようとも、これほど陸に近ければ、陸の覇者の意向を無視できまい。

「安芸から海を眺めるのは初めてじゃ。本丸からはドンドロ岩が見えるかのう？」

敵城のただ中で、物見遊山客のごとく鶴姫が声を弾ませる。

仁保城と大三島は十五里以上も離れ、島や山をいくつも間に挟んでいる。

「見えるはずがありますまい」

安成は右の肩ごしに振り向き、低い声でたしなめるように答えた。

この数ヵ月でふたりは君臣の間柄をとっくに超えていた。安成の恋にもからかう余裕ができ、短気な鶴姫との間でささいな口論になるときさえあった。

大内家と大祝家は交戦中であり、戦は泥沼化していた。海賊同士の信義も、信頼するに足りぬ。鶴姫と安成さえ討てば、大三島水軍は瓦解する。二度も大内水軍を撃退した敵主従の首を主君に差し出せば、大手柄となるに違いなかった。

白井家臣の案内を受けながら続き、安成は鶴姫を警固するように少し前を歩いた。

鶴姫の後ろを鮫之介が守り、ウツボを始め数名の従者が付き従う。が、いかに一騎当千の四人でも、白井勢のだまし討ちに遭えばひとたまりもなかった。

今回の安芸入りは公式ではない。が、一条家の口添えのある使者を討つ愚か者は、大内家臣にはいないはずだと、信ずるしかなかった。

「大三島の海の色は瑠璃のような紺じゃのに、安芸の海は藍色に見える」

鶴姫が物めずらしそうな顔で海を眺めていた。

「同じ海でござる。今日の日差しのせいにございましょう」

「何じゃ、安成。せっかく異国へ来たというに、腹でも痛いのか？」

「痛いのは腹ではのうて、姫君に同道する家臣の頭でござる」

「そなたの知恵でも話がまとまらぬなら、交渉はそれまで。誰のせいでもなかろう。別の道を探せばよいのじゃ。十回攻めてくるなら、十回打ち払うまで」

鶴姫は悩んだ末に、巫女装束で敵地へ乗り込んだ。弾むように歩き、安成の前へ出る。

本丸の前には、無駄に背だけが高い、平板な顔つきの将がいた。

「白井家臣、児玉三郎次郎にございまする。主ともどもお待ちしておりました」

安成は内心、舌打ちをした。

（まさか家臣に出迎えをさせるとは……）

安成はさっと前に進み出ると、鄭重に挨拶した。児玉は白井家の筆頭家老として名を聞くが、しょせんは大内義隆の陪臣にすぎず、鶴姫よりも格下だった。

かたわらに来た鶴姫が外向きの顔で、しとやかに会釈だけで応じると、児玉は平凡な顔に想像していたとおりの作り笑顔を浮かべた。

「何ともお麗しき姫君かな。瀬戸内一の美姫との噂に、相違はありませぬな。いざ、主のもとへ案内いたしましょう」

くるりと踵を返した児玉の背に、鶴姫が甲高い声を投げた。

「あの出丸からは、大三島を眺められましょうか」

「なるほど。今日の冬晴れなら、黄金山（おうごんざん）から神野山（ごうやさん）が見えるやも知れませぬな」

安成がすかさず同調すると、児玉はゆっくりと振り返った。しばしふたりを見ていたが、やがて口を少し尖らせながらうなずいた。

「さすがは、大内水軍を二度も破りし、若き水将がたにおわすな。和議のいまだ成らぬ今、わが水軍の出丸をご覧いただくには主の諒（りょう）が要り申す。しばし、これにてお待ちを」

「おお、楽しみじゃ。ドンドロ岩が見えるかのう」

鶴姫の整った横顔をちらりと見ると、にっこり微笑み返してきた。安成の恋した姫は、交渉の本質を見極めている。

白井水軍は、大三島水軍に匹敵する武力を持つ瀬戸内水軍の雄だが、今は大内家に服属しており、対等の立場ではない。おまけに大山祇神社直属の水軍はただの海賊とは格が違う。本来は、三島村上水軍がちょうど白井水軍と同格なのだ。その白井家当主が、大山祇神社の陣代を自ら出迎えぬのは大変な非礼に当たる。

だが、大内家は別格の大大名であり、他方、鶴姫も大祝家の当主ではない。引き算をすれば、少なくも鶴姫と白井縫殿助は対等の立場で初対し、交渉に入るべき筋合いだった。

二度敗退したとて、大内家が大祝家に和議を乞うわけではない。それは、伊予側が非公式とはいえ安芸まで出向いたことからも明白だった。縫殿助は筆頭家老に笑顔で出迎えをさせて、優位な立場で交渉に入ろうとしたわけだ。

専守防衛の陣代にとっては本来、仁保城の出丸などに何の関心もないが、鶴姫は出丸見物にかこつけて、婉曲に縫殿助の出迎えを求めた。老練な児玉は鶴姫の意図を察して、妥協案に乗ったわけだ。

大祝家はあくまで対等な同盟の可能性を模索していた。交渉は出だしで決まる。鶴姫は見事に最初の関門を乗り越えた。天真爛漫で深く考えぬように見えて、賢い女性だった。

「惚れ直したか、安成？　馬鹿ではこの先、そなたの妻はつとまらぬゆえは」

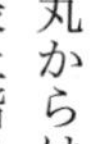

出丸からは大三島が見えないという当たり前の事実を目で確かめた後、鶴姫一行は本丸最上階にある眺めの良い一室に入った。

（この男が、俺と知恵比べをしていた男か……）

安成は鶴姫のやや後方に控え、好敵手、白井縫殿助の顔を改めてしげしげと眺めていた。

人は見かけによらぬものだ。切れる刀ほど、使わぬ限り切れ味がわかりにくい。乱世を見事に渡り歩いてきた謀将は四十も半ばを過ぎた、丸顔に丸い身体をした小太りの将だった。だが、薄い口ひげと笑顔では、額に見え隠れする知謀を隠し切れていない。

「改めまして、ようこそ仁保城へ」

にこやかに微笑んだ丸い将は深々と頭を下げた。警固衆として長いせいか、海賊とは思えぬほど礼儀正しい男である。

白井家はもともと安芸国守護、武田氏の警固衆として陸海の要衝を支配していた。

が、主家の凋落を受けていちはやく大内家へ鞍替えし、今や重臣になりおおせた。

現当主白井縫殿助房胤は、陸海で名の知られた良将であった。世渡り上手で、大内家の宿老陶家の信頼厚く、「房」の通字の使用まで許されている。ウツボの調べによると、他方で将来を見越し、大内晴持の知己を得ていた。融和路線を切り開く橋渡しとして、縫殿助ほどの適任者はいまい。

「昨年の二度にわたる海戦の采配は実にお見事。いやはや完敗でござった」

縫殿助は惜しげない笑みを丸顔に炸裂させた。歴戦の名将が若い敵の二将を手放しで褒めそやすとは、器量も相当なものである。

「完敗とは大仰でござる。白井水軍にはさしたる被害も出なんだご様子」

「逃げ足だけは自慢でき申す。されど、わが手の水将でも、わしと児玉のほか、桑原も矢傷を負い申した。助九郎に松若、菊法、水手の兵衛次郎と小三郎も、負傷してござる」

まさかあれだけの激戦で、戦死者もなく、両手で数えられる程度の負傷者しか出さなかったというのか。

「白井殿は、亡き小原中務丞殿に何度か献策されたものの、聞き入れられなんだとか」

安成が当て推量で鎌をかけてみると、縫殿助が苦笑した。

「さようでござる。確かに、わが策がすべて容れられておれば、鶴姫の武勇、越智殿の知略に一、二度は抗えたやも知れませぬな。何しろ大内水軍は、日本一の大軍でござるゆえ」

「なにゆえ弔い合戦をしなかったのですか？」

鶴姫が直截に問うと、縫殿助は親に叱られる悪童のように首を捻った。

「数こそ多けれど、大内水軍は烏合の衆。鬼鯱が総大将なればこそ、一つになれたのでござる。次は陶隆房公にお出ましいただかぬ限り、まとまりませせぬな」

縫殿助は口先で弱みを見せながら、若き宿将、陶隆房さえ出陣すれば、大内水軍は負けぬとの脅しも忘れていない。海千山千の厄介な交渉相手だ。が、利害が一致し、味方にできれば、これほど頼もしい男もいない。

鶴姫は笑みを絶やさず、堂々と応対していた。縫殿助の人物も見抜いているだろう。


鶴姫は安成の言葉巧みな説得と誘導に舌を巻いた。が、縫殿助の駆け引きと静かな脅しも相当なもので、鶴姫にも十分に摑みきれなかったやりとりがあった。

安成が時勢を説き、両家の利害得失を論ずると、縫殿助は大いに同意して見せ、安成の法楽連歌の秘策を手助けいたすと、自信たっぷりに請け合ってくれた。

「お望みの儀、いちいち承った。実は明後日、厳島神社で尼子攻めの戦勝祈願がござる。すでに晴持公も厳島に入っておられるはず。今宵はこの城にてゆるりとなされ、明朝、お引き合わせいたすが、いかがか?」

鶴姫は肩ごしに軽く振り返って、安成と顔を見合わせた。

自軍の動きと要人の居場所を明かしたのは、それが真実なら、鶴姫主従への信頼の証とみてよい。だが、非公式な交渉を始めた翌日に大国の嗣子と面会できるなど、話がうますぎないか。

「失礼ながら、いかに白井殿といえど、気安く晴持公にお目通りがかなうとは思えませぬが」

「通常なら、むろん無理でござる。されど、大山祇神社の半神の姫君が法楽連歌を持って訪われるなら、話が違い申す。いかがでございましょうな、鶴姫?」

和睦を進める絶好の機会ではないか。大三島を守り、安成と添い遂げるためだ。逃げる理由はない。

「お頼み申し上げます」

鶴姫が即答してから見やると、安成が不安そうな面持ちで鶴姫を見ていた。

◆

「今宵は月が青く見えておるな」

安成は鶴姫に促されて宿所の露台に出た。

高さがあり、潮騒もかすかにしか届かない。

鮫之介、ウツボを始め従者たちは、別の部屋で雑魚寝（ざこね）になるが、鶴姫と安成には、二ノ丸の海側の部屋が一つずつ宛てがわれた。

宴の支度が整うまで、まだ少しの時があった。

鶴姫の隣で、昇り始めた月を見上げる。

言われてみると、海に似た青みを帯びて、どこか優しげに見える月だった。

遠き流浪の地で復仇を誓っていたころの月とは、見え方がまるで違った。恋を祝福するかのように、月影がやわらかくふたりを照らしている。

「いかがなされましたか、姫？」

鶴姫が小刻みに身体を震わせている。泣いているのか。いや、違うようだ。

「……震えが止まらぬ。抱き締めて、くれぬか」

安成は鶴姫の身体をそっと抱き寄せた。

ぞくりとするほどのやわらかさが、安成の身体の前を襲った。鶴姫の大好物の蜜柑の香りがした。この姫の身体は本当に蜜柑でできているのやも知れぬ。

（一年前の俺が見れば、いったい何と言うだろうか。

なぜ俺は仇の娘を腕に抱いて、無上の歓びを感じているのだ？）

だが、いかに頭が咎めだてしようとも、安成の身体が、心が、鶴姫を感じて狂喜していた。本能が求めているのだ。

守り抜きたい、と強く思った。

「安成、そなたは縫殿助をどう見た？」

「したたかに乱世を生き抜いてきた食えぬ策士にて、敵に回すには、ちと厄介な男でござる」

対等に渡り合ったつもりだが、最後の大内晴持との面会の一件は意表を突かれた。

「……わらわは、縫殿助を恐れているわけではないぞ」

「承知しておりまする。姫は神野山のごとく堂々と対しておられました」

「死が、怖いわけでもない」

「ごもっとも。戦で真っ先に敵船へ斬り込む戦姫におわしますれば」

「……それなのに、震えるのはなぜじゃろう？」

伊予水軍随一の勇将とはいえ、鶴姫はまだ十七歳の少女にすぎなかった。大三島の、大山祇神社八百年の命運を背負うには、あまりに小さな身体だった。思い返せば、仁保島に入って以来、精一杯強がっていたのだ。鶴姫の健気さが、愛くるしい。

「姫は陣代として立派に振る舞うべく、気を張り続けておられました。されど、ご安堵召されませ。姫のそばにはずっと、この安成がおりますれば」

「うれしい……。やはり絵馬は効く。わらわは、日本一の男児と、魂の打ち震える恋がしたいと願い、そのとおりになった」

鶴姫は潤んだ双眸（そうぼう）を輝かせていた。つやのある桃色の唇がすぐそばにある。

安成がわずかに顔を近づけると、鶴姫の眼がそっと閉じられた。

――姫。白井様より、宴の用意ができたとの由（よし）。

襖（ふすま）の向こうから聞こえた鮫之介の声で、鶴姫はわれに返ったように身を離した。安成は温もりと同時に、宝物を手放したような気持ちになった。

「半明神が呑んだくれて千鳥足とは、大祝様が見たら、何と叱るであろうな」

宴の果てた後、ふたりはまた、並んで露台へ出た。

安成は呑んでもほとんど変わらぬが、酒に弱い鶴姫は過ごしたらしく、ふらついていた。

「わらわは、かようにはしたないい女じゃ。興醒めしたか、安成？」

鶴姫は明日が怖くてたまらぬのだ。当たり前ではないか。

「大祝家十八万石の命運を、姫ひとりには背負わせませせぬ」

ふらついた鶴姫のなよやかな身体を抱き止めた。

「姫、今宵はもう、お寝(やす)みなされませ」

「いや、そなたとともに月を眺めたい。が、もう立っていられぬゆえ、わらわを抱き上げよ」

安成は鶴姫の背に手を回し、両ひざ裏を抱き上げた。軽い。

すぐそばに鶴姫の上気した顔があった。

「縫殿助は食えぬ男じゃな。あの激戦のなかで、白井水軍では誰も死なんだとは……」

戦場では勝利を得ながら、安成が縫殿助に対し少なからぬ怖れを抱くには、理由があった。二度大敗した大内水軍にあって、白井水軍がほぼ無傷で帰還したのは偶然ではありえない。

「大内水軍の負けは偏(かたよ)っておった様子。われらが完膚なきまでに破った沓屋(くつや)、小野(おの)

山、櫛辺らの水軍はすべて屋代島衆でござる」

「縫殿助は白井水軍を温存しつつ、邪魔な友軍をわれらに撃破させたわけか」

「ご明察。家老の児玉によれば、縫殿助は鬼鯱の策に独り異を唱えていたとか。大内水軍の敗北はかえって縫殿助の声望と白井水軍の武威を高めたともいえましょう」

鶴姫は桃色のおちょぼ口を尖らせた。

「わらわに政略はようわからぬ。伊予は一枚岩ゆえ助かるが」

安成の内心を、どんよりとした鉛色の空のような感情がよぎってゆく。伊予水軍は決して一丸ではなかった。圧倒的な兵力差で敗色濃厚となれば、裏切り者も出よう。

「明日の晴持との対面じゃが、そなたはどう思う？」

安成は苦笑した。鶴姫は相当身分の高い相手でも、平気で呼び捨てにする。

「尼子攻めを前に、小なりとはいえ苦戦した伊予水軍との和は、大内にも利がございまする。晴持公の手柄となるべく膳立てをすれば、縫殿助の功ともなりましょう。利害の一致しておる間は、ともに歩めるはず」

身分の違いを理由に、明日の晴持との面会には、安成の同席が許されなかった。厳島神社までは鶴姫に同行するが、縫殿助と別室で待つ段取りだった。

鶴姫はただひとり、大三島の未来を決める場に臨む。それが、鶴姫が呑み過ごした理由でもあったろう。

まさか由緒ある厳島神社で、神に仕える姫を謀殺したりはすまい。もしやるなら、今宵でもできたはずだった。

鶴姫は頰を朱に染めながら、いくぶんはずかしげに、しかしはっきりと、言ってのけた。

「わらわは、絶対にそなたと夫婦になる」

もしかしたら鶴姫はこのひと言を告げたいがために、弱いくせに酒を呑んだのか。

「明日は大三島のため、われらのため、晴持をうなずかせてみせる」

鶴姫が懸命に作ろうとする笑顔が、安成には愛おしくてならなかった。

***

翌日、越智安成は白井縫殿助と厳島神社の右楽房にいた。

安成は平舞台を挟んで、鶴姫と大内晴持が対面中の左楽房を見やった。朝に会談が始まって一刻が過ぎたが、日が高く昇っても何も動きはなかった。

厳島へ向かう前、仁保城で、安成は少しばかり鶴姫と言い合いになった。

——安成も、生口詣をしたのか？

大三島の東方にある生口島には、めずらしい風習があった。貧しい夫婦が部外の若者に仕事を手伝わせる駄賃として、妻の身を与えるのだ。昨夜の宴会で家老の児玉が話題に上げたのが、鶴姫の心に引っかかっていて、問うたのであろう。

——一、二度……。

短く答えた後、沈黙がよぎってから、嘘を吐けばよかったと後悔した。安成の過去は嘘で塗り固められていた。ならばせめて、嘘の嫌いな鶴姫には、できるかぎり真を言おうと心がけていた。が、裏目に出た。

鶴姫が唇を嚙み締めていた。涙を堪(こら)えているとわかった。そういえば、鶴姫らしからぬおずおずとした問いかけだった。鶴姫は「否」の答えを期待していたに違いなかった。

——姫とお会いする前の話でござる。

取り繕ったが、手遅れだった。

——わらわは、安成が大嫌いじゃ……。

鶴姫の眼から涙がこぼれていた。涙顔を見られたくないのであろう、鶴姫は立ち上がると、露台に出、「下がってよい」と小さな声で命じた。

その後、安成が話しかけても、鶴姫は口をきいてくれなくなった。

鶴姫はそのまま、大内晴持との交渉に臨んでいる。

「落ち着かれぬようじゃな、越智殿？」

白井縫殿助という男は笑った顔のほうが、怒った顔より凄みがあるのではないか。安成の倍以上も生きてきた年輪のせいか、縫殿助に位負けしている気さえした。

「主君と大三島の命運を懸けたご対面にござれば」

大祝家は安成の知略に加え、鶴姫の抜群の武勇、統率力と運で、一時的に薄氷の勝利を収めたにすぎない。大内、尼子、細川、さらには大友という大大名に四方を包囲された苦境に変わりはなかった。この和議は大内家にとって些事（さじ）でも、大祝家にとっては死活問題だった。

縫殿助は穴の空くほど安成を見ていたが、やがて得心したようにうなずいた。

「世には、たぐい稀な美貌を持つ者がたまに出る。貴殿ほどの美男は、ひとりしか知らぬな」

「陶隆房公におわすか」

隆房の美貌はつとに有名である。ゆえに男色を好む大内義隆の寵愛を受けた。

「いかにも。おかげで陶家は今、絶頂期を迎えておる。陶水軍動かば、いかに天下の奇才が知恵を振り絞ろうと、大三島は守れまい」

安成が静かに見返すと、縫殿助は悪びれる様子もなく続けた。

「大内家は金も人も無尽蔵。国力が違いすぎる。第四次大三島合戦が起これば、大祝家は確実に滅ぶ。ゆえに貴殿の献策で神の誇りをかなぐり捨てて、和議の道を探っておるのであろうが。そこで安成殿、物は相談じゃがな」

縫殿助は丸っこい身体を乗り出してきた。

「この和議は必ず成る。われらは盟友となれるわけじゃ。大内家中を見ても、貴殿ほどの切れ者は、わしのほか毛利元就ただひとり。貴殿を敵に回すは厄介よ。されば、この機にわしと手を組まぬか？」

縫殿助の顔に張り付いたような笑みの裏が読めぬ。顔を実に便利に使っている男だった。

「願ってもなき話。大内家の内情を知悉された白井殿とさらにお近づきになれるなら、大三島も安泰でござる」

「そうではない。その若さでこのわしと対等以上に渡り合うた貴殿の知略、わしが御館様に保証しよう。大内家の直参となられよ。越智安成なら、大三島なんぞよりはるかに大きな所領を、その手にできようぞ」

安成は海のただ中に建築されつつある巨大な鳥居へ視線を移した。

大内義隆が最近、権勢を誇るために作らせている代物だ。大山祇神社の一ノ鳥居が子供のように思えた。

鶴姫と恋に落ちる前の安成なら、危険を承知のうえで縫殿助の提案に乗ったに違いなかった。

(お前がこの世で最も欲しい物は何か。富か、力か、地位か、所領か、家臣か、栄誉か……)

どれも、違う。安成は自嘲めいて笑った。心の中で自問に即答する。

(俺はすっかり別人になってしもうた。俺が欲しいのは、鶴姫だけだ)

だが、縫殿助を利用すれば、鶴姫を得て、さらなる高みに登れるはずだ。安成にはそれだけの知略も器量も若さもある。とはいえ、和議の成らぬうちに色気を見せれば、交渉が決裂した後、縫殿助が内応のでっち上げなどに利用するやも知れぬ。のらりくらり、躱(かわ)すか。

海から視線を戻すと、安成は口もとに笑みを作った。

「和議が整いし暁には、主君大祝鶴姫としかと相談の上、白井殿のお力をお借りいたそう」

「相談は無用でござろうな。和議が成れば、鶴姫は貴殿の主ではなくなる」

「何ゆえでござる？」

縫殿助は怪訝そうな顔で安成を見返したが、探るように真顔へ戻した。

「昨日、鶴姫とお会いしてすぐに、わしはこの和議が必ず成ると確信した」

縫殿助は心もち声を潜めた。

「晴持公には、側室が幾人かおわすが、まだ正室がおわさぬ。わけをご承知か？　公は非常な面食いでござってな。大内家の領国一の美姫を正室にしたいと漏らしておわす」

安成の全身に電撃が走った。話を聞かずとも、先が読めた。

大大内家の世子の正室として、身内の娘を輿入れさせられれば、栄達は思いのままだ。大内家臣は目を皿のようにして美女を探し出しては養女にし、晴持に引き合わせてきた。だが、なかなか首を縦に振らぬと、縫殿助は続けた。

大内晴持が秘かに美貌の嫁探しをしている話を、安成は知らなかった。縫殿助は己の立身のために、鶴姫の絶世の美貌を利用する肚に違いなかった。

「晴持公はやんごとなきお家柄。いかに顔立ちが絶品でも、身分が釣り合わねば、正室にはできぬ。ゆえに皆、苦戦しておった」

安成の全身から冷や汗が噴き出してきた。

縫殿助が昨夜の宴でも、ろくに和議条件の下交渉に付き合わず、自信満々に和議成立の見立てを繰り返していた理由が腑に落ちた。

「わしは昨日、領国どころか、日本一(ひのもと)の美姫とお会いした。しかも由緒正しき半明神の姫ぞ。晴持公にとってこれほどの女性(にょしょう)は世におらぬ。必ずや正室となさる。他方、鶴姫におかれても、晴持公の顔を潰してまで、この佳(よ)き輿入れを断る理由もござるまい。この縁組みで、両家は対等の同盟を結ぶ。鶴姫のご器量なら、数代先まで大山祇神社は安泰でござろう」

貴公子の晴持は、半神の美姫を欲しがるに決まっていた。鶴姫が大内家へ輿入れすれば、二十年来、外患に苦しみ続けてきた大三島に、確実な平和と安寧が保証されるのだ。

「されど、陶隆房公は厳島神社さえあれば足るとし、大三島を攻めると公言されておわす。話は簡単でござるまい」

安成は何とか言葉を絞り出した。

この縁組みの話を潰せぬかと必死に考えた。

「それが簡単なのじゃ。わしは隆房公の厚い信を賜っておる。されば、わしの手柄はすなわち陶家の手柄。懸案であった次期当主、晴持公ご正室の縁結びに成功すれば、隆房公は大喜びじゃわい。が、解せぬな。なにゆえかくも簡単な話がこれほど長引いておるのか……」

安成は鶴姫のいる左楽房を見やった。交渉が長引いている理由は、晴持にはあるまい。鶴姫のほうが、和議に抵抗しているからに違いなかった。

安成の脳裏に昨夜、腕の中で「わらわは、絶対にそなたと夫婦になる」と言い切ったときの鶴姫のはずかしげな表情と、生口詣の件で怒ったような泣き顔が、交互によぎった。

荒れ放題の海を、一隻の関船が大三島へ向かっている。

越智安成は関船の屋形のなかで、鶴姫と並んで壁に背をもたせかけていた。百目蠟燭の揺れる灯りで、だんまりを決め込む鶴姫の横顔を見つめている。

昼下がり、大内晴持との長い会談が終わると、鶴姫一行はすぐに厳島神社を後にした。白井縫殿助は悪天候になると言って延泊を勧めたが、鶴姫は「すぐに大三島へ帰る」の一点張りで、日が沈む前に強引に出航した。

案の定、船は嵐に遭遇していた。

晴持との会談結果について、鶴姫は「後で話す」と言ったきり、口をつぐんだままである。

「ご気分が優れませぬか、姫？」

ウツボと鮫之介が屋形の外で水手たちに必死で指図しているが、船は今や何処に向かっているのかさえ、わからなくなっていた。

「わらわの機嫌は最悪じゃ。が、揺れのせいではない」

ふたりとも海に生きる男と女だ。少々の揺れで船酔いはしない。

鶴姫と晴持の会談内容は、縫殿助の話から容易に想像できた。

鶴姫はどう、答えたのか。

「晴持公は、どのようなお人にございましたか？」

「見られぬ顔でもないが、そなたほどの美男ではない。頭も悪うないが、そなたの足元にも及ばぬ。優しげにふるまうが、わらわはもっと優しい男を知っておる。剣ではわらわにとうてい敵（かな）うまいが、それはそなたも同じじゃな。短く言えば、大内晴持とはなかなかよき男なれど、そなたと比べれば話にならぬ。割ってしもうた貝合せの欠片（かけら）のごとき男であった」

気疲れしたのか、鶴姫は身を投げ出すように壁にもたれていて、安成と眼も合わせていない。必死で涙を堪（こら）えているような表情だった。

「大国の後嗣に対し、手厳しゅうございまするな。して、和議の話はいかように？」

鶴姫は右手に小さな神楽鈴を握り締めている。

「法楽連歌には喜んでおった」

「……それだけでは、ございますまい」

「先に結論を言おう。和議は無理じゃ」

やはり鶴姫は恋を選んだのだ。

「されば安成。戻り次第、戦支度をせよ。尼子と結び、大内を叩く。われらには大明神のご加護がある。そなたの知略とわらわの武勇がある限り、伊予水軍は敗けぬ」

言葉こそ威勢はいいが、鶴姫の言葉は湿って重く、弔辞（ちょうじ）のように聞こえた。

大波にぶつかったのか、船がひどく揺れた。

それでも鶴姫は動じない。実に肝の据わった姫だ。船は嵐を避けてすでに何度か、無人島への着岸を試みたが、失敗していた。

「姫が晴持公と長話をされている間、白井殿とじっくり話をいたしました」

「あのまん丸男は、おしゃべりゆえ、苦労したであろう」

「晴持公は和議の条件として、鶴姫の輿入れを提案されたのではありませぬか？」

鶴姫はうつむいたまま、ずいぶん遅れて答えた。

「晴持はのっけから、そんな馬鹿話を持ち出してきた。わらわが輿入れさえすれば、対等な盟約を結ぶと申した。戯れ言もすぎようが」

「悪い話ではありませぬ。大内家のご正室となられれば、富貴も思うがまま。大三島には平和がもたらされましょう。大祝家にとって、これ以上の和議はありますまい」

「……そなた、まさか正気で申しておるのではあるまいな？」

鶴姫は不機嫌をそのまま早口に乗せている。

「今、申し上げたは縫殿助の受け売りなれど、知恵を絞っても反駁(はんばく)ができませぬ。陶の水軍動かば、万に一つの勝ち目もありますまい」

「じゃとしても、かまわぬ」

「ご無体な」

「大三島にとっては最良の和議やも知れぬ。されど、わらわは不幸せになる」

「さようお決めになる必要はありますまい。世には幸せの形も幾つか――」

「わらわとそなたの恋はどうなる？」

鶴姫が初めて安成を見た。

眼には、今にもこぼれ出そうなほど涙が溜まっている。

「身どもも、ずっと思案しておりました。されど、戦に明け暮れる日々が、姫にとって幸せとは思えませぬ。……すでに身どもは姫に命を捧げた身。ならば、姫のためなら、身どもは姫をあきらめられまする」

安成は鶴姫が欲しかった。だが、真に鶴姫を想うなら、和議を潰して大三島を戦乱の渦に巻き込むべきではない。安成の過去を考えれば、鶴姫と結ばれる資格など、もともとなかったのだ。想い人の幸せを願うなら、身を引くべきだ。

どこぞへ流れ、しがない甲冑師をやってもいい。以前の安成なら考えも及ばぬ自己犠牲だが、どうやら恋愛は大きく人を変えるものらしい。鶴姫を失うのは安成にとって死にも等しい。だが今の安成は、鶴姫のためなら、あらゆるものを、恋さえも捨てられた。

「そなたと出会う前なら、わらわは大三島のため、晴持の申し出を受けたであろう。が、わらわにはすでに想い人がいる。その者は抜群の知謀を持つ勇敢な若者でな。ひねくれ者に見えるが違う。優しき心根を持った本物の男じゃ。大内晴持ごときでは、越智安成に遠く及ばぬ」

「身どもはつまらぬ男。姫とは釣り合いませぬ」

このまま鶴姫を一生騙し続けるのか。悪事は必ずいつか露見する道理だ。鶴姫はいつの日か、安成に騙されたと知る。何も知らず、美しいままでこの恋を終えるほうが、たがいにとって幸せではないか。そうすれば、安成は鶴姫の心の中で、今のまま生きられる。

そもそもこの和議を結ぶ以外に大三島を守る方途はなかった。晴持との縁組みが壊れれば、陶水軍がいずれ襲来する。尼子攻めの間は猶予があろうが、戦もいずれ終わる。終わり次第、戦好きの陶隆房は自領に呑み込むべく、大山祇神社に触手を伸ばすだろう。だが、大三島は鶴姫の島だ。鶴姫との恋を育んだ島だ。

「確かに、たかだかこんな話で恋をあきらめるなら、そなたは晴持と同じく、つまらぬ男じゃな。答えよ、安成。わらわはさようにつまらぬ男に恋をしておったのか？」

激しい揺れが、ふたりの会話を途切れさせた。

安成は直接答えず、優しく問い返した。

「姫は晴持公に何と返答なさったのです？」

「わらわは嘘が嫌いじゃ。されば、わが家臣のなかに、添い遂げたい想い人がいると、最初から正直に明かして、はっきりと断った。……その後は、ずっと口説かれておった」

鶴姫は最初から寸毫も迷わず、安成との恋を選んでくれたのだ。

「わらわはそなたが好きじゃ。越智安成以外の誰の妻にもならぬ」

鶴姫の眼から、涙がぶわっと溢れ出した。

安成はすがりついてくる鶴姫を抱き締めた。

可憐すぎる恋人が腕の中で激しく泣いている。

(俺は必ず鶴姫を守り抜いてみせる。天はこの姫を守るために、俺に最高の知略を与えたのだ)

晴持は簡単にあきらめまい。鶴姫を手に入れるために、大三島へ侵攻してくるやも知れぬ。

鶴姫がいよいよ泣きじゃくったとき、関船の天と地がひっくり返った。

十二、謀将の奇策

十三、孤島、ふたり

「安成、生きよ！　死ぬことはまかりならぬぞ！」

鶴姫の甲高い声が遠くに聞こえていた。唇にやわらかい感触がし、口の中に熱く香しい息が吹き込まれてくる。

うっすら目を開くと、間近に鶴姫の泣き腫らした顔があった。

「目覚めたか！　最初は息をしておらなんだゆえ、心配したのじゃ……」

鶴姫の眼から涙が溢れ出た。

昇る陽光のせいで、黄水晶のように煌めいている。

「わらわは初めて口づけなるものをした。感謝いたせ！」

鶴姫は首筋まで真っ赤になりながら、濡れてくっ付いていた身体を離し、視線を逸らした。海を生きる者なら、溺れた人間を蘇生させる方法を知っている。

「……深く、御礼を申し上げまする」

身を起こすと、安成は浜辺にいた。人影はない。ふたりは無人島へ打ち上げられたらしい。

「礼には及ばぬ。そなたがそばにおらねば、わらわはもう生きてゆけぬ」

鶴姫に命を救われねば、安成とて、もう三度くらいは死んでいる計算だ。

関船がひっくり返ったとき、安成は鶴姫を抱きかかえて屋形の外へ逃れ出た。すぐにスマルでふたりの身体を固く結びつけた——。

安成はハッと気付いて、自分の右肩にある古傷へ手をやった。着衣が乱れて、半分ほど露わになっていた。

「すまぬ。隠しておるのは知っていたが、見えてしもうた。そなたが天性の剣才を発揮できぬのは、幼いころに受けたそのひどい傷のせいじゃな。わらわはそなたを傷つけた者が憎い。されど、わらわが一生、そなたの右肩の代わりになってやる」

鶴姫らしい言葉だった。これだけそばにいて、命を助け合っているのだ。ふたりの絆は深まる一方だった。

さいわい昨夜の嵐が嘘だったように空は晴れ渡り、うららかな陽気がふたりを包んでいた。遭難したのが明け方だったのも幸いしたようだ。衣服も乾き始めている。

「これから何とする、安成?」

瀬戸内海には大小三千もの島が散在し、中には小さな無人島も数知れずあった。

安芸灘の小島なら、敵の領海内だ。行き交う船に助けを求めるのは可能だが、和議交渉は内密であるうえ、鶴姫が潰したに近い形になっていた。大内家の警固衆や海賊の船なら、話が面倒になる。三島村上水軍の上乗りする商船が最善だが、辺りに船影はなかった。

「まず、われらがどこにいるかが――」

「斎灘の真ん中にある名もなき孤島じゃ。あの難破船を見よ」

鶴姫の指さす先には、遠く、風雨で古びた人船（客船）が横倒しになっていた。

「わらわはこの島に来た覚えがある。去年の夏、黒鷹に襲われた難破船が漂着しておった。誰も助けられなんだが、宝物の鈴をもろうた」

鶴姫は懐から小さな神楽鈴を大切そうに取り出した。何か困ったことがあると、握るらしい。

話を聞いて、安成の胸が疼いた。

鶴姫の名付けたお鈴とは、昨夏ウツボの提案で襲った人船で、安成が手にかけた童女だった。何という因果か、安成が殺めた無辜の童女を、黒鷹を追っていた鶴姫が看取ってやったのだ。

「大内との和が成れば、そなたとともに海へ繰り出して、お鈴の仇討ちをするつもりじゃった。そなたの知略なら、黒鷹の本拠も突き止められよう。……さて、これより何とする？」

「……すぐに助けが得られるとは限りませぬ。夜の寒さに備える必要もございますれば、この島の様子を確かめて、対処を思案いたしましょう」

「思案はそなたに任せる。参るぞ」

鶴姫は勢いよく立ち上がった。が、すぐ腰砕けになって、砂浜に片膝を突いた。

「腹が減っては、戦どころか、歩けもせぬな」

「されば、姫はこれにてお待ちあれ。目の前は海にて、島には森もある様子。ありあわせの物なれど、食べ物には困らぬはず」

「頼む」と力なくうなずく鶴姫を残して、安成は立ち上がった。

気の早い冬の太陽は、すでに傾き始めようとしている。

鶴姫は安成が見つけた洞窟にいた。安成が器用に火を起こしてくれ、暖も取れた。

「美味じゃ！　なぜ、かくもうまいのじゃ？」

鶴姫は香ばしい鯛の身を骨までしゃぶりつくした。行儀は悪かろうが、咎める者はいない。

「鯛は焼くに限り申す。今宵は米がありませぬが、鯛飯でも、鯛の身の半分は焼いてから入れまする。焼いた皮を載せれば、瀬戸内一の美味のできあがりでござる」

次に鶴姫は、鯛の造りに手を伸ばした。むろん味は塩しかないが、さっき安成が海で捕まえてきた鯛で、鮮度が違う。安成は鶴姫のために色とりどりの檜扇貝（ひおうぎがい）もそろえてくれた。

「ずっとこのまま、ふたりでこの島で暮らしたら、誰か文句を言うじゃろうか」

安成は苦笑するが、鶴姫も夢物語だとわかってはいた。安成がそばにいると、どうしても激しい動悸（どうき）がした。飛び跳ねる心ノ臓の音を聞かれはせぬかと、鶴姫は無駄話を繰り出すのだ。

楽しい一日だった。島には鈴生（すずな）りの蜜柑の木があった。安成が両手いっぱいに持ち帰ってくれた蜜柑を食べ終えるや、鶴姫はすっかり甦（よみがえ）った。

日差しを頼りにふたりで海へ入り、貝を拾って遊んだ。

海から上がった安成の、細身だが引き締まった逞（たくま）しい半裸を見たときは、抱かれてみたいと強い欲情を感じた。やはり自分は女なのだと思い知らされた。鮫之介や水手たちの筋骨逞しい男の裸体は見慣れていて、めずらしくもないが、初めて感じた劣情（れつじょう）だった。下腹が溶岩のように熱くなり、煮えたぎるのだ。

「姫、このヒラタケも悪うありませぬ。まだ召し上がられまするか？」

鶴姫がうなずくと、安成は菜箸がわりに使う枝で、ヒラタケを空貝の小皿に載せてくれた。小さな森の枯れ木に生えていたのをふたりで見つけ、採った茸だ。

「満腹じゃが、まだ食べられる。小さな身体のどこに入るんじゃと、安房の兄上にもようからかわれた。蜜柑なら、一日に百個食べたこともある」

安房の話をすると、安成が寂しげな表情を見せる気がした。恋をして以来、始終ともにあったから、ちょっとした表情の変化でも、鶴姫は気付くようになっていた。

「いつかはすまなんだ、安成。兄上の死はそなたの責めではない。そなたほどの知恵者がいながら戦に負けたのなら、兄上が悪いに決まっておる」

二年をともに過ごした安房は、安成にとっても大切な人間だったに違いない。なのに鶴姫は、兄の死について安成を一方的に責めたてたのだ。

焚き火をいじる安成の顔に深い苦悩がよぎった気がして、努めて明るい声で話題を変えた。

「安成は何でもできるのじゃな。また惚れ直した」

万事、所従任せの鶴姫は、火の起こし方さえろくに知らなかったが、安成は難破船の板や枝、弓の弦、枯れ草などを使って器用に火を起こした。

「料理もできるとは器用な軍師じゃ。安成さえおれば、どこでも生きてゆける」

鶴姫は生まれてこのかた、衣食住に困りもせず、料理をした経験もなかった。

「物作りが好きな性分でござるゆえ。満腹と仰せでしたが、お手が止まりませぬな」

鶴姫は煎海鼠(いりこ)の載った空貝に何度も手を伸ばしていた。

言われていったん手を止めたが、「これほど美味の煎海鼠は初めてじゃ」と、やはり手に取った。

煎海鼠はふつう海鼠(なまこ)の腸(はらわた)を抜いてから、茹(ゆ)でて乾かし、天日干しして作ると聞いていた。

「炙(あぶ)っても美味になりまする。海鼠は冬が旬にござれば」

「そなたの作る食べ物は、なぜこんなに美味なのであろう?」

「料理の要諦は、素材と下ごしらえと味見の三つでござる。手間暇をかけ、この三つを怠らねば、美味を楽しめまする」

獲れたてが常に最高とは限るまいが、たとえば鯛も鮮度が落ちれば、味に雲泥の差が出る。安成がどこぞに消えて腕を振るっていたのは、下ごしらえのためだ。

「わらわでも、味見だけはできそうじゃな」

「姫は手ずから料理されるご身分ではおわしませぬ」

「この先はわからぬぞ。大山祇神社が滅びれば、わらわはただの小娘になる。それが避けられぬ運命なら、わらわは別にかまわぬ。そなたさえ、そばにおればよい。――これが、最後の蜜柑」

安成は居住まいを正すと、鶴姫に向かって両手を突いた。

「姫、大内との和議の一件――」

鶴姫は蜜柑を持った手で鋭く安成を制すると、怖い顔を作った。

「わらわは今、幸せなのじゃ。その話はしばらくするな。機嫌が悪うなるぞ」

「……承知仕りました」

鶴姫はすぐ笑顔に戻ると、薄紫色の檜扇貝を手に取った。

「空貝を食器として使うのはよき考えじゃな。味気ない土器なぞより、ずっとよい。陣代になってから、退屈でならなんだのじゃ」

生き神である大祝は、食器に必ず土器を用い、二度と使い回さない。半明神の陣代もこれにならい、信心深い鶴姫も儀軌を守っていた。が、鶴姫はこの日、笑顔で戒律を破った。

「やはり最後は蜜柑で、締めになさいまするか」

翌日の昼下がり、鶴姫は安成の差し出す蜜柑を取ると、すぐに皮を剝き始めた。

昨夜は洞窟で寝た。安成になら抱かれたいと思った。が、安成は警固のためとして、洞窟奥の風の少ない場所を鶴姫に譲り、自分は入口近くで寝ていた。

だが夜半、鶴姫はうなされている安成の呻き声で一度、目を覚ました。

ふだん沈着冷静な安成の端正な顔が苦悶（くもん）に歪む様子を、月明かりに初めて見た。鶴姫はそっと安成の手を自分の胸に押し当て、抱き締めた。やがて安成は、安らかな寝息を立て始めた。

鶴姫はいくらでも過去を語るが、安成は現在と未来しか話題にしなかった。

好きになった男の過去を知りたいとは思う。だが、辛い過去に違いない。ともに苦しんでやりたかった。むろん語りたくないなら、一生知らずにいてもよい。

「安成、わらわはひと晩考えて、この島に名前をつけた。何かわかるか？」

鶴姫が挑むように見ると、安成はしばし鶴姫を見ていたが、得心したようにうなずいた。

「蜜柑島、にございまするな？」

鶴姫が吹き出すと、安成も笑った。

「そなたにもわからぬことがあるのじゃな。わらわはまじめに考えた。白鷺島（しらさぎじま）じゃ」

二百六十年ほど昔、元寇に際し、同族の英雄、河野通有（みちあり）は大山祇神社に必勝を祈願して出陣するも、苦戦した。そのとき沖から一本の矢をくわえた白鷺が現れ、敵の大将船へ導いてくれたという。おかげで通有は勝利を得た。この故事に因（ちな）んだわけだ。

今朝がた、海でちょっとした事故があった。

ふたり浅瀬で遊ぶうち、鶴姫が死んだ権瑞（ごんずい）を踏んでしまったらしい。権瑞は体こそ指一本ほどの小魚だが、ひれに強い毒棘（どくきょく）を持っている。鶴姫の左足の裏を突然、激痛が襲った。悲鳴こそ上げぬが、鶴姫は足を抱えてその場にうずくまった。

安成は急ぎ鶴姫を抱きかかえて浜へ上がり、大岩の上に鶴姫を座らせた。

鶴姫の土踏まずと指の付け根に毒棘が刺さっていた。安成は毒針を器用に抜いた。さらに、蹠（あなうら）の二ヵ所の傷口から毒を吸い出してくれた。安成は何度も鶴姫の蹠に口を当てては、鶴姫の血を吸った。

自分に跪（ひざまず）くような姿勢で蹠に接吻を続ける安成の姿を、鶴姫は貴いと思った。

他人の足裏を舐（な）めるなど、とてもできぬ。だがすぐに鶴姫は、安成に対してなら自分もできると気付いた。

安成の唇が蹠に当たるたび、痛みが和らぐ気がした。熱めの湯が解毒に効くと安成は言い、湯を沸かして傷口を温めてくれると、ずいぶん痛みが引いた。

鶴姫は足に残る痛みを言い訳にして、移動するにも、安成に横抱きしてもらった。

きっと安成もそうしたいに違いないと、鶴姫は確信していた。

また、安成と目が合った。

「退屈じゃな、安成。誰ぞが助けに参るまで、貝合せでもせぬか？」

無駄な言葉を紡ぎ、何かで障害を作らないと、ふたりの間はもう、距離を保てなくなっている。

鶴姫は砂に埋(うず)められた安成の左腕を注視していた。

砂の中から迷いなく取り出された手には、紫の檜扇貝があった。安成は右手に持っていた貝とともに鶴姫に渡してきた。合わせると、ぴったりだ。空貝(うつせがい)の合う合わぬは相手に判断させる。安成はすでに次の貝を選んでいた。

「ずるいぞ、安成。なぜわかる？　そなたなら、松に勝てるやも知れぬな」

本物の貝合せのように絵などは描かれていない。鶴姫が遊び方を決めた。

昨日来、茹でて食べた五十対の瀬戸貝、檜扇貝、蛤(はまぐり)の貝殻などを砂浜に埋め、手探りで取ってゆく。合えばもう一度選べるが、合わねば埋め戻し、相手の番となる。多い枚数を取ったほうが勝ち、という単純な遊びだった。

たいてい最初は鶴姫が優勢なのだが、中盤からは必ず逆転された。安成は悔しいほど連続で当ててゆき、一気に二十対ほど連取する。

「主君を相手に勝つとは、無礼な家臣じゃ」

鶴姫は直感で選ぶ。それなりの割合で的中するのだが、安成のやり方はどうも違うようだ。

「安成、教えよ。なぜそなたはいつも、わらわに勝つ？」

「どこにどの貝があるか、覚えておるだけでござる」

「そなたは百枚の貝の場所をすべて覚えられるのか？」

すでに掘り返した穴に手を入れてしまうとお手つきになるから、取り去った場所を覚えねばならない。埋め戻しはどの穴に入れてもいいから、貝のある場所は常に変わる決まりだ。

「一度見れば、おおよそは」

涼しい顔で答える安成が、負けず嫌いの鶴姫には小憎らしかった。

「大きな貝は海のほう、暗い色の貝は右のほうになどと、順番を決めて埋め直してござる。姫のお気に入りの貝は必ず姫の近くに埋め戻されるゆえ、わかりまする……お、不覚を取りましたな」

穴に入れた安成の手からは、乾いた浜砂がこぼれ落ちただけだ。

貝を埋め戻していない穴だ。

「やったぞ！　わらわの勝ちじゃ！　最後の一対をわらわはしかと覚えておる」

間違いは許されぬ。鶴姫は胸をどきどきさせながら、覚えていた穴から青みがかった檜扇貝を二つ取った。鶴姫が一番気に入っている貝だ。はたと気付いた。

「わざと負けたな、安成？」

安成は頭を下げながら、苦笑した。

「姫は勝つまでおやめにならぬご気性とわかりましたゆえ」

「悔しい。いったいそなたの頭の中はどうなっておるんじゃ？」

「それは身どもがお返ししたい言葉。姫ほど勘の鋭いお人は初めてでござる。序盤は絶対に勝てませせぬ」

安成が優しく笑う。いつもある顔の蔭りも薄らいで、楽しそうに見えた。

わずかな呆れを含んだような安成の笑顔が、鶴姫は大好きだった。

「貝合せなぞ、ただ空貝(うつせがい)を揃えるだけのくだらぬ遊びじゃと思うておったが、こんなに楽しいとは知らなんだ」

いや、鶴姫は貝合せではなく、安成とのやりとりを楽しんでいるのだ。

鶴姫のこれまでの人生で、これほどに幸せなひとときがあったろうか。それを、瀬戸内の孤島で、助けを待つ身で味わえるとは……。

そうだ。鶴姫の幸せには、安成さえいれば、他に何も必要ないのだ。


安成は白い手に付いた砂を払う鶴姫のしぐさを見ていた。あらゆる行為が愛おしい。今朝、安成は鶴姫の蹠に何度も口付けをしたが、屈辱など毫も感じなかった。むしろ半明神に献身する歓喜と甘美な官能さえ覚えていた。

「のう、安成。ずっと昔に、そなたと会うたことはないか？」

あるはずだ。鶴姫は今張で暮らしていたが、神事でしばしば大三島を訪れた。安成の記憶にも当時三、四歳の鶴姫の残像があった。兄からは、あの幼い姫が将来、お前の嫁御になるのだと耳元で囁かれたものだ。

「以前、ウツボに連れられて、大山祇神社に参詣した覚えがございまする。その際、巫女をお務めであった姫とお会いしたのやも知れませぬ」

「ウツボは便利だが、変わった男じゃな」

「海賊に身内を殺されてから、身寄りのない子らを集め、海の男に育て始めたとか」

物は言いようだが、半分は本当だった。

「わらわの勘じゃが……ウツボを本当に信じてもよいのか？」

「長き腐れ縁なれど、信の置ける男にて。ご安堵召されませ」

ウツボに裏切られたときは安成が死ぬときだろう。二人の人生は切り離せぬほどに絡まり合って久しかった。

「そなたがさように申すなら、わらわも信じよう」

安成は虚偽の言葉で答えを固めているのに、鶴姫は安成を心底信じきっている。

「のう、安成。恋は、貝合せに似ておらぬか？」

言葉の意味をすぐに解しかねて、安成は空貝を集めながら、言葉の続きを待った。

「男と女は運命がいったん引き離した相手を、一生かけて追い求めようとする。空貝は世に無数にあれど、真に重なり合える相手はたったひとつしかない」

なるほど二枚貝は運命に引き裂かれて、ふたつの空貝となるわけか。

「番いの空貝が再会するのは、神が起こす奇跡なのやも知れぬ。そなたとは出会うてからまだ半年あまり。親しく言葉を交わし始めてからまだ数ヵ月じゃが、わかる」

鶴姫は視線を澄み渡る空に向けて、続けた。

「わらわは番いとなれる、たったひとつの空貝に再会できた」

安成にとって鶴姫は、この世で唯一の番いの空貝に違いない。だが、再会する前に安成の空貝はひどく汚れ、傷ついていた。

「いま一度、貝合わせじゃ。真剣勝負ぞ」

「寒うなってきたな、安成」

貝合せに興じるうち、夜が近づいてきた。自然、ふたりの距離は近い。鶴姫はすぐそばに安成の身体の温もりを感じた。

「そなたは、本当は甲冑師になりたいと言うておったな？」

「ただの夢物語にござる」

「もしも乱世が終わって、明けても暮れても平和な世が来たら、軍師はもちろん、甲冑師の仕事も減るぞ。いかにして生計（たつき）を立てる？　わらわは戦以外に何も取り柄のない女子ゆえ、役には立たぬが」

「思案してござるが、笑われますゆえ、言いとうありませぬ」

「いやにもったいぶるではないか。笑わぬゆえ、申せ。陣代の命令じゃ」

「されば……鈴を作りたいと」

鶴姫は神事で用いる神楽鈴を思い浮かべた。いつも済ました顔で落ち着き払った安成が、出来具合いを確かめるべく、ジャラジャラ神楽鈴を鳴らす姿を想像してみた。

（似合わぬ）

鶴姫が覚えず吹き出すと、安成が怒ったように口を尖らせた。

「笑わぬ約束ではございませなんだか」

「すまぬ。赦せ、安成。けして馬鹿にしたのではない。わが水軍の誇る知将が抱く野望にしてはつつましやかで、可愛らしかったからじゃ。されど、そなたもわらわにぞっこんなのじゃな。取って付けたように鈴作りとは、先だってお鈴の話をしたからであろう」

「姫のお話で決心した話なれど、ただの思いつきではありませぬ」

安成は懐に手を入れると、巾着を取り出して開いた。中から出てきたのは、煌(きら)めくような銀色の鈴である。

安成の掌に載せられた鈴に、鶴姫が感嘆の声を上げた。

「こんな形の鈴は初めて見た。花が咲くように裾が開いておる」

「昔、備前(びぜん)の刀鍛冶(かじ)より譲り受けし、この世でただひとつの鈴。刀より鈴が好きで、閑(ひま)さえあれば鈴を作る変わった鍛冶でござった」

安成が軽く揺らすと、夕暮れの無人島で、涼やかな鈴の音(ね)が辺りに満ちた。

「なんて、きれいな音……」

安成は黒鷹の悪行を終えた後、偽善と知りつつ、無辜の死者たちのために弔いの鈴を鳴らしてきた。いつもと同じはずの冷たい響きが慰めに聞こえるのは、鶴姫がそばにいるせいだ。

「職人の気持ちひとつで、鉄は刀にもなれば、鈴にもなり申す。姫とお会いして、乱世に仆(たお)れし霊たちを弔う鈴を、世に鳴り響かせたいと願うようになりました」

「よき願いじゃ。わらわも鳴らしてみたい」

鶴姫は差し出された鈴を受け取ると、目を瞑って鳴らし始めた。

心を洗う優しげな音が安成の耳をくすぐる。

安成は己の過去を消し去りたかった。それが叶わぬ以上、せめて今からでも生まれ変われぬものか。鶴姫さえいれば、できるはずだ。

「安成はこれを作った刀鍛冶に弟子入りしたいのか？」

「あいにく、その御仁は、黒鷹なる海賊に襲われて命を落としました」

そうだ。安成が襲った船に乗り合わせていた。あれだけ頻繁に襲っていたのだ。備前の住人が、黒鷹の狙う船に乗っていてもおかしくはなかった。無口な刀鍛冶は昔、鈴を渡した少年が長じて海賊となって自分を襲い、自分の作った鈴で弔われる運命など考えもしなかったろう。

ろう」

「黒鷹めは最近現れぬな。雷に撃たれたか、そうでなくとも、必ずや天罰が下っておろう」

そのとおりだ。安成は想い人に素性さえ明かせず、己を苛(さいな)みながら罪深い過去を悔やみ、隠し続けねばならぬ。己の過去に怯えるとは、実に過酷な天罰だ。

「安成、頼みがある。この鈴を、わらわの宝物と交換してはくれぬか？」

鶴姫が差し出した手には小さな神楽鈴が載っていた。

「鈴の音が気に入っただけではない。これさえあれば、いつでもそなたに会える気がする。お鈴はもう、わらわの中で生きておるゆえ、そなたに預けたい」

「かしこまりました。身どももこの神楽鈴を姫と想いましょう」

鶴姫は嬉しそうに銀の鈴を手に取った。

日が暮れ、安成と鶴姫は洞窟の入口付近に起こした焚き火を見つめている。炎の揺らめく音が聞こえるほどの静けさで、夜の島が覆われている。

安成がかたわらの鶴姫に向かって両手を突くと、鶴姫が眼光鋭く機先を制した。

「また大内の話か。不愉快じゃ。控えよ、安成」

「おそれながら、大三島のゆくすえを決める大事なれば——」

「安成、なぜひとつと限る？　わらわは恋も大三島も選ぶ。そう決めた」

船では別人のように泣きじゃくっていたが、鶴姫は吹っ切ったらしい。

「晴持は大三島を攻めて、わらわを連れ去るとまで脅しおった。尼子の月山富田城を落として凱旋してから、大祝家へ正式に申入れをするそうじゃ。気が変わればいつでも知らせてくれとも頼んでおったがな」

高飛車な鶴姫に晴持は面食らったはずだが、ひと目惚れして求婚したのだろう。

「知っておろうが、わらわは頑固者じゃ。決意は変わらぬ。そなたが何と言おうと、無理やりにでもそなたと添い遂げる。昔からわらわに二言はない。兄上にもさよう報告する。されば――」

半神の姫は堂々と言ってのけた。

「陣代として、家臣たる越智安成に命ずる。わらわと夫婦になれ」

戦に臨むときの鶴姫の顔だった。本気だ。安成はこれほどに鶴姫に想われている。何を弱気になっていたのだ。越智安成は瀬戸内随一の知将ではないか。妻となる鶴姫とともに大三島を守ればよいのだ。怖れず、戦い抜けばよい。

「はっ。謹んで、陣代のご命令に従いまする」

安成は恋する主君に向かい、両手を突いて平伏した。

「晴持はわらわを奪うために必ず攻めて参る。されば、命令の続きじゃ。山陰の尼子、豊後の大友と手を組み、大内を滅ぼす。そなたは、そのための策を考えよ。尼子攻めの間は猶予がある。その間に大三島水軍を増強して、再侵攻に備える。もともとそなたの献策なくば、和議の話もなかった。今までと何も状況は変わらぬ。むしろ懸案はそなたの妻じゃ」

鶴姫は初めて安成から視線をそらした。

「安成。……星を見ながら、話したい」

促されるまま洞窟から出て、並んで星空を見上げた。

「磯と申したな。不憫なれど、離縁してもらわねばならぬ」

「その儀はご懸念に及びませぬ。言って聞かせれば、わかる女にございますれば」

一歳下の磯はもともとウツボの育てた黒鷹のひとりだ。薬売りの孫娘との触れ込みで、先んじて越智家に潜り込ませていた間者だった。主君である安成の命なら、否も応もない。

「通重とは喧嘩仲間じゃが、あの爺と磯には、わらわからきちんと頭を下げて、そなたをもらい受けに行く。非は、妻ある家臣に恋をしてしまうたわらわにある。大祝家として、あたう限りの償いもしよう。当然の話じゃ」

裏表のない鶴姫の真っ正直さは、安成と裏返しだった。

「祝言は五月とする。大三島を覆う蜜柑の花の香りに包まれて、わらわはそなたの妻となりたい。異存、あるまいな？」

「良きお考えと存じまする」

「加えてひとつ、命じておく。夫婦となるからには、そなたはわらわだけのものじゃ。側室を持つことは金輪際許さぬ。万が一、他の女に懸想なぞすれば、手討ちにする。よいな？」

「はっ」

「今ひとつ、命令じゃ。冷えて参った。寒いゆえ、わらわを抱き締めよ」


「姫、なにゆえ泣かれまする？」

たがいの身体が触れ合う部分だけ、温もりがあった。

「幸せでたまらぬ時にも、人は涙が出るのじゃな。何もかも捨てて……わらわは誰にも邪魔をされず、ずっとこの島で、そなたとふたりきりで、いたい」

昨夜、洞窟の奥でやすらかな寝息を立てる鶴姫に対し、安成はむろん欲望を覚えはした。鶴姫との恋が始まってから、あらゆる女が浅ましく見えた。鶴姫は安成にとって、最高に神聖な存在だった。鶴姫に感じた己の劣情に対し、女神を犯すような罪深い恐れを抱いた。初めての経験だった。

安成の目の前には、月影に映えて、恋する女の輝く瞳とつややかな唇があった。

恥ずかしげに、鶴姫が眼を閉じた。

顔を近づけると、安成の唇に、鶴姫の熱い息がかかった。

安成は吸い込まれるように唇を近づける。唇と唇がまさに触れ合おうとしたとき、鶴姫が腕の中でびくりと身体を震わせた。

あわてて身を引くと、安成は片膝を突いて頭を下げた。

「お赦しくださいませ」

「か、かまわぬ。続けよ、安成」

おそるおそる顔を上げると、鶴姫は首筋まで真っ赤になっていた。

「わらわに口づけをするのであろうが。苦しゅうないと申しておる」

「……されど」

「馴れておらぬゆえ戸惑っただけ。何度も同じことを言わせるな。命令じゃ」

「されば」と安成はもう一度、なよやかな女の身体を腕の中に抱き締めた。

顔を近づけると、鶴姫は長い睫毛を数度しばたたかせてから、瞼を閉じた。ためらいがちに唇を重ねると、今度は鶴姫らしい潔さで応じてきた。

数口だけ味わうと、鶴姫は体を離した。

「大儀であった。下がってよい」

鶴姫は背を向けたまま小声で告げ、洞窟の奥へ入っていった。


翌日の朝餉(あさげ)を終えたころ、来島村上水軍の三島神紋流旗が沖合に見えた。

小早船の舳先に立って必死で手を振る村上通康のひげ面を見たとき、鶴姫は至福の三日間の終わりを知った。

十四、四人目の彦三郎

天文十一年五月、大三島には白い蜜柑の花が咲き乱れている。

越智家の居城、小海城の夕風にも、甘い匂いが混じっていた。

越智安成は明後日、鶴姫と大山祇神社の遥拝殿で祝言を挙げ、大祝安成と名乗る。陣代は鶴姫のままで、夫婦として台城（うてな）に住まう段取りになっていた。鶴姫の揺るがぬ決意に、大祝安舎も折れて、安成との婚姻を認めた形である。

大内家は尼子家の月山富田城を攻めあぐねていた。伊予側は尼子びいきの村上尚吉を通じて、尼子との同盟の話を秘かに進めてきたが、事は簡単でなかった。大内傘下の毛利家の脅威が因島の至近にあるため、因島衆には尼子との同盟に難色を示す水将もいた。

鶴姫と安成は大三島の砦を増強し、兵船を築造し、将兵を鍛錬した。来る大内水軍の襲来に備えて忙しい日々を送りながら、常にともにあった。

今まさに、ふたりの育んできた大輪の恋花が咲こうとしている。

蜜柑の花の香りに鶴姫を想いながら、安成が夕暮れの海を眺めていると、背後で衣（きぬ）

擦れの音がした。振り返ると、腰巻姿の磯がいた。打掛けは地味な裏模様の翡翠色で、白地の上品な間着の上に細帯を結び垂らしている。

本来なら、もっと早くに別れるべきであった。が、婿養子の越智家に離縁されれば、安成の姓も身分も宙に浮く。磯の願いもあって、祝言ぎりぎりまで離縁を待ったのである。

「お前には世話になった。済まぬと思うておる」

口先だけの空疎な言葉を投げかけた後、安成の心もさすがに痛んだ。ふだん磯は今張の越智家の屋敷にいて、会う機会も数えるほどだった。

「どうかお気になさいませぬよう。されど最後の日を、大切にできればと……」

あらためて見ると、磯は念入りに化粧を施し、清楚に身だしなみを整えていた。出自は卑しくとも、磯は地道な努力を重ね、武家の嫁として遜色ない起居ふるまいを身に付けた。

「きれいだ、磯」

嘘ではなかった。譬えれば白昼の星のような美か。鶴姫にさえ出会わねば、磯がそのまま室であっても、安成には別段、不満がなかった。

磯は宝物でももらったように嬉しそうな表情をして、顔を朱に染めている。

恋心を抱いた憶えはないが、磯を嫌いではなかった。たまに気が向けば抱きもしたが、磯に情が移らぬよう子も作らなかった。堕ろさせたこともある。磯は配下にすぎず、安成の野望が成った暁に褒美は与えても、縁を切るであろう使い捨ての道具だった。

磯は安成に向かい、恭しく三ツ指を突いた。

「親爺どの（ウツボ）に育てられし黒鷹の一人なれど、わたくしも女です。ずっと昔から若さまをお慕いしておりました。恋してはならぬと知りながら、お情けを受けるうち、仮初めとは申せ、若さまの妻である至福を味おうてしまいました。されば、おそばでなくとも構いませぬ。たとえ年に一度だにお会いできずとも、決して文句は申しませぬ。どこぞの島に置いていただくわけには参りませぬでしょうか」

知らなかった。磯の恋心など、考えもしなかった。安成はずっと復讐の炎に心を委ね、鶴姫と出会ってからは恋に身を焦がしていた。安成にとって、磯には気の利いた酒くらいの値打ちしかなかった。

「それはかなわぬと言うたはずだぞ、磯。俺はもう、お前とは会えぬ」

安成は努めて優しく諭した。己の踏み台でしかない女に、心底済まぬと思った。

「……かしこまりました。されば、形ばかりで構いませぬ。今宵、最後のひとときだけ、妻として、お情けを賜りとう存じます」

そういえば、鶴姫との恋を始めてから、磯を抱いていなかった。いや、抱けなかった。

「一生の思い出に、せめて一夜だけ……そうすれば、わたくしもあきらめられます」

そっと立ち上がった磯が細帯を外すと、腰の打掛けがはらりと落ちた。そのまま間着（あいぎ）の帯を解いてゆく。安成は止めなかった。やがて、女の白い肌がすっかり露わになった。もともと嫌いな女ではない。強い劣情を、安成は覚えた。

すがりついてくる女を抱き寄せたとき、鶴姫の笑顔と怒った顔が交互に浮かんだ。

鶴姫の真心に応えねばならぬ。安成は磯の身体を押し返した。

「そなたにはすまぬと思うておる。が、今日は、寝（やす）め」

磯には明日がなかった。明日はもう、安成はこの城にいない。

「……なにゆえに、ございまするか？」

磯が両の眼に涙を浮かべ、あられもない姿で、安成を見つめていた。

ばかな話だ。今ごろになって、磯と好き合っていたのだとわかった。

「控えよ、磯」

磯は両手を突き、安成に向かって平伏した。

「……ご無礼、つかまつりました」

急ぎ衣を身に付けて磯が去った後には、小さな涙の水溜まりができていた。

安成の野望の踏み台となり、捨て石となって人生を終える女だ。

不憫だった。磯は何のためにこの世に生を享(う)けたのか。

虚飾の夫婦であっても、磯は夫の安成に真を尽くした。妻としての磯に、ただのひとつも落ち度は見当たらなかった。何事にも文句ひとつ言わず、いかなるときも安成の力となった。忠実な配下であり、妻だった。

安成は左手で小太刀を取ると、ひとり自嘲めいて笑った。

磯は不要になった。安成の素性を知る磯は危険だ。以前の安成なら、とうに磯を殺していたはずだった。

だが、真っ正直な鶴姫が、明日この城へ頭を下げて安成をもらい受けに来る。それまで磯を生かしておかねば不審がられる。磯の殺害を知れば、鶴姫は激怒しよう。

安成は鶴姫と恋をしてから、変わった。無辜の命を己が手で奪えなくなった。山陰へ諜報に出たウツボが戻り次第、磯は始末される手筈だった。

だが、磯なら信じてもよいのではないか。ウツボに諮(はか)り、生かしておく手立てはないか。

いや、だめだ。最後にはウツボを含め、黒鷹を全員始末して、安成の過去を書き換えねばならぬ。そうすれば安成はもう、悪行に手を染める必要もなくなるのだ。

台城の一室は、海風のせいで、蜜柑の花よりも潮の匂いがした。長い日が暮れようとしている。

「わらわの恋は今、四番貝じゃな」

独り言だと取ったのか、松は返事をしなかった。何やらそわそわしているが、安成との結婚はもう明後日だ。反対なのは知っているが、あきらめの悪い女だ。

大三島水軍は出陣にあたり、五つの法螺貝で、段取りを指図する。

一番貝を聞いた水手たちは、水と兵糧を船に積み込む。

待ちに待った二番貝で、腹ごしらえだ。

三番貝の合図で、船は一斉に碇を上げる。

ほどなく聞こえてくる四番貝で、水手たちはめいめい艪を取るのだ。

五番貝が高らかに鳴ると、ついに出陣である。

船団は次々と岸を離れ、戦場へと向かう。

鶴姫の恋が実り、安成とともに船出する五番貝まで、あとひと息だった。

——失礼仕ります。

侍女から文を受け取った松が、ひとり嬉しそうな顔をした。

「姫！　大内晴持公から、恋文が届きました。これで五通目にございまする！」

「またか。あれほど厭じゃと言うたのに、粘り強さだけは誉めてつかわそう」

「香を焚きしめておられまする。白檀でしょうか」

「わらわは蜜柑の香りのほうが好きじゃ」

松が両手で差し出してくる晴持の文を、鶴姫は片手で押し返した。大内をすぐに敵に回さずともよい。晴持には、どうとでも読めるあいまいな手紙を返してきた。

「戦陣にあっても、なお姫を思われる恋心、本物なのではありませぬか？」

「今さら何を申すか。わらわは明後日にはもう、大祝安成殿の妻となっておるのじゃぞ」

「姫、言いとうありませぬが、先日、磯殿とお会いしました。実によき妻でいらっしゃいます。松は磯殿が不憫でなりませぬ」

「わらわの非は認める。磯には一生、不便な思いをさせぬ」

「安成様と夫婦になられても、大三島は何も得られませぬが、姫が大内家に輿入れされれば、大三島は永遠なる安寧を得られまする」

「それは違うぞ。安成はもう、わらわなしでは生きられぬ。わらわとて同じ。されば、ふたりの仲を引き裂けば、大祝家は無敗の陣代と天下の名軍師を同時に失う羽目となる。後は松が大三島を守ってくれるのか？」

松は晴持の手紙を手に黙っていたが、やがて意を決したように鶴姫を見た。

「十二年前、恋に破れてよりこのかた、私はただ姫の幸せのみを願って、生きて参りました」

しつこさには辟易するが、鶴姫も、松の善意に疑いなど抱いていない。

「お前の想い人は今、どこで何をしておる？」

「今まさに天から、私を手助けしてくれているはずです」

死別したわけか。語りたくない事情があるのだろう。

「お前のぶんまで、わらわは幸せになる。長生きせよ、松」

「姫を幸せにするためなら、私は手立てを選びませぬ。祝言はおやめなされませ」

「気でも触れたか、松。たとえ大内晴持が大軍で攻め寄せようと、わらわの安成への真心は永遠に変わらぬ」

「姫は、安成様を誤解なさっておいでです。どうあっても、お取りやめいただけませぬか？」

「当たり前じゃ！　下がれ、松！」

意外にも、松は目に涙を溜めていた。黙って両手を突くと、去った。

鶴姫は寂しげな松の背に向かい、「つむじは曲げても、祝言は一度きりじゃ。顔を出すのじゃぞ」と声を投げた。

翌日の昼下がり、越智安成は小海城の露台から街道を眺めていた。

早朝からは遥拝殿で、明日の祝言の予行をした。盃事(さかずきごと)までは花嫁の白装束姿を見せない習慣だが、鶴姫は肌着から上着まですべて真っ白で婚礼に臨むらしい。

もうすぐ鶴姫が、安成をもらい受けにこの城へ来る。その後、安成は鶴姫とともに小海城を去り、ふたりして台城(うてな)に入る。

台城では、明日の挙式の予祝(よしゅく)が準備されているはずだった。

大祝安舎(やすおく)、来島の村上通康、因島の村上尚吉はもちろん、河野家重臣など伊予水軍の諸将が、明日の祝言に出席すべく大三島に集まりつつあった。

明日にはもうふたりは夫婦なのだ。鶴姫のいう五番貝だ。安成の心が浮き立った。

「安成殿、磯を知りませぬかな?」

振り返ると、口を尖らせた老将がいた。磯をわが子のように可愛がっていた通重は、この祝言にひどく気落ちしていたが、安舎に諭(さと)されて、何とかあきらめをつけた様子だった。

「身どもは先ほど台より戻ったばかりなれど、顔を見ませぬな」

「山桜の花を姫にお見せしたいと言い残して、城を出たようでござるが……」

心がざわついた。何のつもりだ。まさか枯れ花を主筋に差し出すはずもないが、明日の山なら山桜はまだ散ってはいないのか。

安成は街道に目をやった。

鶴姫らしく騎馬で乗りつけるはずだ。供は鮫之介ひとりだろう。

だが、やがて慌ただしい馬蹄の音とともに安成の目に入ったのは、鶴姫ではなかった。鮫之介を先頭に、十数騎の騎馬隊が向かってくる。鮫之介が城門で家人に預けた馬が、不吉を告げるようにけたたましく嘶いた。


「何の冗談じゃ!?　鮫之介！」

鶴姫はわれを忘れ、鮫之介に向かって絶叫した。

ちょうど試着中で、身には真っ白な婚礼衣裳をまとっている。

「この鮫之介、姫に戯れ言を申し上げた覚えは一度もございませぬ」

謀叛の疑いで越智安成が捕縛された。大祝安舎の命令で鮫之介が実行したという。

謀叛なら、死罪は免れない。

「安成に二心なぞあろうはずがない！　明日、わらわと夫婦になる身じゃぞ！　敵の離間の計に騙されるな！　いったい何の嫌疑で、兄上は謀叛なぞと騒いでおるのじゃ!?」

鶴姫の金切り声に、鮫之介はうつむいたままで答えた。

「先の陣代、安房公の謀殺、並びに、安高公毒殺の疑いでござる」

鶴姫は絶句していたが、壁の刀掛けから薙刀（なぎなた）をひっ摑むと、「馬、引けい！」と叫んだ。

「たとえ生き神とて、容赦はいたしませぬぞ！　わらわの安成を返しなされ！」

大山祇神社の斎館に荒々しく踏み込んだ鶴姫は、潔斎中の兄の背に向かって薙刀を突きつけた。下馬もせず、鳥居を馬で駆け抜けた経験は初めてだった。

安舎（やすおく）は動ずる風もなく、やおら向き直ると、鶴姫を手招きした。

「わらわは本気じゃ！」

「お前の気性はわかっておる。安成にも会うがよかろう。されどその前に、余の話を聞け」

鶴姫は神前の間に上がり、音を立てて薙刀をすぐ脇に置くと、安舎と対峙した。

「大三島を守ったのは安成じゃ。わらわは何度も命を救われた。ふたりは心から愛し合うておる。兄上は安成を何も知らぬ！」

「あの男を知らぬのは、お前のほうじゃ。安成の素性を――」

「卑しい出自がそれほどにお厭か？　大祝家の血の何が貴いのじゃ？　ああ、血のゆえに想い人と結ばれぬのなら、この身体に流れる血を全部、入れ替えてしまいたい！」

鶴姫の絶叫に、安舎がうなずきながら応じた。

「余も、大祝家の呪われし血に苦しめられてきた。祝彦三郎の血を引くわれらは、南家の血筋。されど本来は、北家こそが正統であった」

「北家？　南家？　何の話じゃ？」

「聞け、鶴。お前は安成だけではない。余の正体も知らぬのじゃ」

「よう知っておりまする。兄上は妹と想い人の恋仲を割こうとする酷いお人じゃ！」

鶴姫が嚙みつくと、安舎はさびしげにかぶりを振った。

「いや、お前が思うておるより、余ははるかに非情で冷酷な男だ。されど、何事にも上がいる。われらが父にして先代、大祝安用よ」

「お父上が？」

鶴姫には、幼いころ安用の膝のうえで可愛がられた記憶しかなかった。

「大祝家には、お前の知らぬ陰の歴史がある。余も安成も、その歴史に翻弄されてきた。悲劇の原因はたいてい、過去に人間が犯した愚かな過ちにある。大祝家も例外ではない。われらが祖、祝彦三郎安親には、安定という兄がいた」

初耳だった。彦三郎は安林という弟に大祝職を継がせた。安林の子孫はその後、三代で途絶えたと聞いている。

「大祝家は二百年前、彦三郎の兄と弟、さらに従弟を含め、四つの家に分かれて栄えていた。四家は大山祇神社の東西南北にそれぞれの屋敷を構えたために、方角の名で呼ばれた。われらは四家のうち、南家の血を引いておる」

（それが今、何の関わりがある？）

鶴姫は激情を懸命に抑えて、安舎の昔話に耳を傾けた。

彦三郎安親の祖父、第十八代安俊は名君であったといい、四家で順ぐりに大祝を出す習わしがしばし続いた。

「四家のうち、東西の二家から大祝が出たが、間もなく途絶えた。理由は簡単だ。彦三郎がすべて謀殺したからだ」

結局、大祝の座を巡る血塗れの政争を勝ち抜いたのは、伊予の英雄、祝彦三郎の南家だった。

「彦三郎にも、若いころはためらいがあったのであろう、北家の兄安定を討ったとき、幼い童を殺せず仏門に入れていた。童は出家し恵妙と名乗って、淡州の沼島に逃れていた。晩年になって北家の再興を恐れた彦三郎は、恵妙をも謀殺した。だが、恵妙の血をすべて絶やす前に、熱病に罹って死んだ。かくて南家のほかに、北家の血が世に残ったのだ」

大祝北家の始祖安定は南北朝時代、南朝に殉じたが、恵妙は南朝方の沼島水軍の縁を頼って、淡路島南端の島に逃れ、血脈を保っていた。恵妙から数えて四代目の越智安次は、「彦三郎の再来」ともてはやされるほどの英傑であったという。鶴姫の曾祖父にあたる当時の第二十八代安英も名君であった。北家の出自を尊び、軍事に優れた安次に祝姓を与えた。さらに陣代として大三島に住まわせ、防衛させた。すべて鶴姫の知らない歴史だった。

「お前の知る大祝家の歴史は、南家が北家の一族を根絶やしにした後、南家が都合よく書き直したものにすぎぬ」

この身体にも穢れた血が流れている。戦場で鶴姫が吼え、猛々しい本能を剝き出しにしてきたのは、それゆえか。

「常にひとつの家から名君が出るとは限らぬ。家がひとつでは途絶えるやも知れぬ。

さよう考えて、われらが曾祖父安英は、名将祝安次による北家の再興を正式に認め、南北両家から交互に優れた者を大祝として出す取り決めをした。だが、歴史は繰り返す。この寛大に見える措置が、次の悲劇を生んだ」

聞かずとも、鶴姫にはその先の歴史が読めてきた。

「安次は百年の時を経て、南家への復讐を目論(もくろ)んだ。主君安英を謀殺し、南家の幼い安守(やすもり)を第二十九代大祝に就けて権勢を振るった。だが、安次は彦三郎になりきる前に寿命が尽きた。安次は死に際し、南家の血を必ず絶やすよう、子の安雄(やすかつ)に遺言した。だが安雄は遺言を守らず、大祝の安守をよく支えた。彦三郎以来の悲劇を終わらせようと考えたのであろう」

安次の遺命が安雄により実行されていれば、安舎も、鶴姫も、この世に生を享けなかったはずだ。

「われらの祖父に当たる安守は凡庸であった。が、安雄の補佐を得て、大山祇神社は栄えた。安守は南北両家の取り決めを守り、安雄を第三十代の大祝とした」

大祝家の平和と繁栄を次に壊したのは、誰なのだ。

「名大祝のもとで、大三島は栄えに栄えた。安雄は南北両家の融和を信じ、生前のうちに南家の嫡男安用(やすもち)に大祝の座を継がせた。政争を避けるため、さらにその次の大祝も示していた。だが今度は、わが南家に三人目の彦三郎が現れた」

背筋が寒くなった。それが、鶴姫の父安用というわけか。

「父上はまず、恩人である安雄を謀殺した。それだけではない。父上は手を汚し続けた。己の死後、余なんぞを大祝の座に就けるためにな。父上は狡猾（こうかつ）なお人よ。時をかけ、周到に北家の血を絶やしていった。二十年前に大内水軍が襲来したとき、余は父上の命で、次に大祝を継ぐはずの北家の嫡男を戦死させた。北家中興の祖、安次の血を引く者は数多くいた。が、海は謀殺に適した場所だ。北家の血は少なからず海に呑み込まれた」

激戦だったとされる第一次大三島合戦では、多くの者が討ち死にした。戦死を装い、味方が味方を殺したからだ。

「余も安房も、父上の命で、手を血に染めた。安房もまた、報いを受けたのだ」

信じたくなかった。あの優しかった次兄までが、凄惨な政争に加担していたのか。

「十二年前、父上は最後の仕上げに入った。残る北家一族の抹殺じゃ。南家の軍勢は大三島にある北家の屋敷を急襲し、すべての血を絶やした。一夜にして、北家はこの世から消え去ったのだ。余と安房が殺せなんだ、二人の娘を除いてな」

安舎は自嘲めいてかすかに笑った。

「もし父上の命令を忠実に果たしておれば、安房も、安高も死なずに済んだ。父上は余を嗤うておられよう。余が大切な弟とわが子を失ったのは、われらの甘さが招いた悲劇じゃ、と。だがそれでも余は、父上が正しかったとは思えぬ」

「北家の血を引く二人の娘……とは？」

先を聞かねばわからぬが、安成に関係しそうな人物は、まだ登場していないはずだった。

「二人とも、お前がよう知っておる人間じゃ。余は物心もつかぬ幼女を、どうしても手に掛けられなんだ。配下にも殺させなんだ。父上には炎の中で死んだと報告したが、余はひそかに末社に預け、育てさせた。実によき娘となった。本人も、己の素性を、しがない神官の娘と思うておろうがな」

「では……お任が？」

「さよう。余が死なせたお任の母親の名を名乗らせた。ささやかな罪滅ぼしのつもりでな。南北両家の血を混じえれば、救いも得られるかと思うたが、甘かった。安高の死は、わが悪行に対する報いであろう」

安成は母の名がお任だと言っていた。偶然の一致ではあるまい。だが、助かったのは二人の娘ではなかったのか。安舎の言葉が、考えうる最悪の真実にたどり着かぬことを、鶴姫は必死で願うしかなかった。

「お任には、何も知らせておらぬ。世には知らぬほうが幸せな過去はいくつもあるゆえな。ゆえにお前にも隠していた。大祝家の呪われた歴史は、余の代で終わらせたかった」

「……生き残った、もうひとりの娘は？」

「安房は炎上する屋敷の天井裏で、十歳くらいと見ゆる北家の姫を見つけた。炎の中で見とれるほどの美貌であったらしい。ひと突きで命を奪おうとした鮫之介の槍を、安房はとっさに止めようとした。が、その槍先は、娘の右肩深く突き刺さった」

鶴姫はわれを忘れて金切り声を上げた。

脳裏に、安成の右肩にある無惨な槍傷が浮かんだ。

「そのとき、にわかに火柱が燃え上がり、娘は火に巻かれた。安房は娘が助からぬと思い、それ以上、手を下さなんだ。だが、その娘は生きていた。いや、娘ではなかったのだ。その者こそ、死を免れようと女装した北家の次子、祝治部丞（ほうりじぶのじょう）であったらしい。北家の屋敷で見つかった焼死体は、身代わりになった同齢の家臣の子であったのだ。余もうすうす恐れてはいたが、十二年の後、今朝すべてが明らかになったのだ」

鶴姫の眼から、涙が溢れ出た。

「治部丞は長じて名を変え、再び大三島に戻ってきた。南家の一族をひとり残らず殺し、復讐を遂げるために。大祝の座を、己が手に取り戻さんがために。四人目の彦三郎が大祝家の歴史に登場したのだ。その男は剣を満足に扱えぬ代わりに、鬼神をも欺く恐るべき知略を持ち合わせていた。男は難なく、大祝家中に入り込んできた」

「……ぜんぶ嘘じゃと、言うてくだされ」

打ちのめされた鶴姫の、ささやきにも似た懇願に、安舎は憐れむような視線を返してきた。

「お前が愛してしもうた越智安成こそは、大祝の正統たる北家の血を引く最後の男。父上が南北両家の約を違(たが)えねば、お前の夫となっていたはずの男だ」

鶴姫の眼から、涙がぼろぼろと溢れ出てきた。

「治部丞は冷徹に復讐を実行していった。巧みに安房の信を得て戦場で謀殺し、大三島水軍の実権を握ろうとした。お前に近づいたのも、南家を滅ぼすためであったはず。だが、治部丞にもただひとつだけ、誤算があった。すべてを計算し尽くした復讐鬼の非情な計画は、途中で大きく狂った。理由は知っていよう」

わかりきっている。恋だ。

出会ったころの安成の風変わりな行動を思い返した。最初は偽りの恋だったに違いない。だが、安成は仇の娘、鶴姫を本当に愛してしまったのだ。

神は何と酷いのか。神は鶴姫の望みどおり、すべてを兼ね備えた若者を目の前に遣わし、恋に落とした。だが、恋の相手は、たがいに不倶戴天の仇どうしだった。

「女子ながら、お前は正義を奉じてきた。されど、今のお前に、越智安成が討てるか？」

力なくうなだれる鶴姫に向かい、安舎が優しく声をかけた。

「余は当主として、南家を、大三島を、お前を守らねばならぬ。安房と安高の殺害は、大祝家への叛逆にほかならぬ。安成を生かしておくわけにはいかぬのだ」

安舎が脇に置いていた太刀を手にして立ち上がった。

「余はこれから四人目の彦三郎と決着を付けねばならぬ。——松、後を頼む」

安舎と入れ替わりに現れた松が、鶴姫にそっと寄り添った。泣き崩れる鶴姫の背を、松のぶあつい手が優しく撫で始めた。

「私は途中から安成様の正体を疑っていました。私の想い人は、安成様の兄君でしたから……」

松の想い人は本来、大祝となる身の若者だったのだ。ふたりがいくら恋し合っても、身分の違いゆえに、夫婦にはなれなかった。

「なぜ兄上に与した？　わが南家は、お前の想い人を殺めたのであろう？」

気丈な松がすすり上げた。

「私の幼い娘も、です。ゆえにこそ、大祝様は重い責めを負おうとなされました。私を信ずる証として、私の素性を隠し、安用様さえ騙して、大切な妹の乳母に任ずると仰いました。それでも私は最初、復讐を遂げるつもりでした。でも、幼き姫のあどけない寝顔を見ていると、私にはとても無理だとわかりました。私は鬼女になるところを、姫に救われたのです。私は姫が好きでたまらなくなりました。復讐を忘れ、死んだ娘の代わりに、姫の幸せだけを考えて生きようと決意いたしました」

「お前が、兄上に安成の素性を？」

「はい。今朝がた、磯殿を大祝様のもとにお連れしました。私はもともと北家のご正室に仕える端女（はしため）でした。ウツボとも昔なじみで、騙されて安高様に近づけてしまいました。お身体がよくなればと思ったのです。さてはと思い、かねて磯殿を問い詰めていましたが、今朝、洗いざらい白状しました。磯殿の骸（むくろ）はさきほど、明日（あけび）の山の、山桜の下で見つかりました。離縁される前に、妻であるまま死にたかったのでしょう。恋い慕う安成様を道連れに……。女の深い情愛は、ちょっとした拍子で、狂った嫉妬に変わりますゆえ」

「……さような想いは、真の愛ではない」

「私は姫の幸せを壊しました。ご存分に松をお恨みなさいませ。でもいつか姫は、これでよかったと思ってくださるはず。お詫びの印に命を絶つつもりでしたが、大祝様のご命令ゆえ不承不承、生きながらえております」

「わらわは嘘が大嫌いじゃ。されど、何もかもを壊してしまう真実なら、優しい嘘に騙されているほうが幸せであった……」

松がおいおい泣いた。己が眼に滂沱(ぼうだ)と流れ続ける涙のおかげで、鶴姫は松の泣き顔を見ずに済んだ。

大祝家の兵に捕えられていた越智安成は、鮫之介と数名の兵に伴われて、大山祇神社の遥拝殿へ案内された。

第三十二代大祝安舎(やすおく)は、透額(すきびたい)の冠に黄色い神官の装束で安成を待っていた。

上座でも、御簾ごしでもない。安舎は本殿へ向かって右側に、横向きで座っていた。本殿を頂点に、安舎と安成で三角を作って座った。

「そなたとは、二人きりで会わねばならぬ事情があった。われら大祝両家がお仕えする大山積神の御前でな」

遥拝殿の入口近くで警固のために控えている鮫之介は、安舎と一心同体なのであろう、数に入っていない。

安舎はかたわらに置いていた螺鈿細工の見事な鞘の太刀を取り上げると、音を立てて抜き放った。

「誰の太刀か、わかるか？」

「金具はすべて山金造にして、銀銅覆輪の鐔。元寇を打ち破った北条時宗公ご奉納の太刀は、幼きころ、兄とともに拝見した覚えがございまする」

「記憶をたどれば、あのころの北家に、百年に一度の神童が出たと、皆が騒いでおったな。もしもわが父が、それゆえに北家を怖れて兇行に及んだのだとすれば、皮肉な話じゃが。余も、いずれ斬られるなら、由緒ある太刀でと思うてな」

安舎は抜き身の太刀を、安成の前へ滑らせるように差し出した。

「余の命を奪いたければ、いつでも使うがよい。鮫之介がおるは警固のためにあらず。大祝家の血塗られし歴史の生き証人だからじゃ」

「身どもには大祝様を斬れぬ、と？」

「斬れぬ。そなたは、わが妹を愛しすぎた」

安成は小さく笑った。安舎はきちんと見抜いている。

「神は辛辣でござる。かような時期に、南家に名君を出すとは」

「責めを神に帰するは気の毒であろう。不幸の原因は必ず人が作る。こたびも同じよ。余は二十年前、まだ若き陣代であったころ、そなたの父を戦場で謀殺した。十二年前には、そなたの一族を鏖殺した。いずれも、わが父の厳命であったとは申せ、余が実行した悪事にほかならぬ。そうじゃな、鮫之介？」

遥拝殿の入口付近に坐していた鮫之介が両手を突き、「はっ」と短く応じた。

「とは申せ、余は父上ほど冷酷な男にはなれなんだ。誉められた話でもないが、燃えさかる北家の屋敷で年端もいかぬ童女を救った。あまりに不憫で、殺せなんだだけの話じゃが」

安成は瞠目して、安舎を見た。やはり、そうか。

父が戦死した後、叔父は悲嘆に暮れる安成の母を娶り、安成に異父の弟妹ができた。弟と上の妹は殺されたが、末妹は生きていたのだ。

「身どもと血の繋がる妹が生きていたと知れば、本来は喜ぶべき話。されど神は酷く、人は愚かでござる。嫁いで間もなき妹の夫を殺めるとは」

「お任と安高は、神も羨む仲睦まじき夫婦であった。復讐は回り巡って、己が身に跳ね返ってくる」

安舎は悲しげにうなずくと、さびしげに微笑みかけてきた。

「鶴はそなたの素性を知らなんだ。だがそなたは、この恋が決して成らぬと弁えておったはず。なにゆえ知謀の士が愚かな恋をした？」

「恋心は、頭ではどうにもならぬ代物にございますれば」

「さようか。不憫とも思うが、わが子孫のためにも、五人目の彦三郎を出すわけにはいかぬ。北家、南家いずれかが絶えねばならぬのだ。もとより一族を殺められしうえは、そなたに死を与えるほかないのじゃが。せめて、最後に赦し合わぬか、祝治部丞殿」

「もとより報いは受ける覚悟。われらの代で、大祝両家の呪われし復讐の歴史を終わらせましょう」

安舎はゆっくりうなずくと、安成を正面から見た。

「もし鶴のために死んでくれるのなら、最後に頼みがある。そなたにしか、できぬことじゃ」

境内を覆い始めた白い帳のせいで、最後となる夕暮れは感じられそうになかった。

越智安成が死を待つ、静まり返った神館舎の角部屋には、中庭で楠の新緑を濡らし続ける霧雨の音さえ、聞こえてきそうだった。

北家正統に対する安舎の敬意であろう、牢ではなく、清潔な一室が与えられた。襖は開け放たれ、水に薫る境内の緑の匂いが惜しげもなく漂ってくる。誇り高き生き神の一族が遁走などすまいと信じたのか、衛士(えじ)は館の入口に一人いるのみだった。

何かを引きずるように、静かな擦過(さっか)音が聞こえてきた。

安成が顔を上げると、渡り廊下の端に、心から愛した女性の小柄な姿が見えた。ひげ面の村上通康と大柄な鮫之介を後ろに従えている。

鶴姫は膝の悪い老婆のように、ひどく重い足取りで近づいてきた。

安成は居住まいを正して、待った。

最愛の女性(にょしょう)はずぶ濡れだった。幸菱(さいわいびし)の織文様の婚礼衣裳は真っ白だったはずだが、撥(は)ねた泥で無惨に汚れていた。鶴姫はひと振りの細身の太刀を手にしていた。黒漆地に唐草の螺鈿の鞘(さや)で、柄は白い。紛れもなく、伝平重盛(たいらのしげもり)奉納の宝刀である。鶴姫らしく、せめて己が手で、誉れある死を恋人に賜るつもりに違いなかった。

部屋の前まで来ると、ずっと下を向いていた鶴姫が、初めて顔を上げた。泣き腫らしたのであろう、充血して真っ赤な眼と腫れあがった瞼が哀れを誘った。振り乱した長い濡れ髪が、首筋にまとわりついている。

「下がっておれ」

鶴姫の言葉に、付き従っていた通康と鮫之介が一礼して、どこぞへ消えた。

うす汚れた花嫁が部屋に入ると、端坐していた安成は両手を突いて、神妙に頭を下げた。

「大祝様の裁断を聞くまでもあるまい。謀叛人は打ち首と決まっておる。他人に恋人を殺されるくらいなら、わが手で命を奪いたいと思うて、許しを得た。わらわが、そなたの首を刎ねる。越智安成よ……何ぞ、申し開きはあるか？」

「……ございませぬ」

「ないはずが、ないであろう！」

キン！　と、抜く手も見せずに、太刀が抜かれた。

切っ先はただちに安成の鼻先へ突き付けられた。

「そなたはわらわの兄と甥を殺した憎き仇じゃ。殺しても飽き足りぬ。されど、わらわがこの世でただひとり恋し、愛した男でもある。不倶戴天の仇に恋をしてしもうた女は、何とすればよい？　さあ、大三島水軍が誇りし天才軍師、答えてみよ！」

眦を決した鶴姫の憤怒の形相は、それでも美しかった。

「すべて……すべて、偽りの恋であったと申すのか……」

短気が玉に瑕であるはずの鶴姫も、驚きのあまり怒るのを忘れていた。

「いかにも。鶴姫に近づき、祝言を挙げようとしたは、南家の一族を鏖殺せんがため。不届きな手下の裏切りに遭い、露見しましたがな」

「そなたが復讐のために大三島へ戻ってきた事情は聞いておる。されど、わらわとの恋まで偽りだったなぞとは信じられぬ。……嘘じゃろう、安成？」

重ねて問う鶴姫に、安成は嗤笑を作って応じた。

「姫がどう思われていたかは知りませぬが、身どもにとっては女遊びのひとつ。あと一歩でその美しいお身体を弄べなんだのが、一生の心残りでござる」

目の前で下卑た片笑みを浮かべている男は、本当にあの安成なのか。

悲しいと胸が張り裂けるというが、鶴姫は苦しくて息もできなかった。泣くことさえできなかった。やっと何とか息ができるようになると、泣きわめき、惨めなほどにすすり上げた。

「……そなたは、わらわに優しかったではないか」

「男なら誰しも、口説くときは、女に優しくするものでござる」

安成のいたわりと献身が偽りだったなどと……嘘に決まっている。

「そなたは、わらわを救うために命も懸けてくれた……」

「姫はなかなかに手強き女子ゆえ、ちと無理もし申した。おかげで、このとおり姫の心を完全に摑めたではござらぬか」

「わらわにとって、そなたはたったひとつの空貝じゃと思うておった。初めての恋じゃというに……。わらわはそなたを、この世でいちばん、好きじゃったのに……」

「恋い慕う者に裏切られるほど、辛い経験はござるまい。大祝家自慢の姫の心を深く傷つけえたなら、身どもの復讐も半分は成ったようなもの」

「たとえ騙されておっても……嘘であっても、わらわはそなたが好きじゃ……」

「女誑しにとっては、騙された女が驚き、泣きわめく姿を眺めるのも、また一興。磯のごとく、死まで選ぶ愚かな女もおりまするが」

「嘘じゃ。今のそなたは悪人ではない。……頼む、安成。ほんのわずかでもよい、わらわを愛しておったと、言うてくれ」

「嘘はお嫌いじゃと、思うておりましたがな」

鶴姫の全身が勝手に痙攣を始めた。

震え出した両肩を、太刀を持ったまま、両手で懸命に抱き締める。

「姫は言われましたな。わらわに嘘は吐くな、と。されば洗いざらい申し上げまする。身どもこそは、芸予の島々を震撼させた悪逆無道の海賊、黒鷹の頭領でござる」

鶴姫は悲鳴を上げて、安成を見た。

「三年前、陣代大祝安房は、軍師の座と引き換えに黒鷹と手を結び、大内水軍を撃破した。ゆえに黒鷹は姿を消した。姫がお持ちの美しき音の鈴を作った刀鍛冶を殺したのも、幼いお鈴を殺した悪党も、この越智安成でござる」

「なぜ最後まで上手に嘘を吐き通さぬ！　なぜ死ぬまでわらわを騙し通してくれなんだ？　嘘じゃ、嘘じゃ、嘘じゃ……。ぜんぶ嘘じゃと言うてくれ、安成……嘘だと言え！」

鶴姫はみじめに泣きじゃくった。

「姫のせいで嘘が下手くそになり申した。身どもが生きておる限り、大祝家を滅ぼしまするぞ。わが首を刎ね、呪いの歴史に決着を付けられよ」

「わらわは最高の恋をしたと思うておったに、最低の恋であったというのか……」

「悪い話ばかりではありませぬぞ。かくもひどい目に遭われれば、次の恋は、多少はましな恋に思えるはず」

安成の嗤い声に、鶴姫は心が音を立てて、粉々になっていく様子がわかった。

勝手に金切り声が出た。

己でも信じられぬような悲鳴だった。

衝動を抑えられなかった。

鶴姫は濡れた長い後ろ髪を引っ摑むと、太刀でざくりと斬った。手にした黒髪の束をそのまま、安成の顔めがけて投げつけた。狂ったように二度、三度、同じ真似をした。

安成は鶴姫の黒髪に塗(まみ)れながら、呆然と坐していた。

「髪は女の命じゃ。されば大祝様には、わが黒髪をもって、そなたの命と代えるよう、願い出てみる。大内晴持に輿入れするなら、お許しが出るやも知れぬ」

鶴姫は自分の髪の付着した細身の太刀を、螺鈿飾りの黒鞘に収めた。

「たとえ嘘であったとしても、わらわはそなたを愛してしもうた。見返りを求めてではない。好きになったから恋をし、愛した。だが、恋に破れしうえは、見苦しい真似はせぬ。今日、恋が終わり、そなたに真心を捧げた大祝鶴は死んだ。過去は振り向かず、明日を生きる。それが、わらわの生き方ゆえ」

鶴姫は踵を返し、安成に背を向けた。

「最後の命令じゃ。もしも生を許されたなら、生きよ。が、二度とわが前に姿を見せるな」

鶴姫は汚れた婚礼衣裳に付いていた黒髪を、肩から払い落とした。

「後を、頼む」

数間離れた廊下で片膝を突いていた村上通康は、沈鬱な面持ちでうなずいた後、うつむき加減で小さくかぶりを振った。

＊

鶴姫の願いを、大祝安舎は聞き届けなかった。

翌日、処刑された越智安成の首は、台ノ浜で梟首(きょうしゅ)されたと聞いた。

見に行った松の話では、警固にもかかわらず、首は間もなく何者かに奪われたらしい。おそらくは安成を慕う将兵の仕業(しわざ)で、どこぞに安成を弔ったのではないかと噂された。安舎も特に問題としなかった。

だがもう、何もかもがどうでもよかった。鶴姫の心はすっかり壊れていた。

怒りも、哀しみも、鎧ごしに身体を触るように、他人事(ひとごと)だとしか感じられなかった。

鶴姫の最初で最後の恋が終わった翌日の空は、明るすぎる青色で、天蓋(てんがい)まで果てしなく澄んだ五月晴れだった。

五番貝　神姫

——天文十二年（一五四三年）五月～七月

十五、白鷺

大山祇(おおやまづみ)神社の御田植祭(おたうえさい)もつつがなく終わったころ、伊予国大三島を、今年も変わらず、蜜柑の花の香りが包んでいる。

最後の参詣を終えた鶴姫は、四季の花々に鳳凰(ほうおう)の翼が施された派手な色打掛けの腰巻姿で神門をくぐり、参道を戻った。

鶴姫は参道を小股で歩く。以前のように駆けたりはしない。足取りがゆっくりなのは、急ぐ理由もないからだが、着飾っている衣裳のせいもあった。以前なら「お待ちくださいまし、姫」と、松が息を切らせるくらいに闊歩(かっぽ)したものだが。

小千命(おちのみこと)御手植えの大楠は、初夏の日差しを浴びて、今年も勢いよく新緑を茂らせていた。

「姫はますますお美しゅうなられまする。晴持公も、さぞや驚かれましょう」

松の世辞に、鶴姫は口もとの笑みで返しただけで、返事をしなかった。毎朝、心のこもらぬ化粧をするために鏡を覗いても、生気のない顔が、代わり映えもせず見つめ返してくるだけだ。鶴姫が何か変わったとしたら、やっと肩まで黒髪が伸びたのと、口数の少ない、聞き分けのいい大人になったくらいだろう。

十八歳になったばかりなのに、人生など早く過ぎ去って終わればいいと、鶴姫は思う。海に溺れて苦しみもがいている最中のように、ひどくゆっくりと時は流れてゆく。あれから、まだ一年しか経っていなかった。鶴姫の人生は、恋に破れ、想い人が処刑され、すべてが終わった昨年の五月で、止まったままだった。

「ご覧なさいませ。白鷺が飛んでおりまする」

鶴姫は老婆のようにゆっくりと天を見上げた。

すでに白鷺は飛び去った後らしく、五月空には白い雲がぽっかりと浮かんでいるだけだ。

「白鷺といえば、伊予の商人がまた救われたって噂で持ちきりですよ」

近ごろの瀬戸内では、海賊から民間船を守る一艘の小早船が話題になっていた。神出鬼没の義賊は、無法の海賊の本拠を次々に突き止めては警固衆に通報し、海の安寧維持に貢献しているという。物好きな人間もいるものだが、どうでもいい話だった。

「堺から戻る途中で助けられたとか。どうも白鷺は淡州か泉州の海賊らしいと」

一年ほど前、尼子攻めの戦陣にある大内晴持に宛てて、大祝安舎は妹鶴姫の輿入れを承諾する文を送った。すぐに返書が届き、大内家と大祝家の対等な同盟が密約されたのである。

鶴姫は鎧を脱ぎ、陣代を辞した。以来、小太刀にも、弓矢にも手を触れなかった。過去に繋がるよすがは、鶴姫の日常から少しずつ消えて行った。晴持との婚姻に向けて、松のいうとおりに、礼法、茶道、芸事の稽古をし、香を嗅ぎ、和歌を幾つも詠み、法楽連歌に参加もした。だが、貝合せだけはできなかった。松が二度試みたが、鶴姫が全身で痙攣を起こして以来、何も言わなくなった。

鶴姫はどこにでもいる、ごく普通の姫となって、ただ輿入れの時を待っていた。

「山口の五重塔を見るのが、松は楽しみでなりませぬ」

「わたくしも新しい場所で、新しい物を見たいと思います」

本当はさして見たいわけでもない。ずっと黙っていると、松が心配して話しかけてくる。見ていて気の毒になるから、適当な言葉を投げ返しているだけだ。新しい物は過去を思い出させないから、いい。過去を失った鶴姫にはもう、未来しかなかった。

「生涯、この地へ戻ることはないでしょう。よく見ておきなさい、松」

視界に入っていても、鶴姫は何も見ていない。過去を思い出す事物しか、ここにはないからだ。十三歳の甥、大祝安忠(やすただ)が鶴姫を継いで名目上の陣代となったが、大内家との同盟成立の密約を受け、防衛体制の解かれた大三島は安寧を謳歌(おうか)していた。

晴持からは、尼子攻めが一年数ヵ月に及ぶ長期戦となったため、いったん撤退するとの連絡があり、山口に戻り次第、ただちに鶴姫と祝言をあげたいとの文が届いた。

安舎はこれを請け、鶴姫も従った。過去と繋がりのない地のほうがまし、だ。

「あれだけ姫に恋文を送ってこられた貴公子。きっと姫を幸せになさいましょう」

そうだろうか。大内晴持はそれなりに中身がある男のように思えた。魂の抜けた女を正室にして、喜ぶのだろうか。

――姫、大祝様がお呼びにございまする！

参道の向こうから巨漢がやってくる。

鮫之介が慌てて駆けるときは、たいてい悪い報せを持ってくる。だが、鶴姫の最低の人生が、今より悪くなるとは思えなかった。

大祝安舎は苦り切った顔をして、御簾の向こうで鶴姫たちを待っていた。小海城からは越智通重も駆けつけている。

「……大内晴持公が身罷られた、と？」

松はすっかり色を失っていた。晴持は鶴姫より二つ年長で、二十歳の若さだった。

「大祝様！　まさかさようなことが……信じられませぬ」

鶴姫は別に何とも思わなかった。人はいつか死ぬ。鶴姫など、実際にはもう死んだも同然だった。ただ、新しい場所へ逃げられないことが残念だった。

「尼子攻めから撤退の途中、船が転覆したという」

敗走中の事故死らしい。大内義隆は大軍で出雲に攻め入り、尼子家の主城、月山富田城を包囲していたが、大敗北を喫した。陶隆房、毛利元就ら配下の諸将も、命からがら所領へ逃げ帰った。数日前の出来事だという。因島の村上尚吉からの急報であった。

「では……姫のお輿入れは、大三島はどうなるのですか？」

松の愚問には誰も答えなかった。嫁ぐ相手が死んだのだ、縁組みのしようがない。和平派の嗣子が逝去した以上、両家の和議は振り出しに戻ったと見ていい。

「まさか、負けたばかりの大内が、大三島に攻めてなど参りますまいが……」

通重の言葉に、安舎がかぶりを振った。

「いや、話は逆だ。尼子攻めは陶隆房の強い進言によるもの。陶は汚名返上のため、一刻も早く新たな勝利を望むであろう」

大内家中では今、文治派の相良武任と武断派の陶隆房が対立している。尼子攻めを主導した陶は敗戦の責めを負わされて力を失おうが、負けたからこそ次の勝利を渇望するはずだと、安舎は危惧を述べた。

大勝利に沸く尼子領への再侵攻はない。西の九州戦線で大国、大友家との不戦協定を破ってまで攻め込む気概もあるまい。だが、尼子攻めは陸戦であったため、大内の大水軍は無傷のまま温存されていた。陶隆房が勝利を得るには手ごろな敵が、すぐ南にいるではないか。

「大三島をまた、大嵐が襲うかも知れませんね」

ずっと口を閉ざしていた鶴姫は、他人事のようにつぶやいた。

沼島水軍の船団から出た真っ白な小早船が一艘、敵船団のただ中を悠々と進んでゆく。目指すは、一時停戦中の敵、眞鍋水軍の将船であった。

(見よ！　俺たちには、勝てんじゃろうが)

使者の乗る船に敵将兵の視線が集まると、シャチは師の脇に立って、どうだと言わんばかりに胸を張った。知勇兼備の水将とは、まさに白鷺のことだ。白鷺に弟子入りしたおかげで、シャチは十二歳にして、海賊退治から本格的な海戦のやり方まで実に多くを学んだ。

約一年前、来島衆の頭領、村上通康から、淡路島南端の沼島水軍のもとへ向かう白鷺に同行するよう勧められたとき、シャチはいったん断った。初対面の白鷺が覇気のない優男に見えたからだ。白鷺は通康が召し抱えたばかりの浪人で、素性はもちろん年齢もよくわからなかった。身体は若々しいのに、言うことはどこか世捨て人のように年寄りじみていた。

「勝ち戦は気持ちがよいのう、白鷺殿」

「負け戦よりはな。だが、いちばんよいのは瀬戸内に、世に安寧が戻ることだ」

白鷺は戦上手のくせに、戦が嫌いだった。

「道夢斎はどう出おるじゃろうな？」

白鷺は口もとの微笑みを絶やさず、落ち着き払って言ってのけた。

「必ず和議を結ぶ。身どもには勝てぬとわかったはずだ。賢い海賊は損を避ける」

そばにいればわかる。白鷺の図抜けた知略は瀬戸内一だろう。いつもどこか物憂げだが、必要なときは勇敢だった。女だけは苦手なようだが、非の打ち所のない男だ。

やがて小早船は大きな関船の脇に着いた。

「腕より頭を使うとはの。安穏な海でのどかな戦をしておったに、沼島水軍も面倒な男を抱き込んだものよ。が、どんな連中が来るかと思えば、三十絡みの中背の優男と童とは」

眞鍋道夢斎は、栗の実ほどの大きさがありそうな双眼で、物めずらしそうに白鷺とシャチを見ていた。手製の紺糸毛引威の胴丸を身に付けた白鷺は、惚れ惚れするほどの男ぶりだ。

「数え間違いがなければ、身どもはたしか二十二でござる」

シャチも驚いた。白鷺はずっと老けて見える。

「その割には、ずいぶん戦慣れしとるのう」

泉州海賊、眞鍋水軍の道夢斎は、先年の大三島合戦で壮烈な死を遂げた小原中務丞を彷彿させると評判の猛将だった。父とともに備中の眞鍋島から和泉の淡輪に本拠を移していた道夢斎は、紀淡海峡の支配をもくろんだ。が、当然のことながら淡路島南端を本拠とする沼島水軍との間で軋轢が生じた。

沼島水軍の頭領、梶原越前守景節は、足利第十代将軍義稙を庇護し、沼島八幡宮を再建するなど、政に辣腕(らつわん)を振るった男で、かの悪名高き梶原景時(かげとき)の血を引く海千山千の海賊であった。両水軍は紀淡海峡を舞台に、大小さまざまな小競り合いを繰り返してきた。

「梶原越前の戦ぶりは並みではないが、わしには及ばなんだ。お主さえ現れねば、紀淡海峡は眞鍋の物であったに……」

戦上手の道夢斎に押されっ放しだった沼島水軍は、一年前にひとりの軍師を招き入れた。白鷺である。以来、形勢は逆転した。沼島はただの一度も負けなかった。

「世に戦ほど、罪深き悪行もござらん。命も金も、船も無駄になり申す」

「この一年、ひたすらわれらに無駄を強いておきながら、ようも抜かすわ」

白鷺はあくまで涼しげな顔で、道夢斎に対している。

「身どもも肩が凝ってなりませぬ。歴戦の猛将相手に勝ち続けるには、頭をよう使いますゆえ」

「沼間(ぬま)、松浦の水軍にもうまく手を回しおったな。ここでお主を討ち取ろうと思うておったに、そうもいかぬようじゃ」

「梶原越前殿に、入れ知恵し申した。その気になれば、身どもは今年のうちに眞鍋水軍を滅ぼせまする」

巨眼を見開き禿頭から湯気を立てる道夢斎に向かい、白鷺は優雅と言っていいしぐさで両手を突いた。

「が、つくづく無駄な話でござる。英明なる眞鍋水軍の頭領よ。陸と違うて、海は誰の物でもござらん。紀淡海峡を仲よく分け合われませ」

シャチは二人の水将を見た。

道夢斎の爆発しそうな怒気に、白鷺は微笑みで対している。

「不思議なものよ。お主が言うと、真っ当な脅しにしか聞こえぬ。肝が冷えるわ」

好敵手に出会えたのが嬉しいのか、道夢斎は腹の底から愉快そうに笑った。

「委細、承知した。お主ほどの水将には、なかなか会えまい。こうして会えたも何かの縁。一献付き合ってもらおうか」

恭しく両手を突く白鷺に向かって、道夢斎は友のごとく語りかけた。

「白鷺殿、お主のまことの名を聞いておこうか」

「越智鶴之丞と申しまする。これなるはシャチ」

「小僧、お主の操舵は泉州でも通用するぞ」

道夢斎の誉め言葉に、シャチは破顔一笑して、白鷺を見た。

「瀬戸内で当代一の水将を挙げれば、誰となろうな？　鬼鯱（おにしゃち）亡き今、多くの者が白井（しらい）縫殿助（ぬいのすけ）の名を挙げようが」

道夢斎の問いかけに、シャチは憤然と応じた。

「いや、伊予水軍は大内水軍を破ったではないか。されば、大三島の大祝鶴姫が文句なしの一番じゃ。強いだけではない。鶴姫は日本一の美姫じゃぞ」

度重なる伊予の危機を救った英雄、鶴姫を知らぬ海賊は瀬戸内にいない。

シャチは鶴姫が赤き巫女だったころに命を救われてからずっと、鶴姫に淡い恋心を抱いてきた。だが、鶴姫は大内家への輿入れが決まって以来、大三島の大山祇神社からは出ず、公の場に姿を見せなくなった。婿になる晴持が早くも妬いて、未来の妻の顔を晒さぬよう要請してきたらしい。

「二刀流の鶴姫は抜群の剣技を持ち、弓の名手で、操船にも長けた男勝りの勇将と聞く。眞鍋水軍にわしがおるように、最強の水軍には必ず鬼神のごとき強者（つわもの）がおるものよ。されど、鶴姫ひとりで大内水軍には勝てなんだはず。このわしでも無理じゃ。船の数が違いすぎるからの」

道夢斎は黙って酒をすする白鷺をじろりと見た。

「昨年死んだと聞くが、伊予にひとり、不世出の軍師がいた。わしの見るところ、大三島合戦で大祝家が大勝を収めたはひっきょう、越智安成(やすなり)がおったからよ。白鷺殿はどう見ておるかな？」

一年前、大祝家に対する謀叛の罪で突然処刑された大三島水軍の軍師については、評価がまっ二つに割れていた。大山祇神社を守った悲運の英雄だとひそかに称える者もいれば、敵に内通していた裏切り者で、「黒鷹」なる海賊までやっていた極悪人だと非難する者もいた。

「つまらぬ小悪党かと。酒の肴(さかな)にもなりますまい」

軽く受け流した白鷺に、シャチが噛みついた。

「悪口を言う者も多いが、白鷺殿のように、恐ろしく頭の切れる男だったらしいぞ」

シャチは安成の活躍を聞くたび胸が躍ったものだ。シャチは安成に自分を重ね合わせてきた。まだ見ぬ越智安成はシャチの憧れであり、目標だった。が、安成は華々しく世に出て三年ほどで、歴史の舞台から突然、姿を消した。「安成に会いたい」というシャチに、村上通康は「安成殿はわしの親友ゆえ、いつでも会える」と請け合ったが、ついに生きて会えなかった。鶴姫と結婚するはずだった安成が梟首(きょうしゅ)されたと聞いたときは、しばらく飯が喉を通らなかった。そんなとき、傷心のシャチのもとへ現れた男が白鷺だった。

「運が良かっただけであろう」

「何倍もの敵を運だけで破れるか。あの鶴姫に、妻になるとまで言わせた男なのじゃぞ！」

「わしもシャチの見立てに賛成じゃな。大祝家も、あたら名刀を捨てるとは愚かな真似をしたものよ」

大山祇神社は全国の武将に崇拝されてはいても、眞鍋水軍にとっては縁遠い存在だ。大祝に対する尊崇の念も薄い。

「道夢斎殿。いま少し、酒をいただけませぬかな？」

「お主もいける口じゃのう」

道夢斎が声を立てて笑い、瓶子を傾けると、白鷺が薄い微笑を浮かべた。

シャチは翌日も、紀淡海峡の太平を作った男とともに海へ出ていた。

小早船「白鷺」が、紺色の海を裂いて、滑るように進んでゆく。

沼島の沖合では、幾隻かの漁船が漁労に精を出していた。

「おお、白鷺様じゃあ！」

昨秋だったか、難破しかかっていたところを助けてやった漁師たちだ。

手を振る満面の笑みに対し、シャチは拳を高く上げて応じた。

白鷺は戦にも出るが、戦のないときは、海賊退治をしていた。無法な海賊たちの襲撃から守ってくれる白鷺は、沼島の誇りであり、自慢だった。

「人助けをすると気持ちがよいのう、白鷺殿！」

シャチは小早の半垣立に背をもたせかけて座っている師を振り返った。白鷺が懐手をしているときに握っている物をシャチは盗み見たことがある。一尺（約三十センチメートル）ほどの長さの黒髪の束だ。紺糸でくくられていて、小さな神楽鈴が付けてあった。

白鷺は居眠りしていたらしく、シャチに左手を挙げて合図した。

弱冠十二歳で船頭を務めるシャチにとって、白鷺こと「越智鶴之丞」は自慢の師だった。だが、「越智」は伊予に珍しくない武士の姓で、「鶴之丞」の名もしっくり来ない。実際、「鶴之丞殿」と呼んでも本人が返事をしない時さえあるため、白鷺と名付けた小早船の名を取って、皆、「白鷺殿」と呼んでいた。本人の言では、斎灘に浮かぶ孤島の名で、瀬戸内でいちばん素晴らしい島に因んで付けたらしいのだが。

「白鷺殿、小昼にしましょうぞ」

気さくな白鷺は、配下の者たちにも「様」とは呼ばせず、シャチの乱暴な口調にも厭な顔ひとつしなかった。シャチを始め白鷺に乗る将兵と水手は皆、白鷺に心酔していた。たった一艘の船団だが、皆、「うちの水将は瀬戸内一だ」と自慢している。

「白鷺殿は諸国を巡っておったのであろう？　ならば、越智安成に会ったことはないのか？」

「……ないではない」

白鷺は握り飯をほおばりながら、面倒くさそうに答えた。

「本当か！　実は俺、安成に憧れておったんじゃ。美男と聞いたが、本当か？」

「まあ、見られる顔ではあったか」

「白鷺殿は男前じゃからいかん。己と比べるから、皆、醜男(ぶおとこ)に見えるんじゃ。安成は知略だけではない、小太刀を勇敢に使う男だと聞いた。何しろあの鬼鯱を討ち取ったんじゃぞ」

白鷺からの答えは、欠伸(あくび)を嚙み殺しながら返ってきた。

「武勇は口ほどにもない。小原中務丞を討ち取ったのは前(さき)の祝様(ほうり)だ」

そういえば、白鷺は「鶴姫」を名で呼ばず、必ず「祝様」と呼んでいる気がした。

「何じゃ、やはり大した男ではなかったのかのう……」

「そのとおりだ、シャチ。越智安成とは、まことにくだらぬ男であった」

シャチは口を尖らせた。師の活躍を見るにつけ、もしや白鷺が安成なのではないかと思うときがある。だが、安成はすでに処刑されたはずだった。

「白鷺殿が人の悪口を言うとはめずらしいな。まあよい、もうこの世にはおらぬお人じゃし、俺は立派な師を得たゆえ。それにしても、鶴姫にお会いしたいのう。白鷺殿はどうじゃ？」

「身どものごときつまらぬ海賊には、雲の上のお人。夢のまた夢だな」

「つまらぬと言うな。俺は白鷺の船頭なんじゃぞ。白鷺は今、大評判なんじゃ」

「すまぬが、シャチ。身どもは寝る。沼島に着いたら教えてくれ」

むしろを被る白鷺の姿を見て、シャチは肩を竦めた。

「もう着いとるわい」

眠りそびれた白鷺は、しまったという顔をして、身を起こした。

船溜には、沼島水軍の頭領、梶原景節が白鷺の帰還を待ち構えていた。

「聞かれたか、白鷺殿！　一大事じゃ！　大内が尼子に大負けしたぞ！　世子晴持公も身罷ったと……」

シャチが見ると、白鷺がめずらしく顔色を変えていた。

中国の覇者を決める一大決戦の決着をよそに、沼島に吹く皐月風は穏やかだった。

十六、美しき空貝

恵みの梅雨が、今張塔本（とうのもと）の楠の森を潤し続けていた。

「鶴よ。済まぬが、いま一度、大三島のために鎧を着けてはくれぬか？」

大祝安舎（やすおく）の話では、鶴姫の知らぬ間に、陶隆房を総大将とする大内水軍が動き、すでに対岸の大崎島の裏側へ入ったという。

「いずれ弘中（ひろなか）水軍も加わるとか。かつてない規模の大船団となろう」

大三島に侵攻する大内水軍の総勢は八百隻を超えるらしい。

晴持の死により、大内家と大祝家の縁組みはもちろん、同盟の密約も立ち消えになった。大祝側は和平を望んだが、大内家は主戦派の陶隆房主導で家論が統一された。尼子に敗れた今こそ、無傷の水軍で、二度の大敗を喫した大三島水軍を破り、家勢を挽回すべしとの陶の意見が通ったのである。晴持を失った義隆が、政（まつりごと）にすっかり関心を無くし、陶に軍事を丸投げした事情が大きいと、安舎は説明した。

「あの白井縫殿助が陶の軍師を務め、鬼鯱の弟が同じ中務丞を名乗って参陣しておるそうな」

鶴姫は霞(かす)みがかった記憶の中に、縫殿助の丸顔と鬼鯱の巨体を見つけたが、何の感慨も湧いて来なかった。

「……降伏を、なさらないのですか？」

他人事のように問い返す鶴姫に、安舎は小さくかぶりを振った。

「通重ら重臣の皆に諮(はか)ったうえの決断じゃ。大山祇神社は八百年余の長きにわたり、独立不可侵の聖域を守ってきた。余の代で、一大名に膝を屈することはできぬ」

鶴姫には、目の前で起ころうとする事態が、さして重要だとも思えなかった。大きな戦が起こり、大勢の人間が死ぬ。大三島は滅ぶ。きっと鶴姫も死ぬだろう。それだけの話だ。

「どうして、わたくしに陣代を務めよと？」

「お前は大三島を守った英雄ではないか。鶴姫以外に伊予水軍の軍配を預けられる将はおらぬ。軍議でさよう決した」

勝てる自信もないのに、人任せで戦を始めると決めたわけか。以前の鶴姫なら腹を立てたろうが、そういえば鶴姫はこの一年、何かに怒ったろうか。いや、泣きも笑いもしなかった。時の流れはただ物憂げに、鶴姫を別の時へと運んだだけだ。

「お指図とあれば従いますが、わたくしが出陣しても、勝ち目はないでしょう」

鶴姫にとって悪くない話だった。

意外に早く、もう何もない人生を終えられる。

「余は勝てると思う。お前が三島大明神の申し子とされたには、理由がある。かつて大山祇神社に仕える巫女の姉妹がいた。若き余も見惚れたが、二人とも薄幸の佳人であった。姉は大祝北家に嫁いで、安成を生んだ。妹のほうがお前の母だ」

鶴姫と安成は従兄妹どうしだったわけか。

だが、今さら何の意味がある？

「父上は数々の悪行に手を染められたが、生涯でひとつ、お前の母にはよき事をなされた」

鶴姫はわずかに意外な顔を作って、安舎を見返した。

大祝は神事の前、二十日間にも及ぶ潔斎に入る。血の気の多い安用にとって、潔斎は苦痛だった。安用は別火禁足を破って神に仕える美しき巫女を孕ませた。禁を破った後、大三島は幾たびもの天災に見舞われた。神罰に恐怖した安用は、事の露見を怖れて身重の巫女を多宝塔に押し込めた。巫女は衰弱のなかで死んだが、奇跡的に赤子は生き残った。それが鶴姫である。

皆が隠そうとする噂では、そう聞いていた。

「巷間言われている話は、おそらく真実ではない。ある日、大山積神に仕えし生娘が突然、身籠もった。父上が懸想されたのは事実なれど、すでに身重であったお前の母のために、父上はあえて悪名を被られたのだ。父上がいまわの際に告白されたが、余は嘘だと相手にしなかった。安房は信じておったがな。余も今は、父上の話を信じる。お前の身体には大祝の血ではなく、三島大明神の血が流れておるのだ」

勝手に信じればいい。信仰も昂じると、ここまで馬鹿げてくるわけか。

「されど、お前の武勇だけで勝利は得られまい。大軍から大三島を守るには、天才の知略が必要じゃ。されば、軍師に任じたい男がいる。お前が動けば、その者は甦り、お前を守るために必ず命を請ける」

あの若者は死んだのだ。今さら――

「かつてお前と相思相愛だった男じゃ。すでに使いを送った」

鶴姫はゆっくりと目を見開いた。一年もの間、役目を忘れていた鶴姫の心ノ臓が確かな鼓動を打ち始めている。

「……越智安成が、生きていると？」

「そうじゃ。余はお前に、詫びねばならぬ」

安舎は鶴姫に向かって、深く頭を下げた。

「余はあのとき、安成に汚名を負うよう頼んだ。恋敵(がたき)に想い女(め)をくれてやるほど辛く苦しき真似もあるまいが、あの者はお前の幸せを心から願っていた」

やはりそうだったのだ。安成は鶴姫のために、偽りの恋だと告げたのだ。

「安成を失う以上、余は大内家との和平以外に、大三島を守る手立てがないと思うた。ゆえに安成にはいま一度、復讐鬼に戻り、みじめな罪人となって死んでくれと頼んだ。さすがにお前が命懸けで惚れた男よ。安成は応じ、見事に演じた」

愛のために、愛を捨てさせたわけか。

――承知仕りました。鶴姫のためなら、いかなる死も、屈辱も、汚名も受け容れまする。もともと悪に塗れた身なれば、最愛の女性(にょしょう)に蛇蝎(だかつ)のごとく憎まれて死にましょう。それが、わずかでも、身どもの積み重ねてきた所業への償いになるのなら、せめてもの救い。

安成は人生も恋も、嘘で塗り固めてきた。が、もうひとつだけ、最後の嘘を吐いたのだ。不覚にも心から愛してしまった女性のために。

「南北両家の当主は赦し合い、大祝家の呪われた歴史を終えると約した。あの男なら決して約を違えぬと信じ、余は安成の一命を助け、通康に身柄を預けた。が、謀叛人を赦すわけにはいかぬゆえ、別の罪人の首を晒した。安成は過去を捨て、大三島を永遠に離れたはずだった……」

　だから、どうだというのだ。それでも、安成の過去が変わりはしない。安舎は赦し合ったというが、越智安成は悪逆無道の黒鷹だ。兄の安房と甥の安高を殺めた仇だ。粉々に壊れた恋の空貝(うつせがい)が、元に戻るはずはない。

「お前と安成は、やはり結ばれる宿命であったのやも知れぬ」

　何を今さらと、以前の鶴姫なら嚙み付いたろう。わざわざ口に出さぬのは大人になったせいだ。

「通康の話では、安成は北家ゆかりの淡州の海賊に身を投じ、白鷺と名乗っておるそうな」

　鶴姫は白鷺島で交わした安成との接吻を思い起こした。だが何もかもが、はるか昔に見た一夜の夢幻のようにしか、思えなかった。

　枯れ果てた花にいくら水をやっても、ふたたび咲きはしない。

「白鷺殿、来てくれると思うたぞ！　シャチも息災のようじゃな！」

　昼下がりの来島(くるしま)で、ひげ面の村上通康は白鷺に抱きつき、シャチの頭を拳骨(げんこつ)で小突いた。

「大祝様より急報があった。昨日、陶隆房率いる大水軍八百隻が突然、大三島へ侵攻してきた。緒戦で、わが方は大敗を喫した」

「たしか陣代には、まだお若い安忠様が――」

「いや、鶴姫が陣代に戻られ、采配を振るわれた。が、大三島水軍の船が半分沈められたという。あの鶴姫が初めて戦で負けられたのじゃ。伊予じゅうに激震が走っておるわ。されば、お主以外に、大軍を打ち払える者はおらぬ」

安成は小太刀を手に取って立ち上がりながら、通康に尋ねた。

「全伊予水軍に対し、援軍要請はされてござろうな？」

「無論じゃ。河野の義父上（ちちうえ）にも急報済みよ」

「されば、ありったけの米俵（こめだわら）とずだ袋と馬を積み、全軍で大三島の甘崎（あまざき）に入ってくだされ」

「今、甘崎と言うたか？　戦は台（うてな）のほうでやっておるのじゃぞ」

「説明しておる暇がござらん。身どもは白鷺で先に台へ入り申す。後詰（援軍）の方々は最低限の守備兵のみを甘崎に残し、陸路、台城に入られよ。城へ入る前に、めいめいがずだ袋に土を詰めるだけ詰めて、大山祇神社の境内に積み重ねてくだされ」

「何ゆえさような――」

「お頼み申したぞ。急ぎでござる」

「承知した。じゃが、白鷺殿。お主、この一年でずいぶん変わったな。本物の男になった。男でも惚れこむわい」

白鷺は苦笑しながら、シャチの頭を拳骨で小突いた。

「ただちに出港の支度を整えよ。大三島へ渡る」

「ちと無体じゃぞ。長旅で皆、疲れておる。来島衆といっしょではだめか？」

「鶴姫にお会いできるぞ。越智安成がまだ生きておるとの噂も聞いた」

「何じゃと！　わかった。すぐ皆に伝える」


その日の夕刻、シャチは大三島の台城に入り、白鷺の斜め後ろに控えていた。

御成りが告げられると、白鷺に倣ってシャチも平伏した。

心ノ臓が勢いよく鼓動する。

「おひさしゅうございます。どうぞ面をお上げくださいませ」

鶴姫の甲高い声は、二年前にはなかった女の艶を帯びていた。

シャチはすぐさま顔を上げた。

鶴姫はいつかの巫女装束ではなかった。一国の姫らしく色鮮やかな打掛けを優雅に羽織っていた。すっかり大人の女だと、シャチは思った。

「あれから一年になりますか。おひげなぞ生やされて、安成殿も少しお変わりになりましたね」

鶴姫の言葉に、シャチは飛び上がらんばかりになった。

やはり白鷺こそが越智安成だったのだ。

「祝様も、お変わりになりました」

白鷺、いや安成はふだんと同じく、薄い微笑みを口もとに浮かべている。

「ほほほ、もうすっかり別人です。以前は戦が得意だったのに、緒戦で大敗を喫してしまいました。負け戦とは、少し悔しいものなのですね」

二人は夫婦になるはずの間柄だった。一年前、いったい何があったのだ。深い事情があるに違いないが、まあいい。とにかくシャチは、二人の男女の英雄とともに戦えるのだ。

「最後に勝つ者を、勝者と呼びまする。戦は始まったばかり。まだ勝機はございましょう」

「ゆえにあなた様をお呼びしたのです。誰もが敗北を確信する今、形勢を逆転させられる知略を持つ天才を。ときに、そちらの凜々しい船頭さんは？」

鶴姫は覚えていないのか。シャチの心は沈んだが、それでも声を張り上げた。

「姫、シャチにござる！　白鷺殿に弟子入りして一年余、操舵や海戦だけではない。剣の腕も上げましたぞ！」

記憶にたどり着いたらしい、鶴姫は美しく微笑みながらうなずいた。

「この二年で背も伸びて、見違えるように立派な若者になりましたね。頼もしい限りです」

何だか変だ。シャチはこのような、美しいだけの女性（にょしょう）に淡い恋心を抱いていたのか。今の鶴姫にはまったく惹かれない。昔の鶴姫らしさはすっかり姿を消していた。まるで違う人間だ。見目好（よ）いだけの人形のようだ。

神が精魂込めて作った人形は、失敗作のように冷たい笑みを浮かべていた。

鶴姫は大山祇神社の斎館にいた。本来、神事を行う前に大祝が籠もって身を慎む場であり、誰も来ない。すでに夜半を過ぎたが、部屋の灯りはつけたままだ。

鶴姫は越智安成と再会したが、まるでずっと他人だったように、何事もなく数日が過ぎた。

両軍が睨み合いを続けるなか、安成はおだやかな微笑を浮かべながら、迎撃態勢を整えていた。その間にも弘中水軍が着到して敵水軍は増強され、ついには一千隻を超えたと報告があった。

この日、天は人間どもの度重なる愚行にすっかり嫌気が差したのか、手の施しようもなく荒れていた。雨はなく、風が吹き暴れている。

日が沈むころ、鶴姫は台城の露台から海を見た。大三島水軍の残りの船が浮き葉のように弄ばれていた。安成が軍議で断言したように、この荒天なら敵襲はない。大内水軍は今、いともたやすく、大三島を制圧できるのだ。わざわざ嵐の夜に出撃する必要など皆無だった。

鶴姫は腰巻姿のままである。ふたたび陣代に任じられると、松が紺糸威の胴丸を武具庫から引っ張り出し、台城の鶴姫の部屋に飾ったが、身に付ける気はしなかった。

夕刻の軍議で、軍師越智安成は台城と御串山（みくしやま）城での籠城戦を提案した。村上通康ら援軍にありったけの兵糧米を用意させたのもそのためだ。嵐でも陸路は使えるから、安成の指図を受けた鮫之介が、この今も甘崎から大三島の各城へ米俵を運び込んでいるはずだった。

だが、長年にわたり大三島を守ってきた強力な防壁は、城や砦ではなかった。紺色の海だ。紺の鎧をはがされた大祝家は、丸裸に等しい。台城も御串山城も堅固と呼べる城ではなかった。大内の大軍を相手に、三日と持ちこたえられまい。その城へ大量の兵糧米を運び込もうとする安成の気が知れなかった。

籠城戦は敗北への道だ。やはり安成の知略をもってしても、勝利はないのだ。

嵐が去った明日、大内の大軍が押し寄せるだろう。八百数十年にわたり不可侵の神域であった大三島は、ついに敵に蹂躙（じゅうりん）される。何もかもが終わるのだ。

鶴姫に生きながらえる理由は別段なかった。大山祇神社の滅亡とともに十八年の生涯を閉じればよい。だが、その前にひとつ、やり残したことがあった。

安成には夜半、斎館を訪うよう命じてあった。その意味のわからぬ安成でもあるまい。褥（しとね）も用意してあった。

鶴姫は耳を澄ましてみた。廊下に足音はしない。聞こえるのは不機嫌な天のため息だけだった。待ち人はなかなか現れなかった。

さらに四半刻ほどして、廊下で鎧のじゃらつく音がした。

「お召しにございまするか、祝様（ほうりさま）」

襖ごしに聞こえたかつての想い人の声に、鶴姫はわずかな心の乱れを感じた。

「お入りなさいまし」

紺糸毛引威の胴丸姿で現れた越智安成は、鶴姫に向かって恭しくひれ伏した。

鶴姫は安成のほうへ歩み寄り、優雅に着座して向かい合った。

薄い口ひげがよく似合う。世を捨てた仙人のように飄然(ひょうぜん)としながら、それでいて悠然とした態度物腰は慎ましやかな自信に溢れていた。干からびた鶴姫の心さえ、どきりとするほどいい男になった。一年前の安成とは、違う。

いったい何があったのだ。この男は確実に変わった。まだ二十二歳のはずだが、人生の荒波を生き抜いてきた中年男の魅力さえ、垣間(かいま)見(み)えていた。

「ご立派になられましたね。この一年余り、白鷺の評判をよく耳にしておりました」

「姫のなさっていた海賊退治の真似事を、まじめにやってみただけにございまする」

「不思議ですね。それほど多くの時が流れたわけでもないのに、安成殿がずっと遠くへ行ってしまわれた気がいたします」

鶴姫はこの一年、ずっと同じ場所で堂々巡りしていた。その間に、安成は手の届かぬ場所へ去ってしまったように思える。

「わたくしは変わりましたか？」

「さらにお美しゅうなられました」

「化粧も、着飾るのも上手になりました。……それだけですか？」

「姫君らしく、おなりになりました」

「ほほほ。しとやかな起居ふるまいなら、もうどこの姫にも負けませぬ。何しろ西国一の大名家に嫁ぐのじゃと、うるさく躾けられましたから」

安成が話を合わせるように、いたわるような微苦笑を浮かべた。

斎館の戸に吹き当たる風のしわざで、灯明皿とうみょうざらの裸火がゆらめいている。

「その、胴丸は？」

「船中の手慰みに、以前、姫に献上申し上げた胴丸と揃いの一対を完成させました。最後の恋が果てたというのに、未練がましき男でございまする」

「わたくしは最初で最後の恋を、ただ忘れようとしました。……されど、どれだけ時が流れても、新しい物事を積み重ねても、過去は変わらない。終わり果てし恋のうえには、枯れ落葉のように、時が積み重なっていくだけ……」

「もともと身どもには、姫と結ばれる資格なぞございませなんだ。されば、せめて後付けでもよい。風の便りに、かつて想うた男も捨てたものではなかったと、いつの日か、姫がわずかでも思うてくださるなら、ささやかながら姫への償いになるやも知れぬと、愚にも付かぬことを考えながら、日々を生きて参りました」

あの恋が終わったとき、鶴姫は過去を捨てて未来を生きようとした。が、結局、何もできなかった。安成は逆に、胴丸を作りながら毎日、果てた恋を思い、一切合切すべての過去を背負ってこの一年を生きてきたのだ。

だが、明日には皆が死ぬ。過去を捨てた鶴姫には、今日という夜しか、なかった。

「日ならずして、大祝家は滅び去りましょう。されば、女としてやり残したことを終えてから死にたいと思い、安成殿をお呼びしました。ここへは誰も来ぬよう、命じてあります」

鶴姫は優雅なしぐさで立ち上がると、腰の打掛けを取り、紅色に小町模様の小袖姿になった。ためらいなく帯を解いて脱ぎ、下着も外した。

鶴姫が一糸まとわぬ裸身となっても、安成は両手を突いたまま、顔を上げなかった。

「安成殿も、身に付けている物をお脱ぎなさいまし」

「おそれながら、これより出陣する身なれば、その儀はご容赦くださいませ」

鶴姫は瞠目した。

この嵐では、敵にたどりつけもせず、船が沈むではないか。

「奇襲をしかけるには、ほどよき悪天にございまする。せっかくの有利な局面で手をこまねいておるわけには参りませぬ」

「有利だ、と……?」

この若者はまだ、勝利をあきらめてはいないのか。

裸形の鶴姫を前に、視線を板の間へ落としたまま、鎧姿の安成は説いた。

圧倒的に不利な伊予水軍が、これほどの悪天のなか、数少ない船を沈める危険を冒してまで、夜襲を掛けるとは敵も思わぬはずだ。嵐にあって、風はいつも等しく吹き荒れているわけではない。夜間、風が弱まった一瞬の隙を摑み、小早船で一気に対岸へ渡海を試みる。危険な作戦を実行するのは白鷺ほか、荒海に慣れた来島衆の精鋭たちだ。

「虚を突けば、恐らくは敵陣にたどり着けるはず。通康殿もシャチも、やる気満々でございまする」

うつむき加減の安成の顔には、いつもの自信ありげな片笑みが浮かんでいた。いや、一年前よりはるかに男の凄みを増している。

「敵船に火を付け回れば、暴風により炎は巨大船団に一気に燃え移っていくはず。燃えさかる船団の中で、ばらばらに分かれて攻撃をかければ、敵は勝手に同士討ちを始めましょう」

「なぜ、軍議の席で言わなかったのです？」

「お赦しを。かくも不利な戦況では、寝返る者が必ず出ましょう。最初の勝利までは、真に信じられる者にしか策は明かせませぬ。祝様には、出陣前にお許しを賜る所存にございました」

「されど……安成殿の小早が沈むやも知れませぬ」

「されば念のため、こうしてお別れのご挨拶と、お預かり物をお返しに参りました」

安成は巾着袋から小さな神楽鈴を取り出し、捧げるように差し出した。鈴が微かに鳴った。

「今宵の奇襲は成功させまする。されど、祝様が今のご様子では、伊予水軍に勝ち目はございますまい。それも宿命なら、やむを得ませぬ」

安成は深礼してから立ち上がると、すぐに踵を返した。鶴姫はその背に問うた。

「わたくしを、抱きたくはないのですか？」

鶴姫は安成が美しい女になった自分を求めると確信していた。

が、拒絶された。なぜだ。

安成は背を向けたまま、いつもの優しい声音で、しかしきっぱりと答えた。

「瀬戸内を船で渡るうち、赤き巫女に救われたという隻脚の若者に出会いました。理不尽に片脚を奪われても、赤子を背負う元気な妻とともに、魚を商っておりました。かつての想い人が、今も皆に慕われておるのだと、誇りに思いました。されど今の姫は、まるで美しき空貝のようでござる。身どもがかつて愛したお方とは違いまする」

安成が改めて深礼して去ると、ひとり残された鶴姫は、脱ぎ捨てた豪奢（ごうしゃ）な衣裳の上にへたり込んだ。

涙が出てきた。悔しい気がした。泣き虫のくせに、一年ぶりの涙か。

安成の拒絶は、鶴姫の生きたこの一年の否定を意味した。腹が立つより惨（みじ）めさが先に立つのは、安成の言葉が正しいと、鶴姫自身も認めているからだ。鶴姫はどこにでもいる、ただ見目麗しいだけの姫に成り下がった。

館の外ではますます吹き荒れる風音が聞こえている。

この嵐のなか、敵陣にたどり着けるかもわからぬのに奇襲をかけるなど、正気の沙汰ではない。馬鹿げている。安成は今、何のために戦っているのだ。終わった恋の想い出のためか。

たとえ奇襲に成功して、対岸の敵を一掃したとしても、それは大内水軍の一部にすぎない。大崎島（おおさきじま）に停泊しきれぬ大船団は、各島の拠点に分かれて碇を下ろしている。その敵と戦い続けるのか。籠城戦に入るのか。

（いや、何をしても勝ち目はない）

倒しても倒しても、敵は尽きぬのだ。敵は七ヵ国の大国ではないか。

安成の知略を以てしても、大祝家は滅びの宿命を免れはしない。鶴姫が再び紺糸威の胴丸をまとい、小太刀を手にしたところで、逆転は決して、ありえないのだ。

鶴姫は女だ。最後の戦は男たちがやればいい。

どうせ間もなく死ぬのだ。安成も女誑しなら、たった数日を長く生きるために命などかけず、かつての想い女を一度くらい抱いてから死ぬべきだったのだ。

昔、捨てた男に愛想を尽かされた人生など、終わっても惜しくなかった。

鶴姫は安成が置いていった神楽鈴をつまみ上げた。汗のせいか、薄汚れている気がした。

そうか、お鈴はこの一年、自分の命を奪った男といっしょに過ごしたわけか。

(お鈴、そなたは何を見たのですか……。

白鷺となった黒鷹を、赦してやれるのですか……)

鶴姫が振っても、お鈴は返事をしてくれなかった。

「姫！　安成様たちが生きて戻られましたぞ！　お味方、大勝利にございまする！」

廊下を駆けてくる松の叫び声で、目を覚ました。鶴姫は台城に戻った後、ひとり褥で眠れぬ夜を過ごし、今しがた眠りについたばかりだった。

鶴姫は寝着姿のまま、窓縁に身を寄せた。

対岸を見やると、敵船団を燃やす炎が赤々と見え、黒い煙を上げていた。さんざんに敵を攪乱(かくらん)し、同士討ちをさせた後、夜明け前にゆうゆうと引き返してきたわけだ。ほとんど無傷で生還した来島村上水軍の船団に一艘、真っ白な小早船が混じっている。その船には、紺糸威の胴丸を着た若者が乗っていた。

「あのお方は正真正銘、日本一(ひのもと)の男児になられました」

鶴姫は押し黙って、否定も、同意もしなかった。

暴風の後で、夏空は隅々まで晴れ渡っている。

敵は今日、大三島に総攻めをしかけてくる。奇襲された怒りに燃え、数に任せて台ノ浜へ押し寄せるはずだ。伊予水軍の絶対的な不利は変わらない。破滅を少しだけ先延ばしにした意味が、どれだけあるというのだ。ひとりよがりの満足にすぎまい。

鶴姫も安成も、皆が皆、今日の戦で死ぬだろう。

安成は鶴姫を抱かなかった。美しささえ否定された鶴姫には、もう何もなかった。

つまらぬ人生など、さっさと終わればよいのだ。

鶴姫は白綸子(しろりんず)の腰巻姿で軍議に向かった。念入りに化粧(けわい)をしたのは、鶴姫を抱かなかった安成への当てつけのつもりもあった。

軍議といっても、すでに決めてある籠城の段取りを確かめるだけだ。せいぜい裏切り者が出ぬよう、牽制するくらいの話だろう。

鶴姫が懸念していたとおり、台城の大広間は戦勝後の活気で満ち溢れていた。死を前に気勢を上げる単純な海の男たちの姿に、鶴姫は憐れみさえ、覚えた。

鶴姫の御成りが告げられると、たちまち喧噪は止んで、水将たちが一斉にぬかずいた。

居並ぶ水将たちの間を、鶴姫は優雅にゆっくりと歩む。二年前には巫女装束だった。そういえばあのころの鶴姫は、安房の仇討ちに燃えていた。

上段の間に威儀を正して着座すると、水将たちが揃って顔を上げた。

家臣筆頭の座にある軍師、越智安成が口火を切った。

「こたび、三島大明神は神風を吹かせたまい、半明神たる大三島水軍の陣代、鶴姫のお指図のもと、わが水軍は、敵水軍を大破いたしました」

皆が感嘆の眼で鶴姫を見つめている。

本当に神の力だと信じている様子だった。愚かだ。

ひげ面の村上通康が威勢よくがなり立てた。

「河野通有公は元寇にあって、石塁を背に勇戦され、見事に蒙古軍を撃退された。あの折も、大明神は通有公のお働きをご照覧あり、神風を賜ったのじゃ」

その昔、河野通有は、大山祇神社に蒙古撃退を誓った起請文を、灰にして飲み、博多箱崎に臨んだ。将兵が後退せぬようあえて後背地に築地を作らせ、背水の陣ならぬ背壁の陣で蒙古軍を打ち破った昔話は、白鷺の故事とともに、伊予水軍にとってすこぶる著名であった。

「昨夜の神風も同じであった。陣代大祝鶴姫のもとに稀代の軍師、越智安成殿が戻られた。伊予水軍はすでに三度、大内水軍を撃退したのじゃ。勝てるぞ、勝つぞ、皆の衆！」

通康が気勢を上げると、座は一気に盛り上がった。

皆が、まるで神でも崇めるような目つきで、鶴姫を見ていた。

なぜそのような眼で見るのだ？　陣代が半明神だというのは嘘だ。鶴姫はただの姫だ、女だ、十八歳の娘だ。皆、安成の作り出した幻影に騙されているだけだ。

「われら、陣代と軍師殿のいかなるお指図にも従う所存。小海城は最後の一兵まで戦い抜いてみせますぞ！　かたがた、籠城戦を勝ち抜きましょうぞ！」

戦下手の越智通重までが、鼻息を荒らげている。

馬鹿げた狂騒だ。戦は心意気だけで勝てるものではない。鶴姫は一度、敗れて示したではないか。一度の奇襲に成功したくらいで、籠城戦を勝ち抜けるとでも思っているのか。

だが、醒めているのは、どうやら鶴姫ひとりのようだった。

「ときに軍師殿。あいにく小海城には、兵糧米がまだ届いておりませぬぞ」

通重に続いて、城将たちが口々に兵糧米の不達を訴えると、安成がうっすらと微笑みを浮かべた。

「こたび籠城はいたしませぬゆえ、米俵はいずれの城にもまだ届いてはおりませぬ」

座が水を打ったように静かになった。

意味がわからぬ。どこか懐かしい感覚が、鶴姫の中で心地よく甦ってくる。

「もとより大三島の城砦(じょうさい)は、籠城に適しておりませぬ。怖れるべきは、数に任せた敵の表裏両面の作戦なれど、甘崎には多くの船を置いておりますれば、裏参道からは攻めますまい。されば、決戦の地はここ、台(うてな)。さればかたがた、すべての騎馬を台城と御串山城、さらに大山祇神社へ入れてくだされ」

安成が絵地図を鶴姫の御前に広げると、水将たちが周りに集まってきた。物好きな連中だ。

「昨夜は火を用いましたが、今日は火に加えて、水で敵を破りまする」

復活した大三島水軍の軍師が繰り出す驚天動地の秘策に、座は静まり返ったままだった。

神野山に降る雨は、宮浦本川や井口本川などに豊富な真砂土を堆砂させ、川底を上昇させてきた。八百年の歴史が、これに合わせて堤を高くしていったために、周りよりも川底が高い今の天井川ができた。

安成が鮫之介に指図して夜通し運ばせた米俵は、城でなく、川の上流へ向かっていたという。安成は巨大な水瓶を作ったのだ。兵糧米を積んだ船団をこれ見よがしに甘崎へ入れて、敵の物見に見せた。敵は籠城戦に入ると確信しているはずだ。その裏を掻く。

伊予の将兵は船を使わず、城と大山祇神社の鎮守の森に籠もる。

敵の大軍が上陸して台ノ浜を埋め尽くしたとき、水瓶を割る。さらに、あらかじめ亀裂を入れておいた宮浦本川や井口本川の堤を焙烙で次々と決壊させ、敵を押し流す。脚を取られ、慌てふためく敵を弓で射殺していく。

水が引いた後は、城と森から一斉に打って出る。守勢が分かれて各城に籠城していると敵は勘違いしていようが、ほぼ全軍で、だ。騎馬突撃による猛攻もしかける。しかも、決壊と同時に、甘崎から出航した別働隊を台側に回して湾を封鎖し、兵の上陸により空となった敵船団に火矢を射かけて燃やす。全方位からの包囲攻撃である。謀将白井縫殿助なら、天井川に警戒するはずだが、まとまった雨はしばらく降っていない。まさか水瓶が作ってあるとは思うまい。この作戦は成功する。

安成は澄んだ瞳で、鶴姫を見つめていた。

この男は本気だ。安成はまだ何もあきらめていなかった。一千隻を超える大水軍を相手に最後まで勝ち続ける気なのだ。知略の限りを尽くして、奇跡の勝利を摑み取ろうとしている。

鶴姫は驚嘆の眼で、安成の端正な横顔を見た。この若者は、ひとまわり大きくなって、鶴姫のもとへ戻ってきた。

念願の復讐も遂げられず、恋にも破れ、名さえ失って大三島を去った敗残の男は三たび、大三島へ戻ってきた。昔の想い女を守るために。

だが、鶴姫はもう、命を懸けてまで守られる値打ちのある女ではなかった。着飾って見栄えこそよかろうが、中身を失った空貝だった。そうだと知ってなお、越智安成は鶴姫を守ろうとしている。なぜだ？

鶴姫は安成から水将たちに視線を移した。皆、目を輝かせて、鶴姫を見ていた。

安成は終わり果てた恋のために、あがいている。付き合ってやらねば、哀れだと思った。

「軍師、越智安成が策に、三島大明神のご加護がありますように」

水将たちは勝利を確信したように気勢を上げた。

鶴姫は色打掛けの腰巻姿で、台城の露台から、男たちが展開する驚嘆すべき戦いを眺めていた。安成の策は、神が筋書きをなぞってくれたごとく、見事に的中した。

敵は水に呑まれて多くの兵を失い、船まで燃やされていた。形勢は一挙に逆転し、伊予側が怒濤の攻勢に出ていた。だが、敵は名将白井縫殿助の采配で、かろうじて踏みとどまった。

やはり、敵は桁違い（けたちが）の大軍だった。

両軍は台ノ浜を血の色に染め続け、予断を許さぬ一進一退の攻防を展開している。

かたわらに来た松が、感嘆の声を上げた。

「最前線で戦うておられる白鳥の将は、安成様。有無を言わせぬ見事な男ぶりにございます！」

御串山城から手勢を率いて出撃した安成は、紺糸威の甲冑に身を固め、大軍を相手に卍巴と切り結んでいた。安成は小太刀を左手に持ち、白馬に跨がっている。その隣では馬上の村上通康が同じく槍をしごいていた。皆、陸戦には不慣れだが、それは相手も同じだろう。

「姫、どうかお赦しくださいませ。松の大きな過ちでございました。安成様なら、姫を必ずやお幸せになさったものを……」

本当にそうなのか。はたして松は間違っていたのか。

安成の正体を知らずにいれば、鶴姫はそれで本当に幸せになれたのか。

不倶戴天の仇、悪逆無道の黒鷹とともに育んだ、この世で最も不本意な恋は、真実に目隠しをしたままで、立派に花開いたのか。安成は仇の娘と知りながら鶴姫と恋をしたが、鶴姫は仇とは知らずに、夢中で安成を恋慕った。鶴姫の恋は本物だったといえるのか。

「姫を不幸せにしたのは、松でございます。わが命をもってお詫びするつもりでしたが、ずっと死にそびれて参りました。されど、松は最後まで、姫のおそばを離れませぬ。われらの武神が戦って負けるのなら、それが大祝家の運命だったのでございましょう」

戦場に、小槍を手にしたシャチの小さな姿が見えた。故郷を失った十二歳の少年さえ戦っている。何のために男たちは戦うのか。他領に侵攻し、戦うことそのものに生きがいを見出す者もいるだろう。だが、大三島を守ろうとする男たちは違う。ただ、誰かを守るために、たったひとつの命を張っているのだ。

鶴姫の心の奥底に、小さな火がポッと灯った気がした。

怒りか、悲しみか、まだ何かわからない。

この戦が始まったとき、鶴姫はすべての過去をかなぐり捨てた抜け殻だった。見てくれだけの空貝だった。対して、安成は重く苦しい過去を捨てなかった。いや、捨てられなかった。鶴姫にもわかる。安成はもう、鶴姫以外の誰も愛せはしないからだ。それでも安成はあのとき、鶴姫に最後の嘘を吐き、過去の罪業をすべて背負い、生きよとの鶴姫の命に従って、あてもない未来を生きると決めたのだ。

「姫のように身も心もお美しき方が、お幸せになれぬとは、無念でなりませぬ……」

（わらわは本当にもう、幸せにはなれぬのか。どう思う、お鈴？）

鶴姫は神楽鈴を懐から取り出そうとした。が、手から落ちて床に転がり、可愛らしい音を立てた。拾い上げ、しげしげと眺める。

おそらく安成は、この神楽鈴を何度も取り出しては、鶴姫と過去の罪業を思い出し、何もない未来に向かって、半歩ずつでも歩もうとしていたに違いない。

シャチは師を自慢していた。未練がましく「白鷺」などと名乗り、頼まれもせぬのに人助けを始めた男は、ついに紀淡海峡の和平を勝ち取り、民の笑顔を取り戻した。人をいくら救ったところで、過去に殺めた無辜（むこ）の者たちは生き返らぬのに。鶴姫は戻らぬというのに。

ひときわ高い鬨（とき）の声が上がった。

伊予軍が敵に押されている。鮫之介の奮闘でも支えきれぬ様子だった。昔、安成の右肩を槍で貫いたのは鮫之介だ。男たちは恩讐（おんしゅう）を超えて、命を助け合い、預け合って戦っている。

胸が次第に熱くなってきた。鶴姫の心の中に燃える炎は、確かな形を取り始めていた。まだ正体はわからないが、大きな力を宿しているように思えた。

鶴姫にとって、過去の恋は忘れるべき恋だった。だが、安成にとってはただひとつの宝物の恋だった。二度と手の届かぬ女との恋の想い出から力を得て、それを糧（かて）に日々を歩み続けてきた。その先に再会した女が、ただの空貝であったとしたら、あまりに不憫ではないか。

「ああ、安成様！」

松が目を覆っている。

どうやら白井縫殿助は、陸戦にも長けているらしい。目の前の戦場では、白馬の武士が馬上の小柄な敵将と、児玉某と言ったか、無駄に背の高い敵将二人を相手に押し込まれていた。安成は左手の小太刀で応戦している。利き手の自由を奪われ、生きる意味であった復讐も破れ、恋も失った男が、命懸けで戦っているのだ。

貴い姿だと思った。

安成が戦い続ける理由は、何だ？

全身全霊で、鶴姫を愛し抜いているからだ。この今も、なお……。

鶴姫の心の中で、炎はもう、抑えきれぬほどに燃え盛っている。

正体のわからぬ何かが、ついに弾けた。

「松！　お前は、たくさん間違うておるぞ！」

心の炎の正体がはっきりとわかった。

――恋、だ。

羽織っていた打掛けの結び目に手をやった。引っ張るが、固くて解けぬ。

「越智安成は武神にあらず。ただの日本一の男じゃ。わらわが救うてやらねば、敵に討たれよう。……ああ、もどかしい！」

鶴姫は紐を乱暴に引きちぎると、大きすぎる雑巾のように打掛けを放り投げた。

「姫！　いったい、いかがなされ……」

松が目を丸くして鶴姫を見ていた。

鶴姫は滾る熱情とともに、噴出する溶岩のごとく、言葉を洗いざらい吐き出した。

「お前があの時、真実を明かしたのは過ちではない。いかなる理由があれ、兄と甥を殺め、大祝家を滅ぼそうとした越智安成は、憎き仇であった。黒鷹なぞ、即座に斬って捨てねばならぬ悪漢。さような男を恋い慕うてしもうたわらわは、とことん愚かであった。あの恋は、大間違いであった」

鶴姫にはもう、安成以外の男を愛せはしない。恋なき未来に幸せはあるのか。

――ない。鶴姫は恋に生きる女だ。

恋ができぬなら、生きている意味はない。ならば、どうすればよい？

答えは簡単だ。それも、ひとつしかない。

「安成は変わった。思い返せば、一年前のあの男など、今の越智安成に比べれば、見てくれだけの空貝のごとき男であった。安成は見違えるほど立派な男に生まれ変わった。されど、わらわは、見る影もないほど下らぬ女になり果てておった」

鶴姫はそこここを破りながら、己の身体からむりやり小袖を剝ぎ取った。

「確かに恋は果てた。されど、終わったのなら、もう一度、初めからやり直せばよい。あれほどの男じゃ。わらわはもう、すっかり惚れ込んでおるわ。次は、あの男にわらわの雄姿を見せて、もう一度、惚れ直させる番じゃ！」

鶴姫はついに赤い下着だけになった。

「では姫、まさか……ご出陣を？」

「見てわからぬか。松、わらわの巫女装束と胴丸を用意させよ！」

眼下の戦場では、児玉が繰り出す長槍に、安成が苦戦している。

「わらわの弓と矢を持って参れ！　早う！」

鶴姫は差し出されてきた弓を引っ摑むと、赤下着姿のままで矢を番えた。

「不埒者めが来る島ではない。大三島から、疾く立ち去れ！」

戦姫により放たれた矢は、狙い通りに長槍の柄の半ばを撃ち砕いた。

「お見事！」

傍らの松が喝采を叫ぶ。穂先を失った棒を手に、児玉が慌てている。安成の小太刀が煌めくと、児玉は慌てて身を翻した。

すでに鶴姫は、きりりと二の矢を番えている。

馬上の縫殿助は巧みに指図して、配下の兵を縦横無尽に動かしていた。海戦ゆえに、敵の馬数は少ない。

「聖なる神域を汚すな！　外道（げどう）めが！」

怒れる神姫が射放った矢は、過たず縫殿助の馬の脚に刺さった。驚いた馬が、突然棒立ちになる。

安成がすかさず、小太刀を振って突撃を命じた。反撃開始だ。

「陣代、大祝鶴姫の出陣じゃ！」

松に手伝われながら、鶴姫は女専用の紺糸毛引威の胴丸をまとってゆく。

「わらわの薙刀（なぎなた）を持て！　馬、引けい！」

激闘の果て、浜辺に敵の骸を積み上げた後、神姫は馬ごと全身を真っ赤に染めて台城へ凱旋した。

白の神馬に跨がった鶴姫の出陣は、戦場を一変させ、大祝家の勝利を決定づけた。小原中務丞さえ討ち取った無双の英雄の出陣に、伊予兵は狂喜した。神懸かったように戦場で狂奔（きょうほん）したのだ。結果は圧勝だった。

すでに水将たちは、大広間に集結しているはずだった。

陣代のお成りが告げられると、水将たちは歓声を上げて総大将を出迎えた。

鶴姫はもみくちゃにされながら、大広間の真ん中に陣取った。

その周りに円を描いて、水将たちが居並んでいる。皆、鶴姫の戦友だった。

「皆の衆、大儀であった。あと二、三十回も撃退すれば、大内もあきらめようぞ」

鶴姫の勝利宣言に、水将たちが腹の底から放笑した。

「やはり祝様には、紺糸威の胴丸が似合いまするぞ！」

通康が気勢を上げると、座は最高潮に盛り上がった。

「敵はもう一千隻に満たぬ。伊予水軍には半明神の陣代と、不世出の軍師がおるゆえ、負けはせぬ。安成、勝つ算段は練ってあろうな？」

鶴姫の問いに、安成は自信たっぷりの片笑みを浮かべながら、両手を突いた。

「こたびの勝利にて、隻数の上では戦況が五分となりました」

現在、大三島とその周辺に集結している伊予水軍は三百隻余。対する大内水軍は、数を減らしたが、八百隻ほど残っている。三倍近い隻数の差を「五分」と言ってのけた男は、鶴姫が今、新しい恋で惚れ込んでいる美男だ。短い口ひげが薄い唇によく似合う。

「次は、甘崎に温存してある船団を投入し、いよいよ海で決着をつけまする」

安成は台ノ浜にちょっとした見世物を置いていた。

撤退する大内水軍に見せつけるように、奪い取った大内家の唐菱の軍旗に、朱で大きく目立つように×印を付け、逆さにして何本も浜辺に並べたのである。

離れていく敵の将兵が歯ぎしりする様子が浜辺からも見えた。敵愾心を煽って台側を決戦場とする安成の心理作戦であった。

今回は敵が動くより先に叩く。

安成が付近海域の絵地図を広げると、水将たちが揃って顔を突き出した。

「先だって、わが手の者が因島から戻りました。因島村上水軍に全軍の二百隻で、敵の背後を衝かせまする」

どよめきが起こった。陸に近い因島衆の村上尚吉は本拠防衛のため、大三島にまだ船を出していなかった。うち続く伊予水軍の勝利に安堵し、決戦に参加して大内水軍を撃退する好機とみたわけか。

ひげ面の通康が腕組をしながら首をひねった。

「じゃが、相手は陶隆房。白井縫殿助も帷幄におる。うまく行くであろうか」

「実は、尚吉殿には、縫殿助より調略の手が伸びておりましたゆえ、それに乗っていただき申した。さればこたびは鶴姫のお家芸、一向二裏の陣で攻めまする」

なるほど、大内方に同心すると見せかけて合流し、突如敵と化すわけだ。尚吉の若白髪が目に浮かんだ。あの狡猾な男なら、うまくやるだろう。

あらかじめ夜陰に紛れて、安成が五十隻の小船団を率い、戦場の南に待機している。尚吉の離反と同時に南北から挟撃する。混乱する敵船団に向かい、東から残りの伊予水軍が全軍で突入するのだ。もちろん本隊は総大将の鶴姫が率いる。

「こたびの戦で狙うは総大将、陶隆房の首、ただひとつ」

主戦派の陶隆房さえ討ち取れば、大三島再侵攻の危機も遠のくはずだ。

「たとえ取り逃がしたとて、道はござる」

尼子に大敗した義隆は、近ごろ文弱な相良武任をすっかり信任し、政をすべて相良に任せているという。安成は相良への贈賄（ぞうわい）により大内家の主戦派を押さえられると説いた。

「良策なり。軍師の策で参るぞ」

鶴姫が即決すると、水将たちが同時に大きくうなずいた。

「して、安成。決行はいつか？」

「敵が大敗を喫した今日こそが、大勝の好機。されば今宵、と申し上げたきところなれど、朝がた出ていた浮雲が炭色をして木肌のようでござった。おそらくは嵐となりましょう。嵐の場合、尚吉殿は日延べをする手筈。一日を敵に与えるは惜しけれど、やむを得ませせぬ」

疲れの見える伊予水軍も一日の休みが取れるわけだ。悪い話ではなかった。

「腕が鳴りますなぁ」

安成の指図で主として兵站をあずかる越智通重は最前線に出ていないが、勝ち戦の心地よさに酔っているらしい。

「そういえば今日、通重殿はいずこにおわした？」

村上通康の邪気のない問いに、水将たちが笑い転げた。

台城の外では風が唸り、ふたたび嵐の気配が近づいていた。

翌日、夕間暮れまでしばしの時があるが、大山祇神社の本殿前では、すでに篝火が焚かれ始めていた。

木々のざわめきには、まだ嵐の余韻が残っている。

安成は無粋な鎧の音を立てながら、神殿の前に立ち、神姫を待った。

鶴姫が半明神の陣代として神事に勤しむ間、安成は通康やシャチとともに万全の戦支度を忙しく終えた。

いよいよ出陣である。安成は完勝を確信していた。

作戦が図に当たり、陶隆房を討ち取れれば、当分の間、大三島は攻撃にさらされまい。うまく外交で切り抜けられれば、これを最後の戦とできよう。

そのために、必ず大勝利するのだ。

総大将である鶴姫に挨拶をしてから、出撃する。

おそらく鶴姫は、純白の巫女姿で現れるだろう。たとえようもなく神々しい容姿だが、色小袖に打掛姿もまた、神姫の別の美しさを引き出すに違いないと安成は思っていた。

瀬戸内に太平が訪れた暁には、紺糸威の甲冑はもう無用だ。

安成は鶴姫のためだけに、心を込めて衣裳を作りたい。

鶴姫の好む紺と白の取り合わせもいいが、縮緬地の小袖には、思い切ってわざと地味な葡萄色を使おう。そのほうが、鶴姫の若さと色白さと黒髪が浮き立つはずだ。柄は薄く細い白だけで菊水を表現し、色とりどりの松竹梅を浮かべる。最後に、後ろ背の中心と両袖に三島神紋をつけるのだ。打掛けはあくまで落ち着いた濃緑の本繻子地がいい。そこに、たった一輪の白桃色の椿を、満開寸前の姿で配してはどうか……。

鶴姫に着て欲しい衣裳はいくらでも頭に思い浮かんだ。

鈴も作る。鶴姫が巫女舞をする時の神楽鈴をひとつひとつ丹精に魂を込めて作り上げるのだ。これを手に神姫が舞えば、安寧を願う人の祈りはきっと天に届くだろう。

寡兵で大軍を撃破する策略を捻り出すより、鶴姫を喜ばせる衣裳の柄や鈴の形を思い巡らせるほうが遥かに幸せで、楽しい作業だった。

今夜で戦から解放され、安成はついに鶴姫と結ばれる。

明日も、明後日も、これからは常にふたり、共にあるのだ。

やがて、神事を終えた鶴姫が巫女姿で現れると、たちまち安成の顔に自然な笑みがのぼってきた。

神姫は、純白の小袖姿で裳を後腰に付け、白衣の上から無地の千早を羽織っていた。頭には金色の天冠を被り、黒漆塗の浅沓を履いている。

安成の顔を見るなり、鶴姫は巫女姿のまま駆け出し、腕の中に飛び込んできた。

やわらかな神姫の身体を力強く抱き締める。

己の身に付けている胴丸が厭わしかった。

言葉を交わすのももどかしく、神の前でひたすら唇を求め合った。ふたりは飽きを知らぬように、夢中でたがいの二枚貝を開いては、何度も重ね合わせた。

戦のように長く激しい唇の応酬が尽きぬうち、台ノ浜に先遣隊の二番貝が聞こえると、ようやくふたりは長い口づけを途中で終え、身を離した。

「そなたの策で大内水軍を殲滅する。安成よ。わがために、必ずや生きて戻れ」

鶴姫の下命を、安成は片膝を突いて請けた。

「承知してございまする」

鶴姫は首筋まで真っ赤になりながら、だが堂々と言ってのけた。

「安成よ。わらわと、まぐわいたいか？」

「はっ。叶いますならば」

「その願い、叶えてつかわす。今宵には、大祝様が大三島入りされるが、構うものか。されば、祝勝の宴が終わり次第、大本殿へ参れ。神の御前で、堂々と交わる。今夜かぎりで戦を終わらせ、わらわはそなたと夫婦になる」

十七、炎の巨柱

夕刻、越智安成は戦場へ向かっていた。

妻となる最愛の女性と、故郷を守る。

夏日はまだ山の端に残っているが、濃い海霧がすぐに安成の小船団の姿を覆い隠してくれるはずだ。海面を漂う夕霧に身を包めば、敵に気付かれず移動しやすい。

「奇襲には持ってこいの夜にございまするな」

耳の早いウツボは、大内の再侵攻と安成の復権を聞くや、ただちに大三島へ駆けつけた。昨年、安成が処刑されるや出奔したが、この一年は周防で、黒鷹の皆と放下師をして生計を立てていたらしい。再会するなり、「若がおられぬゆえ、寂しゅうてなりませんでしたぞ」と涙を浮かべながら抱きついてきた。

ウツボはがぜん張り切って、因島へ使者に立つなど、さっそく活躍した。シャチを孫のようにかわいがり、操舵や焙烙、スマルの使い方まで教えていた。

「シャチよ。瀬戸内では、霧を使える者こそが勝者となる」

白鷺の小早船も船団中にあるが、安成はあえて黒鷹に乗った。皆の素性は明かしていないが、シャチを同船させ、海戦の指南をするためでもある。安成の言葉を、シャチは乾き砂に水が沁み込むように吸収している様子だった。

同じ瀬戸内でも、島ごとに気象は異なるが、大三島は霧が多い。

特に梅雨どきは頻発し、梅雨明けとともに消えた。風の弱い日に、湿り気の多い暖気が冷たい海面上に移流すると、霧が発生する。この時期は朝霧が多い一方、夕霧は少ない。安成は海水の冷たさでこの霧の発生を知った。白井縫殿助といえど、この霧までは予見できまい。

濃霧のなかを敵の間近まで迫り、南北から呼応して攻める。勝利を確信した安成は、作戦開始の刻限を繰り上げた。大内方にある村上尚吉にはウツボの手下を通じて、ひそかに知らせてある。

「今夜の海戦で、大内との戦は終わる。勝って、戻ろうぞ」

皆に告げると、安成は懐から一枚の空貝を取り出した。出陣の際、浜辺で見つけた真っ白な貝殻だ。名前はわからない。鶴姫の柔肌を思わせる雪白だった。戻ったら、想い人の神姫に捧げるつもりだった。まぶたの裏に、鶴姫のうれしそうな笑顔が浮かんだ。

最後の夕照を浴びて立つ師を、シャチは誇らしい思いで見た。

越智安成は大内の大軍を手玉に取って、勝ち続けている。今日も、勝つのだ。

「いつか俺も、白鷺殿のような水将になれるじゃろうか」

シャチはまだ、使い慣れたあだ名で安成を呼んでいる。

「道夢斎殿も誉めておったではないか。あと十年も瀬戸内でたくましく生きておれば、お主ならきっとなれる。通康殿に取って代わるくらいにな」

シャチはドキリとした。安成の知謀なら、シャチの素性を見抜いていても、不思議はなかった。安成もウツボに「若」と呼ばれている。同じく素性を隠している身の上なのだろう。

「白鷺殿は何でもお見通しじゃな」

シャチは笑いかけたが、いつもは平静な安成が、わずかに顔色を変えて、探るように前方を見詰めていた。

「ウツボよ。大下島に着いたら、しばし船を止める」

乳色の霧がにわかに小船団のゆくてを覆い始め、辺りはすぐに見えなくなった。


鶴姫の兜は、檜扇の空貝を模した金色の前立てである。お気に入りだ。

伊予水軍はすっかり船団を整えてあった。すでに一番貝を鳴らしてある。

鶴姫は軽い胸騒ぎを覚えて、台城の露台から台ノ浜沖を見た。

日暮れころ、遠く向こう岸に停泊する大内水軍の両翼から火の手が上がる手筈だ。まずは北、敵左翼にある因島衆が突如、寝返る。これに呼応して南、秘かに侵攻した大下島にある安成の小船団が敵右翼に焙烙攻撃をしかける。大混乱に陥った敵船団の中央を、鶴姫率いる伊予水軍が東の正面から攻める。

——必ず、陶隆房の首を挙げる。

絵地図で何度も確認した完全な計略だった。負けるはずがない。

「北に動きはございませぬ」

物見に出ていた小早船が戻った。

(因島衆はなぜ動かぬ。夕霧については伝えてある。村上尚吉なら勇み立って、伊予方に有利な薄暮のうちに奇襲をしかけるはずだが……)

安成は暮れなずむ時のなかで思案した。目を凝らして見えるのは海から立ち上る夕霧、耳を澄まして聞こえるのは穏やかな波の音だけだ。敵の船影は、ない。

(なぜ敵船がまったく現れなかったのだ。もしや敵に勘づかれたのか……)

謀将白井縫殿助なら、物見の船を出して敵襲を警戒しているはずだった。ゆえに安成は物見の船を神速で取り囲み、討滅できる陣形で小船団の隊列を組んでいた。

作戦が敵に漏れている、と考えるべきか。……なぜだ。なぜ、漏れた？

縫殿助でも見通せぬはずだ。ならば、裏切りか……。いったい、誰だ？

海風が一瞬だけ、霧を払った。

熱心にスマルを手入れする相棒のすっかり老いた横顔を見たとき、安成の背筋が凍りついた。

（ウツボは今、何のために生きている？）

過去に生きるこの老人には、失うものが何もなかった。愛を得た安成とは違い、この今も、復讐以外に生きる理由がないのではないか。

（俺としたことが、恋に浮かれておった……。

さあ、どうする？　道はあるか、安成？）

必死で思案を巡らせた。安成は懐手で鶴姫の髪束をそっと握り締めた。返してもらったお鈴の神楽鈴とともに紺糸で括ってある。

敵の作戦は読めた。完全に裏を掻かれていた。

このままでは、伊予水軍が全滅する。

だが、作戦は動き出していた。安成の小船団はすでに敵の懐深く侵入しすぎている。本隊の出陣はもう、止められぬ。鶴姫が危ない。

鶴姫に一瞬で危急を伝える方法はないか。どうすれば、鶴姫を守れる？

大三島とその海域と潮流、風と気象、大崎島からはみ出ている敵大船団の配置、白井縫殿助の知力、諸将の利害、さらに鶴姫の気性……。

すべてを考え抜いた後、安成は想い人がいるはずの東方を見た。

まだ打てる策が、ひとつだけ、残っている。綱渡りの逆転劇だ。だが――

（お赦しくだされ、姫。約束をひとつ、守れませなんだ……）

ひと筋の涙が、安成の頰をすっと流れていく。

鶴姫を守るには、やはりこの命を捨てるしかない。

最後の勝利の場に、生きて安成はいない。

死して後になお、わが策を伝えねば、鶴姫は守れぬ。

安成は指先でそっと涙を拭うと、夕霧のなかで、努めて明るく言い放った。

「大勝利は目の前だ。ウツボよ。黒鷹の皆で景気づけに一杯、やるか」

夜を迎えるにつれ霧が晴れ、冷たい月光が海面を照らし始めた。二番貝で、腹ごしらえを終えたせいで、辺りは賑やかだった。

「いまだ敵左翼に動きはございませぬ」

物見から戻った鮫之介の報告に鶴姫はうなずき、両の小太刀の柄から手を離した。

「尚吉は何をもたもたしておるのじゃ」

鶴姫と安成は完全に心を通じ合わせ、一つにしていた。

だが、それだけでは足りぬ。

鶴姫は唇を結び直して紅を整えながら、接吻の味を思い出した。

これから始まる最後の戦にさえ勝てば、ふたりは永遠に結ばれるのだ。

今日の戦が、ふたりが乗り越えるべき最後の障壁だった。

これからは明日も、明後日も、ずっとその先も、ふたりは共にある。

鶴姫は大内水軍を三たび撃退し、今度こそ、安成と夫婦になるのだ。

碇を下ろした小船団は帆柱を寝かせ、穏やかな海の波間に浮かんでいた。

「ウツボよ、淡州の酒はどうだ？」

シャチは驚きを隠せなかった。安成が作戦中に酒を呷る姿を初めて見た。

「何やら懐かしい味がいたしまする。まだ、ありますかな？」

ウツボは酒に目がないらしい。安成が放り投げた瓢箪（ひょうたん）を受け取ると、さっそく飲み始めた。

「皆の者、俺たちの再会と勝利の前祝いだ。景気づけに飲め。ただし、半合くらいにしておけよ」

安成が瓢箪を何本も放ると、水手（かこ）たちが喜んで受け取り、代わる代わるに飲んだ。

「白鷺殿、何のつもりじゃ！　決戦の前に酒なぞ――」

「酒は黒鷹の流儀でな」

「勝ち戦の後に飲めばよいではないか！」

「酒も使いようだ。臆病者でも、勇気を振り絞れる。戦とは本来、正気ではできぬ禍事（まがごと）ぞ」

戦の前だけに騒ぎはしないが、静かな酒盛りが始まった。

口々に美味だと言い合っている。

いったい何のつもりなのだ？

あきれかえったシャチを尻目に、安成が親しき友に対するごとく、ウツボに語りかけた。

「因島衆は偽りでなく、本当に大内に寝返ったわけか」

（何の話だ？）

シャチは仰天して、安成の浮かべる片笑みを見た。

「さすがは若。もう気が付かれるとは参りましたな」

ウツボが笑うと、抜けた前歯から漏れる息の音がした。

村上尚吉はかねて尼子に味方し、大内と敵対してきた。大内の大三島侵攻が始まったのも、元はと言えば、因島衆の尼子への同心が原因だった。尼子の大勝利を受けて決戦を主張していた海賊が、大内に鞍替えするなど信じられぬ。因島の至近の陸を領する大内家臣、毛利元就に調略されたのか、毛利の脅威に怯えたのか。

「されど、もう何をしても間に合いませぬぞ。伊予水軍の大負けじゃ。わしの焙烙火矢の合図で敵は動き申す。今ここから白鷺を戻したとて逃げ切れませんぞ」

安成は天に向かって放笑した。

「俺としたことが、お前の裏切りだけは、勘定に入れておらなんだ」

「心外な仰りようじゃ。若がやらぬなら、わしが代わりに仇を討つまでよ」

ウツボは好々爺だと思っていたが、伊予水軍の敵だったのか。

「若、すでに白井殿と話はできており申す。若は大内方の将として台城を落とされよ」

シャチは小太刀を抜き放つや、躍り上がった。が、すでにウツボのスマルがシャチの右手首を捕らえていた。小太刀を取り落とす。

たちまちウツボの手下たちに荒縄でふん縛られた。

「この小僧の命を惜しいと思われるなら、下手な真似はなさらんほうがよい」

ウツボは手早くシャチの口に猿ぐつわを噛ませた。老いた嗄れ声が続ける。

「尚吉の裏切りで、隻数の差は四倍以上。因島衆が鶴姫の背後を襲い、前後から大内と挟撃すれば、伊予に打つ手はござらん」

シャチは身震いが止まらなかった。

腹心のウツボが敵に寝返っていたのなら、安成の作戦はすべて漏れている。敵の謀将、白井縫殿助は伊予水軍を全滅させる作戦を綿密に立てているはずだった。鶴姫の気性なら、配下の水将たちを逃がしてでも戦場にとどまるだろう。

「白井殿からは、大祝の正統、祝治部丞（ほうりじぶのじょう）が第三十三代大祝となる約を、しかと取り付けてござる。用済みの大祝とその一族は真の大祝の好きにせよ、とも」

シャチにも事情がうすうす呑み込めてきた。結局は家督争いか、シャチの家と同じだ。

「心を惑わす妖姫（ようき）さえ死ねば、若も復讐の心を取り戻されよう。黒鷹よ、甦りなされ」

黙したままの安成に、ウツボは勝ち誇った表情で続けた。

「陶隆房は驍将にて、主家簒奪の野望を抱いてござる。大祝となられて後は、陶と結び、大内義隆を討たれませ。さすれば、憎き大内をも討ち、いま一つの復讐も果たせましょうぞ」

安成が寂しげに応じた。

「確かに万策尽きておる。俺が謀で敗れたのは、初めてやも知れぬな」

「本来、若のごとき知恵者を欺くは至難よ。されど、恋に溺れておる今なら、話は別じゃ」

「……他に道を断たれたのなら、やむを得ぬ。大内に降るゆえ、案内せよ」

このまま縫殿助が手ぐすね引いて待ち受ける敵陣に入れば、五十隻の小船団が包囲殲滅される。黒鷹だけが助かり、白鷺も含めて何も知らぬ他の兵船は全滅する。それがウツボの手土産なのだ。

安成の指図で、小船団がしずしずと動き始めた。

(白鷺殿まで伊予を裏切るのか？　いや、鶴姫を見捨てるはずがない。そうじゃろう？)

シャチの問いは届かない。が、安成がシャチに向かい、眼でうなずいた気がした。

二ノ鳥居を出た鶴姫は馬に飛び乗って、浜辺を目指した。

大三島に渡ってきた大祝安舎に会って戦況を報告し、作戦に加えて越智安成との祝言についても即諾（そくだく）を得た。心が弾んだ。

台ノ浜に着き、対岸に目を凝らした。が、雲に隠れた月照の下、夜の帳（とばり）が船影を隠しているだけで、合図の火の手は上がっていなかった。

（尚吉は、何をしておるのだ？）

鶴姫は将船に乗り込むと、ただちに命じた。

「もう、待てぬ。三番貝を鳴らせ！」

合図がなくとも、月がドンドロ岩の上に見えれば出港して、中ほどにある大横島（おおよこしま）の陰で待機する手はずだ。さもなくば適時に包囲攻撃ができず、数に勝る敵に逆転を許しかねない。

三つ目の法螺貝が物憂げに鳴った。碇を上げよの意である。

鶴姫は右手の方角を見た。因島衆が攻めるはずの敵左翼はまだ、眠ったように静まり返っている。

「小便がしたいんじゃ、ウツボ」

身体をばたつかせて猿ぐつわを解かせるなり、シャチは訴えた。

安成が鶴姫と伊予を裏切るはずはなかった。シャチが人質とされたせいで動けずにいるなら、敗北はシャチの責任になる。

「その辺で垂れておけ」

「この船が臭うなるぞ！」

黒鷹のなかは敵だらけだ。安成のもとへ行くか、海へ飛び込めばいい。

「うるさい奴じゃのう」

ウツボが縄を緩めようと、シャチの身体の縄に手を伸ばしたとき、シャチはウツボの顔を思い切り蹴飛ばした。

シャチはすでに縄抜けしていた。強敵から逃れるための隙を作っただけだ。シャチは甲板（かんぱん）に転がっている小太刀を取った。

抜き放って、安成のそばへ駆け寄った。成功だ。

「白鷺殿！　海へ逃げるぞ！」

シャチは突然、右手に衝撃を感じた。安成の手刀で落とされた小太刀は遠く、ウツボのほうへ滑っていった。絶望して、安成を見た。

「何の真似じゃ？　越智安成に裏切りは似合わぬぞ！」

安成はシャチを守るように抱き締めると、耳元で囁いた。落ち着いた早口だった。

「よいか、シャチ。常に次の次を考えて、策を打て。ここを逃れても、ウツボが目の前の敵陣に駆け込めば、敵本隊が出撃する。ウツボをうまく倒し、すぐに船を戻したとて、もう間に合わぬ。鶴姫の船団とともに全滅するだけの話だ」

すでに安成の小船団は敵地の至近にまで侵攻していた。間もなく、裏切った因島衆が鶴姫の船隊の背後から襲来する。安成が言ったように万策尽きていた。

「……いったい、どうすればいいんじゃ？　因島衆はすぐにも鶴姫の――」

「いかにも。されば一瞬で、二里以上離れた船に危急を伝える手立てがある。鶴姫は聡（さと）いお方なれば、わが意をただちに解し、撤退なさるであろう。身どもが敵本隊の将船を足止めすれば、伊予水軍は全滅を免れる」

シャチは驚いて安成を見た。

そんな方法がまだ、残っているというのか。

「思案したが、ウツボを味方に付け直す以外に、方途はなかった。後は身どもに任せよ」

安成は再び全船を停止させると、鼻を摩っているウツボに語りかけた。

「お前の裏切りで、わが策は敗れた。されどウツボ、もうひとひねりすれば、俺たちは再び手を組み、もっと面白き策を敵にしかけられるのだがな」

「その手には乗りませんぞ。この期に及んでいかなる逆転の策が打てると仰せか」

「いや、手はすでに打ってある。すまぬが、荒療治になった」

ウツボの背後で、黒鷹のひとりがアッと叫んで身体を畳んだ。口を押さえた指の間から、鮮血がこぼれ落ちてゆく。水手たちの幾人かも同様だった。

「若き大祝安高の命を奪いし倭寇の猛毒、蓬莱よ。さっきの酒に仕込んでおいた」

「何と……じゃが、北家の正統に大祝の座を遺せた。わが人生には何の悔いもない」

「勝手に死に急ぐな、ウツボ。お前にだけは毒を盛らなんだ。最後にひと仕事、頼みたいゆえ」

安成は微笑みながら、苦しそうに大量に吐血した。

シャチは慌てて背を摩ってやる。

ウツボは腫れぼったい目を見開いて、絶句していた。

「黒鷹の皆が報いを受けねばならぬ。俺も同罪だ。さてとウツボよ。お前の策は俺が生きていなければ、無意味だ。わが死により、お前の策は根底から崩れる。さればいま一度、策を練り直してみよ」

「何ゆえじゃ、若！　あと少しで復讐が成り、大祝の座が手に入ったのでござるぞ！」

「お前が勝手に打った策では、俺の愛する女性が死ぬ。それだけはならぬ」

「若は、馬鹿じゃ！　恋煩いで狂った大馬鹿者じゃ！」

「馬鹿なりに頭を巡らせた俺の最後の作戦は、焙烙船の計だ」

安成は手甲で口もとの血を拭った。

「俺がおらねば、大祝家は遠からず滅びを免れまい。されば、お前の溜飲も下がるはず。それでよしとせよ。だが、どうせ死ぬるなら、敵の計略を逆手に取って、誰ぞ大内の将を死出の旅の道連れにしたい。こうして命を捨てて、お前に頼んでおるのだ。聞き届けよ」

安成の語った壮絶な十中十死の作戦を聞いて、シャチは身震いした。

「シャチよ。お主は白鷺に乗って、残りの船とともに引き返し、しばし海上で待機せよ。敵船団に火の手が上がったら、各船に煌々と篝火を焚き、堂々と台ノ浜へ向かえ。戦にはならぬ。わが死はまだ因島衆に伝わっていない。村上尚吉は中途半端な切れ者なれば、わが策を見抜けまい。身どもが謀を逆手に取ったと誤信し、戦わずして引き返すであろう」

安成は微苦笑しながら、苦しげに胸を押さえた。

「こたびの敗戦はすべて軍師、越智安成が責め。お主から陣代にお詫び申し上げてくれぬか」

詫び言や敗戦の処理なんぞはよい。シャチは泣きながら問うた。

「白鷺殿がもう、戻らぬことを……姫にどのように伝えればよい？」

「見聞きしたとおり、事の顚末（てんまつ）をお伝えしてくれ。思案したが、他に手がなかった」

「わかった。軍師を失った伊予はその後……何とすればよいのじゃ？」

安成は一枚の真っ白な空貝を懐から取り出すと、シャチに手渡した。

「この空貝を伏せて、姫にお渡しせよ。鶴姫はわが遺計を解されよう」

「承知した……。何か伝えおくことはないのか？　白鷺殿は鶴姫を好きなんじゃろう？」

言わずもがなの問いに対し、安成は最後にうすく微笑んだ。

「ああ、この世の誰よりも愛している。されば伝えてくれぬか。鶴姫と結ばれた越智安成は、日本（ひのもと）一の幸せ者であった。たとえ身は海に潰（つい）えようとも、われはこの空貝となりて、これからも鶴姫のおそばにある。姫らしく、自信を持って己が道を歩まれよ、と」

安成は別れの挨拶にシャチの頭を拳骨で小突いた。が、もう力が入れられぬのであろう、左手は力なく、すぐに下ろされた。

「急げ、シャチ。われらには時がない」

「皆の者！　身体が満足に動くうちに、死に支度を終えるぞ！」

蓬萊の効き目は人によって違うらしい。すでに命が尽きた者もいた。

黒鷹には小船団にあった焙烙を載せられるだけ積み上げた。よく燃える油壺もだ。

安成の乗る巨大な爆薬は、沖合の潮の流れと風に乗って、ほどなく敵陣まで到達する。

大内水軍が安成の寝返りを信じているなら、当然、陣中に黒鷹を入れるはずだ。

だが、黒鷹は停船せず、敵の将船の腹に体当たりし、着火した焙烙もろとも自爆する。陶隆房とは限らぬが、関船を一隻くらい沈められよう。敵の侵攻の出鼻を挫いて出撃を遅らせ、包囲作戦を崩すわけだ。

遺された命が尽きるまでに、事を済ませねばならぬ。

「間に合ったようでござる。あらかた済みましたぞ」

「大儀であった」

安成の隣に、ウツボが小柄な身体を置いた。

「天下の奇才が、恋なんぞのために復讐を捨てなさるとは……。結末があまりに馬鹿らしゅうて、後世の者も書き残しますまい」

責める口調ではなかった。むしろいたわりが込められている気がした。

「いや、いつか太平の世が来れば、どこぞの物好きが恋物語に仕立てあげるやも知れぬぞ。たとえば『空蟬』ならぬ『空貝』なぞと名付けてな」

乱世に生まれなければ、安成は鶴姫と幸せな夫婦になれたろうか。いや、命を預け合う戦のなかで育んだからこそ、ふたりは最高の恋の大輪を咲かせえたのではないか。たとえ花開いてすぐに散る、はかなき恋であったとしても。

「何を幸せと思うかは、人によって違う。お前が大祝北家に対し忠義の誠を献じたように、俺は鶴姫への愛に全霊を捧げた。これ以上の死に方を俺は知らぬ」

「かような仕儀になろうとは……。亡き安雄公はわしをお赦しくださろうか……」

ウツボの腫れぼったい目が大粒の涙を溜めていた。初めて見る表情だった。

「俺に子はなかったが、親は子の幸せを願うものであろう。俺は鶴姫のおかげでこの世で最高の幸せを得た。お前も、お前なりに懸命に生きたのだ。北家の皆は、よう尽くしてくれたと、俺たちを褒めてくれよう。実は北家の血は絶えておらぬ。生き別れの異父妹が生きておった。安舎殿の情けで生きながらえ、今はお任と名乗っておる」

「何と！　では、わしは何という真似を……」

大祝北家最後の遺臣は、みじめな顔で安成を見た。

「ウツボよ。恨みには、復讐よりも赦しが正しかったのではないか」

安成は忠臣の老いさらばえた肩に、まだ動く左手を置いた。

「慈悲深き神は、愚かな人間にも赦しを与えられた。出陣前に鶴姫から、お任が昨年無事に安高殿の子を産んだと聞いた。俺の甥だ」

肩を震わせるウツボの頬を、大粒の涙が流れてゆく。

安成は、おいおい泣くウツボの痩せた背を、震える手でさすってやった。

「また、計算が狂ったらしい。俺の命はもう尽きそうだ。されば最後にひとつ、お前に謀を授ける。よいか、ウツボ。縫殿助はもとより俺の裏切りなど信じておらぬ。俺さえ死ねば、大三島など簡単に手に入るのだ。わざわざ好敵手を生かして、大内家中に出世の邪魔者を入れたりはせぬ。されば、ここで俺を葬り去って、己の手柄とする肚だ」

「何と！　ならば、わしは縫殿助に……」

「腹心を騙された俺の負けでもある。されば、最後にひと泡吹かせたい」

安成は咳き込んで、夥(おびただ)しい血を吐いた。

「手土産の小船団を伴わず、小早が一艘だけで漕ぎ寄せれば、敵は警戒する。お前は俺に策を見抜かれて逃げてきたのだと申し立てよ。越智安成が逆手に取って、この先に船を隠しておるゆえ、作戦は失敗じゃとわめけ。さすれば必ず、縫殿助が出て参るであろう」

殺せずとも、疑心暗鬼に陥(おとしい)れれば、敵をしばし足留めし、進撃を遅らせられる。最後に安成は、進行方向とは逆、台(うてな)の方角を見やった。手は決して届かぬが、最愛の女武将はすでに出陣し、海上に待機しているはずだった。

「三島大明神よ、不心得者の祈りなれど、お聞き届けくだされ。わが命と引き換えに、わが愛しの神姫を救われよ」

安成は大山祇神社に向かって、深く頭を垂れた。


祈りの姿勢のまま絶命した若者の最後の言葉は、ただひとこと、命懸けで愛した女性の名だった。

ウツボは若き主君の亡骸をそっと小早の艫(とも)にもたせかけた。

紺糸威の胴丸に身を包んだ若者の死に顔は、朝まだきの海にのんびりたゆたう、さざ波のように安らかだった。

安成の胸に当てられた左手は黒髪の束を握っていた。小さな鈴の付いた紺糸でくくられている。由来は知らぬが、鶴姫ゆかりのものに違いなかった。胸が、締め付けられた。

「済みませなんだ、若……」

迷いなくすべてを捨て、命を捧げるほどに愛していたのなら、相思相愛の女性(にょしょう)と添い遂げさせてやればよかった。

ウツボはたまらなくなって、若い遺骸を抱き締めた。

みじめに泣きながら天を仰いだ。

「大祝(おおほうり)様、わしはずっと間違っておったのですか？」

ウツボにとって「大祝様」は、かつての主君、第三十代安雄以外にはいなかった。先代と今の大祝は偽者だ。だから信心深かったウツボも、大山祇神社には参詣しなくなった。神はもう死んだと思っていた。

ウツボは若いころ、伊予征服をもくろむ阿讃(あさん)細川家に雇われた忍びだった。捕えられ殺されるはずのウツボの命を安雄は救い、信頼して使った。だが、名君安雄は、その寛容さゆえに裏切られ、自身も、子も、孫も、安用に謀殺された。幼い安用の命を絶たなかった安雄が愚かだったのだと、安用なら嘯くだろう。一族鏖殺の憂き目を見るまで、ウツボは愚かにも安用の謀略さえ知らず、名君だと思い込まされていた。

ウツボは、容赦なき殺戮の果てに生き残った安雄の幼孫を、復仇のための見事な爪牙として育て上げた。

知勇兼備の若者は復讐に生きたが、結局、愛に死んだ。

「お赦しくだされ、大祝様」

ウツボは大山祇神社の方角に向かって平伏した。

敵陣まで百間ほどの距離だ。悲嘆に暮れている暇はなかった。

静まり返った黒い海の向こうに、敵大船団の焚く篝火が大きく見えてきた。

ウツボを静けさが包んでいる。皆、死に絶えた。幼時から手塩に掛けて育ててきた海賊たちだ。復讐の走狗ではあっても、わが子同様に面倒を見た。皆、「親爺殿」と呼んでくれた。

たまに訪れる気まぐれな大波が小早船を揺らしはしても、黒鷹は潮流に乗っていた。このままなら、碇を下ろした敵船団の中央に入り込める。

安成の言ったとおりに口上を述べると、ついに丸顔で小太りの男が関船上に姿を見せた。白井縫殿助だ。

「ウツボでござる！　伊予水軍から逃げて参りました！　水手たちも殺され申した。大三島の軍師に裏をかかれておりまするぞ！」

縫殿助が片手を上げると、射手が一斉に弓を構えた。

「大儀であったぞ、ウツボ。……射殺せ」

突然の矢嵐が黒鷹の小早舟を襲った。

ウツボは用意していた身隠れの盾を素早く立てて、背にした。

（全部、若の言うたとおりじゃ。縫殿助め、慌てふためくがよいわ）

スマルを投げる。鉤がうまく関船の櫓床の台にかかった。

これだけ近づけば大丈夫だ。

だが、爆発は生じない。なぜだ？

長い導火線に火をつけたはずだった。船上を這って確かめると、縄が途中で海水に湿り、火が消えていた。気まぐれな波にやられたのだろう。

ウツボは泣きそうになった。このままでは皆、犬死にではないか！

（畜生め！　なんぞ、よう燃えるものはないか？　……そうじゃ）

ウツボは頭から壺の油をかぶると、ひとりごちた。

「これなら、よう燃えるわい」

幼きころに見た母の笑顔を、最後になぜか思い出した。

火打石（ひうちいし）で着火すると、ウツボの全身はたちまち火に包まれた。

ウツボは導火線を抱き締めて、矢嵐の中を歩いた。

潮の流れで、小早の舳先（へさき）が関船の腹に当たった。成功だ。

ウツボは声を立てて笑いながら、焙烙の山に向かって身を投げた――。


さっきから突然襲ってくるこの激しい胸騒ぎは何だ。

胸が塞（ふさ）がるようで、息もできぬ。

鶴姫は懐中の銀の鈴を握り締める。が、ついに息苦しさを堪（こら）えきれず、胴丸の胸板を両手で押さえて片膝を突いた。

「姫！　あの炎を！」

鮫之介がめずらしく動揺している。

行く手の左、対岸の敵陣右翼には、天まで届かんとする巨大な炎の柱が上がっていた。

遠くから海を揺るがすような轟音が響いてくる。

地鳴りのごとき鈍い爆発音が続いた。

「いったい何が起こっておるんじゃ！　なぜ南から先に火が上がった？」

手筈が狂っている。北に上がるはずの火の手はまだだ。なぜ村上尚吉は動かぬ？

なぜ安成が先に仕掛けたのだ？

「安成、何があった？　作戦を変えたのか？」

因島衆の離反を待たず五十隻で先にしかけても、返り討ちに遭うだけだ。が、安成ほどの知将が愚かな過ちを犯すはずがない。きっと何か、勝機に繋がる意味があるはずだ。

鶴姫は必死で思案した。

安成は水も漏らさぬ完全な作戦を立案した。なぜその安成が、あえて死地に身を置いて、敵にその居場所を明かしたのだ？

まるで自死に等しいではないか。

いや、まさか、自死なのか。なぜ、命を捨てた！

鶴姫は顔から血の気が引くのがわかった。あの炎の巨柱の意味は何か。

考えられる可能性は、ひとつしかなかった。

(安成は命を捧げて、逃げよと、わらわに知らせている……)

鶴姫の眼から、堪えようもなく涙が溢れ出た。

それでも泣きながら叫んだ。

「撤退じゃ！　全軍、台へ引き返せ！」

村上尚吉が敵に寝返ったのだ。因島衆は伊予水軍の背後を突き、前後から挟撃する肚に違いない。裏切りに気付いた安成は、天にも届く巨大な炎柱を打ち立てて、鶴姫に作戦の失敗を瞬時に知らせたのだ。

「因島衆が来る前に、台ノ浜へ入り込め！」

(安成なら、生還するために知略の限りを尽くしたはずだ。望みはある)

頭で懸命に言い聞かせた。だが、それでも鶴姫にはわかっていた。心身が確かな悲しみを感じ取っている。とめどなく流れ続ける涙が、何よりの証だった。

最愛の若者はきっともう、死んだのだ。

十八、空貝の伝言

翌朝、梅雨明けの空に昇った旭日は、大三島の楠の深緑を燦々と照らしていた。伊予水軍の軍議は、大山祇神社の遥拝殿において、大祝安舎の御前で行われた。

「軍師、越智安成様、実にご立派な……最期にございました」

シャチは恭しく両手を突いて、安舎に奏上した。もう泣かぬつもりが、途中から見っともなくすすり上げた。

「焙烙船の計とは……。最後まで見あげた男であった。あの者こそ、乱世の大祝に相応しき器の持ち主であった」

鶴姫は敵将船の大炎上によって村上尚吉の裏切りを悟るや、船列を整えて台に撤退した。安成が言い遺したとおり、シャチの小船団を警戒した因島衆は戦わずに撤退した。

伊予水軍は大敗北を免れたが、越智安成と黒鷹たちは戻らなかった。

「鶴よ、その空貝をいかなる意味と取るか？」

大祝鶴姫の前には、一枚の真っ白な空貝が伏せて置かれていた。

気丈にも取り乱さず、じっと悲しみを耐え忍ぶ鶴姫の姿は、崇高でさえあった。

「伏せることとは、降伏を表します。越智安成を失うた伊予水軍に、もはや勝ち目はございませぬ。されば軍師は死に臨み、大内への降伏を献策したものと心得ます」

鶴姫の言上に、安舎は黙したままである。

シャチが口を開いた。

「お待ちくださいませ。不世出の軍師の遺した謀が、ただの降伏とは思えませぬ」

あのとき安成は、ウツボに大三島が滅ぶと断言してみせ、共闘へ誘導した。謀の内容をシャチに言葉で伝えなかったのは、ウツボに聞かれたくなかったからだろう。だから安成は、言葉でなく、大三島を守る秘策を空貝に託したのではないか。

「控えよ、シャチ。わらわ以上に安成の心を知る者は、この世におらぬ」

鶴姫は議論する気もない様子で上座に向き直ると、両手を突いた。

「大祝様。敵が総攻めを始める前に、すみやかに降伏なさいませ」

シャチは大いに不満だった。だが、肝心の鶴姫に戦う気がないのなら、伊予水軍に勝ち目はない。安成を失った鶴姫の気持ちを慮(おもんぱか)れば、反駁(はんばく)もできなかった。

その日、陣代鶴姫の進言に従い、大祝家は大内家に降伏した。

「通康殿、とっとと来島へ帰ろうぞ。もう、大三島なんぞに用はない」

とっくに夜半を過ぎたというのに、政所（まんどころ）では乱痴気騒ぎが続いていた。にぎやかな哄笑が、大山祇神社の武者所まで、尽きぬ浦波のように届いてくる。

大三島水軍は、武装を解除した。

友軍である来島衆も、明日までに撤兵する約定（やくじょう）だった。

「ずっと憧れておったが、俺はすっかり鶴姫を嫌いになった。夫婦（めおと）になりたいとさえ思うておったのに……。あれでは、白鷺殿があんまりではないか」

悔し涙をこぼさぬよう、シャチが歯を食いしばりながら愚痴をこぼしても、村上通康は黙り込んだままだった。

八百年余に及ぶ独立を失い、大内軍に占領された大三島では、村上水軍の奉納したお神酒（みき）まで次々と費消され、呑めや歌えの宴が連日催された。宴席では陶隆房に所望されて、鶴姫が巫女舞を披露した。諸将からため息が漏れるほど見事な舞だった。

人はこれほどに変わってしまうものなのか。

通康の背後で苦々しく醜悪な場を眺めていたシャチには、艶（あで）やかに科（しな）を作る鶴姫が卑猥（ひわい）な遊女にさえ見えた。

「鶴姫は本当に陶の側室になるつもりなのか？　瀬戸内一の美男美女じゃと？　陶隆

房なんぞより、越智安成のほうがはるかに美男であったわ」

シャチは毒づいたが、降伏した大祝家にとって、大内家の宿将陶家への鶴姫の輿入れが大三島を守る最善策だという悲劇を認めざるを得なかった。隆房も、鶴姫の美貌に心惹かれた様子で、毎晩の宴では必ず隣に鶴姫を座らせた。半神の姫が側室とは屈辱の極みだが、隆房の正室は不器量ながら大内家重臣、内藤隆時（ないとうたかとき）の娘であり、離縁できない事情もあった。

「白鷺殿も、鶴姫を陶に取られるとは思わなんだはず。なあ通康殿、聞いておるのか？」

腕組をしていたひげ面の口がようやく開いた。

「わしも、鶴姫のあまりのお変わりようが解（げ）せんでな。実は昨夜、お部屋へ行って、直談判に及ぼうとした」

元気のないガラガラ声にシャチが身を乗り出すと、通康は黒々としたひげをしごきながら続けた。

「皆が寝静まった後の廊下で途中、涼やかな鈴の音が聞こえてきた。以前、姫は嬉しそうに話しておられた。安成殿と宝物の鈴を交換したのじゃと」

「白鷺殿の鈴を……」

「鈴の音の合間に、すすり泣くお声が聞こえた。お部屋にはとても、伺えなんだ」

通康があごひげから手を離したとき、女の声がした。

――松にございます。鶴姫がお二人をお呼びでございまする。

「幽世（かくりよ）の大神（おおかみ）、憐れみたまえ、恵みたまえ――」

天文十二年（一五四三年）七月、夜明け前の潮風が、馬上の鶴姫の黒髪をやわらかくなびかせていた。

台ノ浜では寺社、僧坊、庁舎などの宿所に収まりきらぬ大内家の将兵たちが泥酔し、騒ぎ疲れて、眠りこけている。

鶴姫は愛用の紺糸毛引威の胴丸に身を包んでいた。右には村上通康、左にはシャチ、後ろには鮫之介が、いずれも物々しい甲冑姿で騎馬に跨っている。その背後には来島衆の将兵と大三島水軍の元将兵らが揃っていた。辺りには鶴姫の唱える幽冥神語（ゆうめいしんご）が聞こえるだけで、兵たちは静寂を守っている。

これが、わが生涯、最後の戦である。

これより、越智安成の遺した「空貝の計」を実行に移す。

「陶の首は俺が挙げる。通康殿も、鮫之介もほかの奴を狙え」

「シャチも欲深じゃな。それにしても安成殿の仇討ち、腕が鳴りまするな、姫」

この世で最も大切な人が世から去ったのに、鶴姫がなお幾日もこの憂き世にとどまっていた理由は、ただこの一戦のためだ。一度も結ばれず、祝言もあげ損ねた。ならば、あの世で夫婦になるしかない。

鶴姫には、安成の遺した最後の計略の意味がすぐにわかった。

因島衆の離反と軍師越智安成の戦死を受け、力を失った大三島水軍が大内家に降伏したとしても、疑われまい。だが、降伏は「空貝の計」の第一段階にすぎない。

空貝の中身は、空だ。

空約束で降伏した後、油断する敵を討てと、安成は最後の計を鶴姫に献じたのだ。

むろん、鶴姫が献策したとき、安舎も気付いた。

「シャチよ。これから勝ち戦の悦楽を教えてやる。とくと味わい、今後の糧(かて)とせよ」

戦いに明け暮れる日々で、鶴姫はありえないほど美しい恋をした。

これでよい。

鶴姫は右、左と続けて小太刀を抜いた。高い金属音の余韻が消える前に、叫んだ。

「出陣じゃ！」

結び　厳島

――天文二十四年（一五五五年）九月

天文二十四年九月二十九日、芸予諸島は能島。

村上武吉の眼下には、百五十隻の軍船が所狭しと並んでいた。

瀬戸内の紺色の海に浮かぶ能島は、島が丸ごと海上要塞である。大三島と違い、能島は歩いてすぐに一周できるほどの小島だ。武吉が島ごと要塞化したのは、大祝家の轍を踏まぬためでもあった。武吉は先年、村上通康の娘を娶り、来島衆の助力を得て故郷の能島を奪還し、能島村上水軍を再興した。

背後で重い足音がした。ついにやって来たか。

「ひさしぶりじゃなぁ、鮫之介。この十二年、達者にしておったか」

武吉が振り返って声をかけると、五十がらみの巨漢はすでに両手を突いていた。

「はっ。こたび、能島衆に一水手としてお加えいただきたく、まかりこしましたる次第」

「いや、大事な戦ゆえ、お主には水将として一手を率いてもらう」

鶴姫がいなくなった翌年、大内水軍が四たび大三島に侵攻すると、大祝家は今度こそ降伏した。宿敵の復活を畏れた大内家は、大三島水軍を完全に解体した。かくて武力を奪われた大山祇神社は、神威のみを持つ神殿に戻った。安舎は退位させられ、若い安忠が第三十三代大祝となった。

本来の正統である安高の子は今年、元服して安任と名乗った。いずれ大祝となるはずだ。

武吉が海戦と権力闘争に明け暮れていた間、鮫之介はずっと大山祇神社の神宝所を警固していたらしい。その中には鶴姫専用の鎧、紺糸毛引威の胴丸もあった。

「中国の覇者を決めるこたびの決戦、下馬評では、陶の大勝だそうじゃな」

四年前、陶隆房は謀叛を起こし、主君大内義隆を大寧寺に敗死させた。大国を簒奪した隆房は傀儡の主君をいただき、名を晴賢と改めた。さらに大軍をもって、まつろわぬ毛利元就の討伐に乗り出した。すでに二万の兵、六百隻を超える船団を率いて厳島に入ったらしい。対する毛利は四千の兵で、船は二百隻にも及ばない。

他人事のような武吉の言い草に、鮫之介は四角い顔を厳しくしていた。

「能島と来島、両村上水軍の味方するほうが勝つとの噂も、耳にいたしまする」

「そいつは噂ではない。まぎれもなき真実よ。俺は十日ほど前、陶に同心すると、白井に返事した」

けげんそうに目を細める鮫之介に向かって、武吉はにやりと笑って続けた。

「が、五日前には乃美宗勝(のみむねかつ)が来おったゆえ、毛利に同心すると応じた。いずれに助勢するにせよ、一番高い時に己を売らねば損じゃからな。戦の直前で裏切れば、勝ちも得やすい」

武吉が多くを学んだ師は、いかなる苦境に置かれても、ぎりぎりまで最善策を求め続けた男だった。

「では能島衆は、陶と毛利、いずれに与同なさると？」

武吉は鮫之介の問いに答えず、立ち上がって露台へ出た。

「鮫之介、出陣までまだしばし時がある。お主とは昔語りなぞしたいものよ」

百隻余の船影が沖に見えた。岳父村上通康の率いる来島衆だ。

村上武吉の急速な台頭に限らず、瀬戸内の勢力図も大きく変わったが、通康はガラガラ声からひげ面まで昔と同じだ。変わったところといえば、頭頂が禿げたくらいだろう。

「こうして紺色の海を眺めておるとな。たまに妄想にとらわれるんじゃ。何の前触れもなく一艘の小早が現れる。舳先には巫女装束の小さな姿がある。あの麗しき半明神の姫が長い黒髪をなびかせて、ひょっこり姿をお見せにはなるまいかとな」

鶴姫は六歳年長だったが、それでも武吉は妻にしたいと真剣に願った。嫁取りを遅らせたのは、もしやどこかで、鶴姫がまだ生きているのではないかと思ったからだった。

「奇っ怪でございまする。ちょうど昨夜もさような夢を見ました」

鮫之介は表情をわずかに緩めたが、ゆっくりと味わうようにかぶりを振った。

「鮫之介。お主、子は？」

「妻は娶った経験がございませぬ」

（そうか。この男も、鶴姫に惚れておったのか……）

鮫之介は若き日より、幼い鶴姫を養育し、その武芸の師となった。長じてからは身辺の警固にあたり、戦場で生死をともにし続けた。大祝鶴姫は、男なら誰もが惚れる女性だった。


十歳のとき、武吉は能島から単身逃れるところを海賊に襲われ、捕えられた。窮地を救ってくれた恩人が、鶴姫だった。あのころ、身内にまで裏切られて天涯孤独の身となった武吉は、誰も信じられなかった。だが、明るく一本気な鶴姫は、武吉を弟のように可愛がってくれた。

武吉は通康のもとに匿われた。能島村上家の血筋を明かすことは、むしろ危険だった。だが、鶴姫は勘付いていたと、後に通康から聞いた。

来島村上水軍に入って一年ほどしたころだ。

武吉が常日ごろ「俺は日本一の大海賊になる」と豪語していると、真に受けた通康がひとりの男と引き合わせてくれた。武吉は「白鷺」というあだ名のその若者に惚れ込み、たいていは一緒にいた。武吉の水軍は、今や瀬戸内最強を自負しているが、武吉の並外れた用船と戦術は、師であった越智安成を範としている。

安成には想い人がいた。それは主君でもあった。後にも先にも武吉は、鶴姫ほど美しい女性を見た憶えがない。幼心に鶴姫に恋心を抱いた。初恋の女性である。

武吉が耳にした鶴姫の最後の言葉は、軽快に弾んでいた。

――松、成ってしまった恋は、腐っていく蜜柑と同じじゃと、いつか申したな？　されば、成ったとたんに終わってしもうた恋は、永遠に熟したままの蜜柑ではないか？　わらわはこの世で最高の恋をした。わらわほど幸せな女子もいまい。

松が涙目でうんうんうなずいていると、鶴姫が武吉を見た。

――シャチは、どう思う？

鶴姫の問いに、武吉は結局、答えられなかった。

十八歳で最愛の恋人を失った恋が、はたして最高だといえるのか。だが実際に、鶴姫の顔はこれ以上ないほど幸せそうに輝いていた。

その翌日、鶴姫は忽然と姿を消した。安成の遺した「空貝の計」で、鶴姫が大内水軍を三たび撃退してから、まだ十日も経っていなかった。

――通康様、大変です！　姫が！

慌てふためく松に呼ばれて、武吉は通康とともに台城へ駆け入った。鶴姫の部屋には紺糸威の胴丸があるだけで、鶴姫の姿はなかった。

文机のうえには、一通の和歌がしたためられていた。風で飛ばぬよう、懐紙の上には重なり合った白い空貝と愛用の小太刀が二本、置かれていた。

無数にある空貝の片割れ同士が再び巡り合うのは、鶴姫の言うように奇跡なのだろうか。もともと近くで分かれたはずだから、この世でたったひとつの番いの空貝は案外近くにあっても変ではない。あるいは、二枚の空貝がきれいに接合できたこと自体、鶴姫の思い込みではないか。空貝は波に洗われ、色も落ち、形も変わる。時には他の貝でも、番いになれはすまいか。もうひとつくらい鶴姫にも、ぴったり合う空貝があるのではないか。

懐紙には、鶴姫らしい美しく力強い字で、しかし上手とはいえぬ和歌が一首したためられていた。

わが恋は　三島の浦の　うつせ貝　むなしくなりて　名をぞわづらふ

松が見た最後の鶴姫は、満面の笑みだったそうだ。

——信じられるか、松？　今朝、台ノ浜を歩いておったら、一枚の空貝を見つけた。雪のように真っ白な、名の知れぬ貝であった。それが、安成殿のくれた空貝とぴったり合うのじゃ。番いだったに決まっておる。そうじゃろう、松？

その日以来、鶴姫の姿を見た者はいない。

鶴姫は一艘の小舟で海へ漕ぎ出し、安成の後を追って入水したのだと、見たように述べ立てる漁師もいた。かと思えば、斎灘の小さな孤島で巫女装束の女性を見たという海賊もいる。遠く異国の海に赤き巫女が現れたとの風聞まで、武吉は耳にした。

海は何もかも消し去ってくれる。

果てなき謀略も、醜い殺戮も、この世で最も不本意な、しかし美しき悲恋も。

けだるい調子の二番貝が能島に響いた。

「松殿より、武吉様にお渡しするよう、頼まれた物がございまする」

鮫之介の言葉で、武吉はわれに返った。差し出された巾着の中には、掌ほどの見事な夜光貝が入っていた。螺鈿細工の材料「青貝」にもなる巻貝である。紺地に白の取り合わせで、らせん状に殼を巻いていた。むろん中身のない空貝だ。単純な謎かけだった。

紺に白は、鶴姫と安成の揃いの胴丸の色だ。ふたりはもう二枚貝でなく、完全に結ばれてひとつの巻貝となった。一大決戦を前に、あのふたりを忘れるなと訴えているわけだ。忘れはせぬ。忘れられるものか。

「鮫之介。能島衆はしたたかでな。勝者に味方すると決めてある」

幼いころ家督争いで放逐された武吉は、実力で頭領の座を取り戻した。配下には、武吉より年長で海千山千の海賊たちが、ぞろぞろいた。

「隻数は陶が毛利の倍以上。されば、陶が勝つと申す者が多い。じゃが俺は、かつて自軍に何倍もする敵を、三度も撃退した英雄を知っておる。大軍じゃからと敵を恐れる必要はない」

あれほどの大水軍を三度も撃退した女水将など、史上、存在すまい。大祝鶴姫の生きた時代に世に出たシャチは、幸運だった。

「では、ついにお心を定められましたか？」

「心なぞ、十二年前から決まっておるわ。別に毛利を好きではないが、俺は陶晴賢が大嫌いでな。来島の義父殿も同じじよ。参るぞ、鮫之介！」

シャチこと、村上武吉は二十四歳になって今、自前の将船の総矢倉に立っていた。

二十二歳で戦場に散った安成、十八歳で消えた鶴姫の齢を超えたが、武名はどうだろうか。まだまだだ。俺はこれから正真正銘、日本一の大海賊になってみせる。昔、鶴姫にも、安成にも、そう誓ったのだ。

武吉はずっと鶴姫の幻影を探し求めてきた。だが、この勝ち戦で終わりにする。

能島村上水軍の将船からは、来島衆を含め、集結した約三百隻の軍船すべてを見渡せた。

「五番貝を鳴らせ！　厳島へ向かう！　弔い合戦じゃ！」

天涯まで澄み渡った高い秋空の下、村上武吉の声が、能島の紺色の海に揚々と響いた。

（了）

【主な参考文献】

『つる姫さま』三島安精　大三島宮・大山祇神社社務所
『大山祇神社略誌』大山祇神社　大三島宮・大山祇神社社務所
『大山祇神社』大山祇神社　大三島宮・大山祇神社社務所
『大三島町誌既刊分ＰＤＦ版』大三島町
『大山祇神社　神社紀行特装版　武将が崇めた瀬戸内の社』薗田稔監修　学習研究社
『こころのかたち　大三島町の石造物』大三島町教育委員会
『大三島町の祭り』大三島町教育委員会
『大三島を中心とする芸予叢島史』松岡進　大三島町宮浦小学校
『伊予の水軍：平成七年度企画展』愛媛県歴史文化博物館
『海賊大将軍』三島安精　人物往来社
『歴史紀行　瀬戸内水軍』森本繁　新人物往来社
『村上水軍のすべて』森本繁　新人物往来社
『村上水軍全史』森本繁　新人物往来社
『村上水軍全紀行』森本繁　新人物往来社
『瀬戸内水軍』宇田川武久　教育社

『図説和船史話』石井謙治　至誠堂
『水軍の活躍がわかる本』鷹橋忍　河出書房新社
『図解「武器」の日本史』戸部民夫　ベスト新書
その他多数の史料、資料を参照いたしました。本作品は書下ろし歴史エンターテインメント小説であり、史実とは異なります。

解説

文芸評論家　三田主水

二〇一七年に『大友二階崩れ』でデビューして以来、戦国時代の大友(おおとも)家を題材としたいわゆる大友サーガを中心に、個性的な題材とエモーショナルな物語展開の作品の数々で快進撃を続ける赤神諒。その作家としての方向性・スタイルを一言で表すと何になるでしょうか。「大友ものの名手」「泣ける歴史小説の旗手」等々、色々と考えられるでしょう。しかし僕はこう考えています。「熱い悲劇の第一人者」と――悲しみの涙に暮れながらもそれだけでは終わらない、その悲しみから一歩も二歩も前に進んでみせる人々を描く物語。それが赤神作品の本質だと考えています。そして、戦国時代の鶴姫(つるひめ)伝説を題材とした本作も、その一つであることはいうまでもありません。

鶴姫――三島安精(みしまやすきよ)の小説『海と女と鎧：瀬戸内のジャンヌ・ダルク』で人口に膾炙(かいしゃ)した彼女は、戦国時代の瀬戸内海に実在したと言われる美女です。同作以降、後藤久(ごとうく)

美子主演のドラマ『鶴姫伝奇─興亡瀬戸内水軍─』をはじめ、阿久根治子の児童文学『つる姫』、森秀樹の時代劇画『海鶴』や杜野亜希の少女漫画『碧のミレニアム』、さらにはゲーム「戦国BASARA」シリーズに至るまで、今なお様々な形で語り継がれる鶴姫。本作の内容の前に、ここでその伝説について触れておくことにしましょう。

時は十六世紀前半、戦の神として古くから数々の武将たちの崇敬を集めていた大三島の大山祇神社──その大祝職を務める大祝家に生まれた鶴姫は、幼い頃から優れた容姿と恵まれた体格を持ち、武芸を好む女性でした。その彼女が十六歳の時、かつて鶴姫の長兄・安舎が陣代として撃退した大内義隆の水軍が再来、今度は次兄・安房が陣代として出陣することになります。しかし安房はあえなく討ち死にを遂げ、その報に接した鶴姫は女物の鎧を身にまとい、先陣を切って自軍を鼓舞すると、自ら大内水軍の小原中務丞を討ち取るなど数々の戦果を挙げたのです。

そんな鶴姫も恋をすることになります。その相手は大祝家に仕え、黒鷹の異名をとる越智安成──しかし大内義隆が陶晴賢に命じて始まった三度目の大三島侵攻の中で安成は命を落とすことになります。悲しみに沈みながらも大内軍に奇襲を仕掛け、ついに勝利を収めた鶴姫。しかし彼女は、「わが恋は　三島の浦の　うつせ貝　むなし

くなりて　名をぞわづらふ」の句を残し、一人海に漕ぎ出して姿を消したのでした……。

さて、前置きが随分長くなってしまいましたが、本作はこの鶴姫伝説をベースにした悲恋物語です。もちろん、元の伝説の内容からすれば、それは当然かもしれません。しかし同時に本作のモチーフとなっているのは、あの悲恋物語の代表ともいえる『ロミオとジュリエット』なのです。

類まれなる美貌を持ちながらも武芸を愛し、自ら海に飛び出しては、瀬戸内海を荒らす海賊退治に励む鶴姫。長兄の安舎や侍女の松は苦い顔ですが本人はどこ吹く風、来島村上水軍の頭領・村上通康や、彼女に命を救われた少年・シャチなど、海の荒くれ者たちからは、熱狂的な崇敬の念を集めていたのでした。目下そんな彼女の頭を悩ませているのは、大山祇神社に縁ある船ばかりを狙う凶悪無惨な海賊・黒鷹の存在——今日も、無垢な童女が黒鷹の犠牲になったことに憤る鶴姫ですが、そんな彼女を黒鷹どころではない衝撃が襲います。約二十年ぶりに大三島に襲来した中国地方の覇者・大内家の水軍。これを迎え撃つべく、陣代として出撃した次兄・安房が奇襲作戦に失敗、命を落としたというのです。敬愛していた兄の復讐に燃える鶴姫は、神社でも最高の宝物の一つ、かつて源義経が着用したという赤糸威の鎧を持ち出して身にまとい、強引に大山祇神社開闢以来初の女陣代に就任して、出陣することになります。

しかし敵は鬼鯱の異名を取る瀬戸内随一の猛将・小原中務丞。緒戦こそ快勝したものの、苦戦は必至の状況です。そんな彼女に必勝の策を献じたのは、安房の天才軍師として二年前から活躍してきた美青年・越智安成でしたが――しかし、兄の命を救えなかった安成に対して、鶴姫は他の武将たちの面前で痛罵の上に平手打ちをくらわせたのです。もちろん安成の方も、いかに相手が姫とはいえ、そんな散々な扱いを受けて、穏やかでいられるはずもありません。

伝説の恋どころか、絵に描いたような最悪の出会いをした二人。しかし最悪なのはそれだけではなかったのです。（これは物語の序盤で明示されていることなのでここで書いてしまいますが）実は安成こそは、大祝家に深い恨みを持つ復讐鬼にして海賊・黒鷹の正体――かつて一族を皆殺しにされ、自らも深い傷を負わされた彼は、その恨みを晴らすべく、大祝家に接近してきたのです。安房の謀殺はその第一歩、他の者たちも皆殺しにした上で鶴姫も散々弄んでやろうと、悪役以外の何物でもないことを企んでいた安成ですが――しかし運命は皮肉というほかありません。強敵・鬼鯱と死闘を繰り広げる中、心ならずも共闘した二人は、やがて互いに強く惹かれ合うようになってしまったのです。何も知らない鶴姫はともかく、安成にとっては彼女は不倶戴天の敵の一人。それでももはやこの恋心は止められない――はたして越智ロミオと大祝ジュリエットの運命は……

このように、先に述べた鶴姫伝説を構成する要素を巧みに取り入れつつも、全く新しい物語を構築してみせた本作。特にこの時代の瀬戸内海の複雑な勢力分布を、鶴姫と安成の運命の背景として描く物語運びには、大友サーガで培われた、地方大名たちの戦いを活写する手法が存分に活かされていると感じます。特に、クライマックスの逆転また逆転のドラマチックな展開などは、その真骨頂といえるでしょう。しかし本作の最大の特徴が、鶴姫と安成の人物造形にあることは間違いありません。

思えば鶴姫伝説においては、安成の存在は、あくまでも「鶴姫の相手」役に留まっているといえます。神聖な戦乙女である鶴姫の想い人として、その悲劇の引き金となる――極端なことをいえば、彼の存在は、鶴姫伝説を彩る道具立てであったとすらいえるかもしれません。そんな安成の存在を、大三島の血塗られた闇の歴史の犠牲者として、そしてその闇から這い出てきた復讐鬼として描く――それはもちろん本作独自の設定ですが、それによって安成は、鶴姫という伝説の人物に負けない、一人の独立した人間として初めて確立されたといえるでしょう。

そして実は、一人の人間として確立されたのは鶴姫も同様なのです。元々の伝説の時点で、鶴姫は美姫・巫女・女武者・そして何よりも悲劇のヒロインと、属性の塊のような人物といえます。しかしそれが同時に、彼女に一人の人間としての側面を与えることを妨げていたともいえるのではないでしょうか。そんな属性以前に、彼女が何を想って生きたのか、愛したのか、戦ったのか――陰影のある安成と好一対の、バイタリティに富んだ陽性の鶴姫もまた、本作において「可哀想な美女」という役から飛び出したのです。

もちろん本作もまた、鶴姫という少女が一つの美しい伝説となるまでを描く物語です。しかしここでは伝説に至るまでに鶴姫を、そして安成を、血の通った人間として――そう、我々と変わらぬ存在として描くのです。だからこそ二人の物語は美しく悲しく、しかしそれだけに留まらない熱い想いを、我々の胸に掻き立ててくれるのです。

赤神作品に触れた時、我々読者が感じるのは、運命の無情ではないでしょうか。これほど登場人物たちが頑張っているのに、誰が悪いというわけではないのに、ただ運命としかいいようのないものに翻弄(ほんろう)され、悲劇に向かっていく――思わず天を仰ぎたくなるような残酷な物語を、作者はしばしば描きます。しかし作者が描くのはそれだけではありません。その結末に至るまでに、登場人物たちが自分自身の人生を懸命に生きた姿――それを通じて、結果として悲劇に終わったとしてもその生は決して無意味などではなく、一人ひとりの人間にできることを精一杯にやりきってみせたのだと、そしてそれは時にその先の悲劇の歴史を変えることがあるのだと、作者の物語は示すのです（本作の驚くべき結末は、その一つの証拠といえるでしょう）。そう、これこそが、僕が赤神作品を指して、「熱い悲劇」と呼ぶ所以(ゆえん)なのです。

本作のタイトルである「空貝(うつせがい)」。それが先に述べた鶴姫伝説の中の彼女の辞世の句に由来することはいうまでもありませんが、同時に本作においては、様々なものの象徴として語られます。ありふれたつまらないもの、美しいけれども見てくれだけの空っぽのもの、そしてこの世にたった一つ自分と真に重なり合える相手――数奇な運命に翻弄される鶴姫と安成の関係も、この空貝のように、様々にその意味合いを変えていくことになります。しかし二人がその生を生き切った末に、どの空貝を摑んだのか

——それはいうまでもないでしょう。

美しい伝説から踏み出し、悲しくも熱く、血腥（ちなまぐさ）くも力強い、人間の生命の輝きを描いた本作は、必ずや、あなたの心を熱いもので満たしてくれるに違いありません。

●本書は二〇二〇年一月に、小社より刊行されました。文庫化にあたり、一部を加筆・修正しました。

|著者|赤神 諒　1972年京都府生まれ。同志社大学文学部卒業。私立大学教授、法学博士、弁護士。2017年、「義と愛と」(『大友二階崩れ』に改題)で第9回日経小説大賞を受賞し作家デビュー。同作品は「新人離れしたデビュー作」として大いに話題となった。他の著書に『大友の聖将(ヘラクレス)』『大友落月記』『神遊(しんゆう)の城』『戦神(いくさがみ)』『妙麟』『計策師　甲駿相三国同盟異聞』『北前船用心棒 赤穂ノ湊 犬侍見参』『立花三将伝』『仁王の本願』などがある。

空貝(うつせがい)　村上水軍(むらかみすいぐん)の神姫(しんき)

赤神(あかがみ) 諒(りょう)

定価はカバーに
表示してあります

2022年1月14日第1刷発行

発行者——鈴木章一
発行所——株式会社　講談社
東京都文京区音羽2-12-21　〒112-8001
電話　出版　(03) 5395-3510
　　　販売　(03) 5395-5817
　　　業務　(03) 5395-3615

Printed in Japan

デザイン—菊地信義
本文データ制作—講談社デジタル製作
印刷———豊国印刷株式会社
製本———株式会社国宝社

ISBN978-4-06-526680-9

講談社文庫刊行の辞

二十一世紀の到来を目睫に望みながら、われわれはいま、人類史上かつて例を見ない巨大な転換期をむかえようとしている。

世界も、日本も、激動の予兆に対する期待とおののきを内に蔵して、未知の時代に歩み入ろうとしている。このときにあたり、創業の人野間清治の「ナショナル・エデュケイター」への志を現代に甦らせようと意図して、われわれはここに古今の文芸作品はいうまでもなく、ひろく人文・社会・自然の諸科学から東西の名著を網羅する、新しい綜合文庫の発刊を決意した。

激動の転換期はまた断絶の時代である。われわれは戦後二十五年間の出版文化のありかたへの深い反省をこめて、この断絶の時代にあえて人間的な持続を求めようとする。いたずらに浮薄な商業主義のあだ花を追い求めることなく、長期にわたって良書に生命をあたえようとつとめるところにしか、今後の出版文化の真の繁栄はあり得ないと信じるからである。

同時にわれわれはこの綜合文庫の刊行を通じて、人文・社会・自然の諸科学が、結局人間の学にほかならないことを立証しようと願っている。かつて知識とは、「汝自身を知る」ことにつきていた。現代社会の瑣末な情報の氾濫のなかから、力強い知識の源泉を掘り起し、技術文明のただなかに、生きた人間の姿を復活させること。それこそわれわれの切なる希求である。

われわれは権威に盲従せず、俗流に媚びることなく、渾然一体となって日本の「草の根」をかたちづくる若く新しい世代の人々に、心をこめてこの新しい綜合文庫をおくり届けたい。それは知識の泉であるとともに感受性のふるさとであり、もっとも有機的に組織され、社会に開かれた万人のための大学をめざしている。大方の支援と協力を衷心より切望してやまない。

一九七一年七月

野間省一

講談社文庫 最新刊

逸木 裕
電気じかけのクジラは歌う
横溝正史ミステリ大賞受賞作家によるＡＩが変える未来を克明に予測したＳＦミステリ！

木原音瀬(このはらなりせ)
コゴロシムラ
かつて産婆が赤子を何人も殺した村で、恐怖の夜が始まった。新境地ホラーミステリー。

武内 涼
謀聖 尼子経久伝〈青雲の章〉
浪々の身から、ついには十一ヵ国の太守になった男。出雲(いずも)の英雄の若き日々を描く。

乗代雄介(のりしろゆうすけ)
十七八より(じゅうしちはちより)
これはある少女の平穏と不穏と日常と秘密。第58回群像新人文学賞受賞作待望の文庫化。

赤神 諒
空貝(うつせがい)〈村上水軍の神姫(しんき)〉
伝説的女武将・鶴姫が水軍を率いて大内軍を迎え撃つ。数奇な運命を描く長編歴史小説！

高野史緒
大天使はミモザの香り
時価2億のヴァイオリンが消えた。江戸川乱歩賞作家が贈るオーケストラ・ミステリー！

講談社タイガ

内藤 了
桜底(さくらそこ)〈警視庁異能処理班ミカヅチ〉
この警察は解決しない、ただ処理する——。警察×怪異、人気作家待望の新シリーズ！

講談社文芸文庫

松浦寿輝

半島

寂れた小さな島に、漂い流れるように仮初の棲み処を定めた男が体験する、虚構とも現実ともつかぬ時間。いまもここも、自由も再生も幻か。読売文学賞受賞作。

解説=三浦雅士　年譜=著者

978-4-06-526678-6
まJ3

磯﨑憲一郎

鳥獣戯画／我が人生最悪の時

「私」とは誰か。「小説」とは何か。一見、脈絡のないいくつもの話が、〝語り口〟の力で現実を押し開いていく。文学の可動域を極限まで広げる21世紀の世界文学。

解説=乗代雄介　年譜=著者

978-4-06-524522-4
いAB1

麻見和史　鷹の砦〈警視庁殺人分析班〉
麻見和史　凪の残響〈警視庁殺人分析班〉
麻見和史　天空の鏡〈警視庁殺人分析班〉
麻見和史　深紅の断片〈警防課救命チーム〉
麻見和史　邪神の天秤〈警視庁公安分析班〉
有川　浩　三匹のおっさん
有川　浩　三匹のおっさん ふたたび
有川　浩　ヒア・カムズ・ザ・サン
有川　浩　旅猫リポート
有川ひろ　アンマーとぼくら
有川ひろ ほか　ニャンニャンにゃんそろじー
荒崎一海　門前仲町〈九頭竜覚山 浮世綴㈠〉
荒崎一海　蓬萊橋雨景〈九頭竜覚山 浮世綴㈡〉
荒崎一海　寺町哀感〈九頭竜覚山 浮世綴㈢〉
荒崎一海　小名木川〈九頭竜覚山 浮世綴㈣〉
荒崎一海　一色町雪花〈九頭竜覚山 浮世綴㈤〉
朱野帰子　駅物語
朱野帰子　対岸の家事
東　浩紀　一般意志2・0〈ルソー、フロイト、グーグル〉

朝倉宏景　白球アフロ
朝倉宏景　野球部ひとり
朝倉宏景　つよく結べ、ポニーテール
朝倉宏景　あめつちのうた
朝井リョウ　スペードの3
朝井リョウ　世にも奇妙な君物語
有沢ゆう希　末次由紀 原作　〈小説〉ちはやふる 上の句
有沢ゆう希　末次由紀 原作　〈小説〉ちはやふる 下の句
有沢ゆう希　末次由紀 原作　〈小説〉ちはやふる 結び
有沢ゆう希　ろびこ 原作　〈小説〉となりの怪物くん
有沢ゆう希　小説 パーフェクトワールド〈君といる奇跡〉
有沢ゆう希　原作：金田一蓮十郎　脚本：徳永友一　小説 ライアー×ライアー
蒼井凜花　女唇の伝言
秋川滝美　幸腹な百貨店
秋川滝美　幸腹な百貨店〈デパ地下おにぎり騒動〉
秋川滝美　幸腹な百貨店〈催事場で蕎麦屋呑み〉
秋川滝美　マチのお気楽料理教室
東　美子 原作　雲田はるこ　脚本　羽原大介　小説 昭和元禄落語心中
赤神　諒　神遊の城

赤神　諒　大友二階崩れ
赤神　諒　大友落月記
赤神　諒　酔象の流儀 朝倉盛衰記
彩瀬まる　やがて海へと届く
浅生　鴨　伴走者
天野純希　有楽斎の戦
青木祐子　コーチ！〈はげまし屋・立花ことりのクライアントファイル〉
秋保水菓　コンビニなしでは生きられない
相沢沙呼　medium 霊媒探偵城塚翡翠
新井見枝香　本屋の新井
碧野　圭　凜として弓を引く
五木寛之　ソフィアの秋
五木寛之　狼のブルース
五木寛之　海峡物語
五木寛之　風花のひと
五木寛之　鳥の歌 (上)(下)
五木寛之　燃える秋
五木寛之　真夜中の望遠鏡〈流されゆく日々'78〉
五木寛之　ナホトカ青春航路〈流されゆく日々'79〉

2021年12月15日現在